Edilson Piedras

O SENHOR DAS ALMAS

KOTTER EDITORIAL

Livro 2

Diretor editorial: Sálvio Nienkötter
Coordenação editorial: Claudecir de Oliveira Rocha
Editor-executivo: Claudecir de Oliveira Rocha
Editor-assistente: João Lucas Dusi / Luiz Felipe Cunha
Capa, ilustração e Design editorial: Carlos Garcia Fernandes
Produção: Joehverson Guslem Jacob
Preparação de originais e revisão: O Autor

Dados Internacionais de Catalogação na Publicação (CIP)
Angelica Ilacqua CRB-8/7057

P668s

Piedras, Edilson
O senhor das almas : livro 2 / Edilson Piedras. – 1. ed. – Curitiba : Kotter editorial, 2025.
264 p. : il.

ISBN 978-65-5361-425-3

1. Ficção brasileira I. Título

CDD B869.3

25-1306

Kotter Editorial Ltda.
Rua das Cerejeiras, 194
CEP: 82700-510 - Curitiba - PR
Tel. + 55(41) 3585-5161
www.kotter.com.br | contato@kotter.com.br

Feito o depósito legal
1ª Edição
2025

Edilson Piedras

O SENHOR DAS ALMAS

Livro 2

Dedico essa obra a minha esposa Luciana
e minhas filhas Bruna Luiza e Manuela.

SUMÁRIO

CAPÍTULO 1

O tempo... O tempo pode ser um bom remédio, mas também, por sua própria natureza, pode desgastar as relações e transformar os sentimentos.

Pedro olhou pela janela. Lá fora, a temperatura beirava quase quarenta graus, enquanto na sala de aula, que contava com dois aparelhos de ar-condicionado ligados na potência máxima, a sensação térmica poderia ser encarada como congelante. Era mais um dia do curso de férias de Criminologia da UNISC, curso que se transformara no mais concorrido das férias de verão e que trazia uma graninha extra para Pedro em um período bem importante. Além do Natal, é claro, dezembro era o mês do aniversário de casamento dele com Martha.

Naquela data em especial, era o dia da prova final. Havia um silêncio sepulcral na sala, que só era interrompido por um aluno CDF que já havia reclamado do ar umas três vezes. Pedro pensou: Odeio *nerds*. Acabou esboçando um sorriso, pois tinha certeza de que a *nerdisse* nunca o havia deixado.

Seu pensamento vagava por todas as mudanças que sua vida sofreu ao decidir casar-se com Martha. Anteriormente, vivia viajando entre o Brasil, a Argentina e a Europa, principalmente a Espanha, onde se formou. Era gratificante o reconhecimento que recebia pelo seu trabalho nas inúmeras palestras e cursos que ministrava. Seu ego era sempre massageado pelo constante assédio das mulheres. Agora, ele havia se tornado apenas professor de uma única disciplina na universidade. Além disso, Pedro também dava aulas de espanhol em um curso de idiomas, montava cursos sobre criminologia nos recessos da universidade e, muito raramente, era convidado para dar uma palestra em algum lugar do mundo.

Pedro já contava cinquenta e seis anos. Seu cabelo começou a branquear, não de forma charmosa, mas com mechas totalmente brancas, do tipo algodão. Ele tentava compensar os sintomas da idade mantendo uma rotina de exercícios, mas sua autoestima já estava fragilizada há algum tempo. Por mais que ele amasse sua esposa, Martha, sentia que vivia à sua sombra. Ela continuava mais linda do que nunca, forte, decidida; poderia dizer que apenas o cabelo agora era usado mais curto. Martha estava à frente da Delegacia Especializada de Atendimento à Mulher (DEAM) em Santa Cruz do Sul - RS.

Na sala de aula, não sobraram mesas desocupadas. Essa edição do curso foi mais um sucesso, e havia alunos até refazendo-o, não por terem sido reprovados, mas porque gostaram das aulas. A cada edição, o querido professor trazia um novo tema.

Pedro, ali sentado na carteira, sentiu que estava sendo observado. Uma moça, de bermuda jeans muito curta e blusinha regata preta, estava olhando na direção do seu rosto enquanto brincava com a ponta da caneta na boca. Pedro até sentiu um pouco de excitação pelo que parecia ser um estímulo, mas logo percebeu que a moça só estava pensando na resposta que tinha que escrever na prova, com o olhar vago na sua direção, pois, em seguida, baixou os olhos para a carteira e começou a escrever inocentemente. Pedro riu de sua impressão incorreta. Realmente, ele não era mais o mesmo.

Ele observou o relógio da sala de aula e notou que logo esgotaria o tempo estipulado para a resolução da prova e ninguém ainda havia terminado. Achou estranho. Aproveitou para caminhar pela sala e observar os alunos que estavam respondendo com dificuldade à prova.

— Atenção! O tempo para terminar a prova está acabando. Estão sentindo alguma dificuldade com o *case* escolhido?

Durante esses anos de convívio com Martha e seus dois filhos, Pedro passou a ter muito mais fluência na língua portuguesa e raramente escorregava com alguma palavra castelhana.

A moça que estava de bermuda e regata se levantou, entregou a prova e se retirou, desejando boa tarde a todos. Pedro se aliviou, mas notou que a cara de desaprovação dos colegas foi intimidadora. Até que o nerd que reclamava do ar-condicionado, digo, o aluno Rafael Kipper, resolveu responder ao professor entre espirros.

— Professor, esse caso do Cirurgião está repleto de fantasias absurdas.

— Caso do Cirurgião? Como assim? Deixe-me ver essa prova! — Pedro se assustou com a reclamação do garoto ranheta. Mas teve que se render: O rapaz tinha razão.

— Pessoal, peço perdão. Não era esse o *case* que escolhi para avaliação. Esse era o tema de um dos meus livros de ficção.

Uma lamentação geral se fez ouvir na sala. Tinha gente que realmente já estava resolvendo o caso — ou pelo menos achava isso. E, claro, um ou outro aluno estava se aproveitando de já ter lido o livro do querido professor.

— Vamos fazer o seguinte! Entreguem o que fizeram do jeito que está, que eu vou avaliar. Na próxima aula, que será a última do curso, faremos um bate-papo sobre o *case* que eu havia escolhido para a avaliação final.

Todos gostaram da decisão do professor e, após deixarem seus trabalhos sobre a mesa, foram se retirando. Pedro começou a olhar as provas ali mesmo. Não se lembrava de sequer ter pensado nesse mistério do passado. Seu desejo era deixar aquilo tudo para trás e nunca mais pensar nesses eventos. Escreveu o livro O Vento da Morte, embasado nos relatos de sua esposa, como uma forma de catarse emocional.

Enfim, não queria perder tempo retornando a esse antigo trauma. Olhou no relógio e percebeu que, se não se apressasse, chegaria atrasado à sua sessão de terapia.

Escondido de Martha, Pedro estava tentando se curar do que ele mesmo intitulava depressão sexual. Não queria admitir que pudesse ser a idade que o estava deixando desinteressado pela esposa que tanto amava. Isso o atormentava. A terapeuta estava trabalhando sua autoestima, já que Pedro mantinha uma alimentação saudável e, segundo a médica, era bonito e se cuidava fisicamente. No fundo, Pedro achava que havia abandonado seus sonhos para assumir uma família. Ter uma mulher forte como Martha sempre tomando a frente das coisas às vezes o inibia de impor o seu pensamento. Alguém que entendia tanto da mente criminosa estava à mercê de suas próprias limitações. Sim, ele era um ser humano e, naquele momento, precisava de ajuda.

Depois de passar na sala dos professores, entregar a chave da sala e descer as escadas do saguão principal, ele se dirigiu rapidamente para o seu carro. Era a mesma caminhonete L200 preta. Antes de abrir a porta, ouviu um chamado.

— Professor! — Era uma voz feminina, bem suave, gostosa de ouvir.

— Pois não! O que deseja...? — Ele perguntou, deixando um espaço para que a moça o ajudasse a se lembrar do seu nome, porque o corpo ele se lembrava de admirar durante todo o curso.

— Fernanda — ela falou com delicadeza. — O senhor não se lembra do meu nome?

— Me desculpe, Fernanda! Eu me lembro de ti, mas, por um instante, me deu um branco e me fugiu o teu nome.

Ele andava chateado com isso também. Sua mente nunca o traíra, a memória era seu ponto forte, e agora se esquecia de muitas coisas. Mas, no caso de nomes femininos, era melhor assim. Martha se revelou, com o passar dos anos, uma esposa carinhosa, mas muito ciumenta, e, sendo uma mulher que tem como prerrogativa ser faixa-preta em várias artes marciais e especialista em armas brancas e de fogo, era até melhor esquecer mesmo.

— Eu estou com um pouco de vergonha, mas eu sei que as aulas vão acabar. Então, vou ser direta.

— Sim, pois não!

Agora, ela estava postada à frente de Pedro sob aquele sol escaldante. Ele podia ver que a bermuda realmente era curta — nada demais —, mas revelava um par de pernas deslumbrantes, grossas, que contrastavam com sua cintura fina. O rasgo no tecido, do lado direito da bermuda, deixava à vista o vermelho da cor da calcinha, que parecia ser uma tirinha, e a blusa regata preta era o único tecido sobre seu peito firme, de tamanho médio. Ela possuía cabelos que deveriam ficar sobre os ombros, mas estavam presos em um rabo de cavalo curto. Os olhos eram grandes, puxavam para um castanho claro. A boca possuía lábios carnudos que, mesmo sem batom, se destacavam no rosto claro. Seus dentes não poderiam ser descritos por menos do que perfeitos.

— Eu já concluí a graduação e vou voltar para a fazenda da minha família em Encruzilhada. Mas eu gostaria de voltar com pelo menos um desejo realizado.

— Desejo? Qual seria o teu desejo? — Pedro, que estava guardando sua bolsa carteiro no banco de trás da caminhonete, parou para ouvir o que ela tinha a dizer.

— Você!

— Perdão! — Ele se engasgou com as próprias palavras. — Não entendi.

Pedro não queria acreditar no que estava ouvindo. Era uma situação que há muito tempo não acontecia. Na realidade, assim tão diretamente, nunca tinha ocorrido mesmo. Sempre que uma mulher investia sobre ele, era através de insinuações e charme, mas essa garota estava sendo direta no que queria. Era decidida, não escondia o desejo por ele. Seu ego foi às nuvens. Ela possuía vários atributos físicos que o atraíam, era como se alguém tivesse lido sua mente. Ele ficou atônito. Não era de sua natureza fazer isso, mas sentia que seu corpo estava reagindo contra sua mente — e muito mais contra o seu coração.

— Professor, fica comigo hoje. Só hoje. Eu vou voltar para casa. Depois, nunca mais — ela pediu com um sorriso angelical.

Pedro não conseguia nem raciocinar, estava como que embriagado com a situação. Pegou o celular e enviou uma mensagem para sua terapeuta:

"Boa tarde, Vera. Infelizmente, tive um contratempo na faculdade e não poderei comparecer à sessão hoje."

Ainda pensou em escrever uma mensagem para Martha. Olhou o rosto dela no perfil, apertou os lábios, mas, por fim, colocou o celular na vibração e o recolocou de qualquer jeito no bolso.

— Estou à tua disposição, Fernanda. O que deseja fazer? Tomar um café? Discutir sobre seu futuro no Direito?

— Não! — Ela falou com ar surpreso. — Eu quero você! Quero que me leve a um lugar onde eu possa ficar com você sem ninguém nos perturbar.

Pedro arregalou os olhos, pois não tinha como ignorar mais o que estava acontecendo.

— Então, onde tu queres que eu te leve?

— A um motel, claro. Ou eu não vou me aguentar e vou te beijar aqui mesmo.

— Ok, ok. Sou um homem casado e um professor. Não posso ser visto beijando, ou sendo beijado por uma aluna, o que daria no mesmo. Entre no carro, por favor.

Ao abrir a porta do quarto, Pedro se surpreendeu. Fazia tanto tempo que não entrava em um quarto desses que não sabia como estavam sofisticados. Mas, para ele, agora não importava o quarto, e sim Fernanda. Ela mal entrou e já foi puxando-o pelo cinto, empurrando-o para a cama. Pedro, sentado, assistia à moça tirando a própria roupa, embalada por uma música imaginária. Fernanda era deslumbrante. Ele se ergueu, pegou a mulher, agora nua, pela cintura e a beijou. Sentiu a suavidade da pele dela, inspirou o perfume delicado de seu corpo e, enfim, se deliciou na maciez daqueles lábios. O celular, indiferente a tudo, começou a vibrar no bolso de sua calça.

— Que coisa chata! — Ele murmurou.

O rosto de Martha surgiu na tela do celular. Era uma foto do tempo em que passaram a viver juntos, logo após terem vencido um demônio poderoso. Era um sorriso que ela deu em um dia muito feliz para os dois. Ele se lamentou, mas ignorou a chamada e voltou a beijar Fernanda. A vibração da chamada parou, mas um sinal de que uma mensagem do WhatsApp havia chegado o incomodou.

— Um momento, melhor eu ver o que é.

— Larga isso, vem ficar comigo — Fernanda o pegou pelo braço para deitar-se com ele na cama.

— Um minutinho só, deixe-me ver isso, assim respondo e me livro.

Ele abriu a mensagem, e nela estava escrito:

"Amor, por favor, verifica o porta-luvas, olha se não esqueci minha arma nele?"

— Quê?!

Pedro se assustou, pois Martha nunca havia saído para a delegacia sem levar sua pistola. Na verdade, nunca andava desarmada.

— O que foi, Pedro? Larga isso aí e vem ficar comigo.

Fernanda estava impaciente, nua sobre a cama, e ele ainda vestido de calças e meias pretas. Pedro calçou os sapatos de qualquer jeito e foi em direção à porta com a chave da caminhonete. Ao abrir a porta, foi surpreendido: Martha estava de braços cruzados, com o corpo escorado na caminhonete.

CAPÍTULO II

A culpa é um sentimento
que pode adoecer uma
alma, mesmo quando ela só
exista na cabeça de quem
se sente culpado.

Pedro chegou mais cedo à sua sessão, estava desesperado, soluços de choro saltavam de sua garganta em espasmos sem controle. Precisava desabafar com alguém sobre toda a desgraça que o abateu nos últimos dias. Sentiu alívio quando a Dra. Vera, sua psiquiatra, abriu a porta, e ele entrou. Foi direto para a cadeira onde estava acostumado a contar seus segredos. Vera passou os olhos pela sala de espera; não havia mais ninguém. Então, sentou-se, olhando na direção de Pedro, sem dizer uma palavra.

Sem conter seu desespero, Pedro começou a relatar todos os eventos que ocorreram nos últimos dias, até chegar à fatídica desventura no motel.

(...)

quando Pedro abriu a porta, Martha estava lá, vestindo sua camisa preta da polícia civil. Seus braços estavam cruzados, e o rosto, vermelho de tanta fúria. Pedro sentiu seu corpo gelar. Era claro que ela acabaria com aquela menina — e com ele também. Tentou bloquear a passagem da porta com seu próprio corpo.

— Sai da frente, Pedro! Quem é a piranha que está aí com você? Sai, Pedro! — Ordenou, aos gritos.

Ela o puxou para poder entrar, mas Pedro resistiu, impedindo sua passagem.

— Martha, não é o que tu estás pensando!

Pedro tentou segurá-la pelos ombros, o que se revelou inútil; ela o nocauteou com uma joelhada certeira. Ele pensou que Martha bem que podia fazer análise também, porque sempre usava esse golpe contra um homem quando estava furiosa. Pedro nem tinha caído entre os marcos da porta, e Martha já havia passado por cima dele, berrando pelo quarto.

— Cadê essa puta?

Pedro não estava entendendo nada. Acabou olhando na direção do banheiro — esse era o único lugar para onde a coitada da menina poderia ter ido se esconder.

"Espero que ela esteja trancada lá dentro", pensou

ele. Ao ver Pedro olhando para o banheiro, Martha se jogou contra a porta, que, afinal, estava aberta. Pedro fechou os olhos, imaginando o pior, e, com dificuldade, se levantou para tentar tirar Martha de cima da menina.

— Não acredito! — O grito de Martha ecoou no banheiro.

Pedro chegou à porta do banheiro com a mão entre as pernas, devido à dor que estava sentindo, e assistiu a Martha pegando um cartão na cesta de presente que continha chocolates e um kit com um espumante e duas taças. Ela abriu o pequeno envelope e fez a leitura em voz alta:

— Parabéns, meu amor! Esta semana inicia a comemoração do nosso oitavo aniversário de casamento. Desculpa a brincadeira, queria dar uma aquecida na nossa relação. Sinto muita saudade de ser o teu parceiro de aventuras. *Yo* te amo, *mi* amor.

Pedro tentou disfarçar a surpresa com um sorriso aberto e inclinou a cabeça para a direita, mas, na realidade, não estava entendendo nada. Apoiou o ombro na porta e não resistiu a dar uma olhada para trás. Sobre a cama, havia um caderno do tipo brochura, com uma capa parda que parecia couro de cabra, o qual ele sequer se lembrava de ter visto algum dia. Martha, emocionada com a pegadinha, abraçou Pedro com lágrimas nos olhos, puxou seu rosto e beijou sua boca com muita paixão.

— Incrível! Como você conseguiu fazer isso? Obrigado pela surpresa, meu amor. Foi estranha, mas impactante.

Martha o beijou novamente, suas mãos já desciam até o zíper das calças de Pedro. Ele, apesar de estar muito assustado, achou melhor não pensar nos pormenores. Agora era o momento de desfrutar da animação de sua esposa.

— Vai com calma! Está um pouquinho dolorido — disse ele, com um sorriso malicioso.

— Então deixa que eu sei como cuidar dele. Coitadinho, *tá dodói* — Martha imitou a voz de uma criança e não conseguiu segurar a risada.

Ela sabia como tocá-lo, como fazer do jeito que ele gostava, e ele, em contrapartida, conhecia todos os caminhos que a levavam ao prazer. Naquele momento, Pedro se deu conta de como tinha sido idiota ao imaginar trocá-la por qualquer outra pessoa, mesmo que fosse apenas uma vez.

Após algum tempo de muita entrega, Martha se deliciava na banheira de hidromassagem. Pedro aproveitou para ler o que estava escrito naquelas páginas amareladas do caderno, que, pela aparência, deveria ser muito antigo, como um Grimório. O teor do conteúdo o surpreendeu. Toda a aventura que Pedro teve — e mais além — estava descrita ali. O pavor que sentiu ao ler aquilo o fez jogar o caderno para longe, em um gesto instintivo.

— O que foi, Pedro? — Perguntou Martha, relaxada na banheira transbordando de espuma.

— Nada, meu amor — respondeu ele, passando a mão na cabeça e depois na barba, concentrado em seus pensamentos.

— Então abre a champanhe e vem para cá. Quero aproveitar ao máximo essa nossa aventura.

— Já vou, meu amor.

Pedro respirou fundo e pegou novamente o caderno. Decidiu guardá-lo na caminhonete, dentro de sua bolsa carteiro. Agora era hora de continuar aproveitando aquele momento, então foi ao encontro de Martha no banheiro.

No consultório, Pedro começou a soluçar na frente da Psiquiatra, que apenas fazia anotações em sua pasta. Uma lágrima escorreu pelo rosto da médica, que instintivamente passou a mão para secá-la. Ele olhou para a Dra. Vera, recompôs-se e continuou seu relato.

Pedro abriu a garrafa com um estalido, serviu a taça e compartilharam o champanhe.

— Hoje tive um caso muito estranho na delegacia — relatou Martha.

— O que aconteceu?

— A Cris, a escrivã, recebeu uma denúncia de que uma mulher estava sendo agredida pelo marido a duas quadras da delegacia. Eu mandei avisar a polícia militar e fui para lá com ela.

— Sempre existem esses covardes!

— Pois é, olha só o que aconteceu, para você ver se não tem algo estranho nessa história. Chegamos lá, a porta estava aberta e a mulher pedia socorro. Aí eu entrei, a Cris veio atrás de mim. Encontramos o cara na cozinha, sentado à mesa, olhando para nós com uma cara de poucos amigos; suas feições estavam quase deformadas. A mulher estava encolhida no chão, entre o balcão da pia e a geladeira, chorando baixinho, tendo espasmos de tremores e pedindo ajuda, com uma baba mesclada de sangue escorrendo da boca.

— Coitada!

— Ele nos mandou sair, dizendo que não tínhamos nada a ver com aquilo. Então, me identifiquei e dei voz de prisão.

— E ele se entregou?

— Claro que não! Antes de eu sacar a arma, ele partiu para cima de mim com tudo. A cozinha era pequena, a moça, cujo nome descobri ser Maria, começou a gritar assustada. Os olhos dele estavam parados, pensei que estivesse drogado, pois bêbado não parecia, já que não tinha bafo de cana.

— Tá, e aí? O que tu fizeste?

— Está vendo algum arranhão nesse corpinho que Deus pôs no mundo e só você pode tocar? — Ela riu e tomou mais um gole da taça.

— Sério? Fala logo como foi!

— Eu usei a força com que ele partiu para cima de mim contra ele mesmo e, claro, me vinguei pela coitada da Maria.

— Já imagino o que aconteceu com o cara.

— É melhor só imaginar, pois hoje você quase soube — ela deu uma gostosa gargalhada. — No primeiro soco que ele tentou me dar, já tirei a moral dele, se é que você me entende. Derrubei-o no chão, com a barriga para baixo, e o algemei. A Cris colocou algemas nos tornozelos dele. O babaca ficou esbravejando palavras sem nexo. Foi só isso. Aí ficou mais fácil para eu conseguir conversar com a pobre da Maria. Enfim, pude acalmá-la até a polícia militar chegar.

— Tudo fora do padrão, Martha. Uma hora tu te machucas. — Pedro sacudiu a cabeça negativamente, em sinal de reprovação ao procedimento da delegada. — mas continua. O que tem demais nesta história?

— Então, a PM chegou e o levou para a delegacia. Ouvimos a Maria na minha sala, e ela nos contou que o "machão" era um excelente marido, que nunca sequer tinha levantado a voz para ela. Eles eram casados há seis anos e trabalhavam para montar uma casa boa, pois planejavam ter um bebê em breve.

— Estranho isso! Poderia ser drogas ou bebida, talvez?

— Aí é que ficou mais estranho. Eles são religiosos, não bebem, não fumam e não cometem excessos. Prezam por uma vida tranquila, de fé e de trabalho. Ela contou que o marido recebeu uma carta, olha só... e depois que ele a abriu e leu, transformou-se nesse louco.

— Como ela ficou?

— Imagina... Serviço completo: Olho roxo, lábios cortados, uma costela fraturada, braços cheios de hematomas e muito medo.

— Mas então, o que aconteceu?

— Eu o chamei para ser ouvido. Jeferson era o nome dele. Você não vai acreditar. Era como se outra pessoa estivesse sentada na minha frente. O rosto, o olhar, tudo era muito diferente daquele maluco que arrebentei as bolas.

— Martha!

— Tá bom! — Ela riu e pediu para que ele enchesse outra taça, aquele champanhe já a estava deixando alegrinha. — Comecei a conversar com ele, explicando se tinha consciência do que tinha feito. Ele respondeu que não se lembrava de nada. Simplesmente tinha acordado na cela e estava todo dolorido embaixo. Fiquei na minha, não disse o que eu tinha feito com ele, deu até remorso. Então perguntei se ele tinha bebido. Ele respondeu o que eu já esperava depois de ter falado com a Maria: Que não bebia e, se bebesse, não estaria bêbado às nove horas da manhã de uma sexta-feira.

— Martha, que horas eram quando tu estavas interrogando esse rapaz?

— Por volta das onze e meia.

— Imagina uma pessoa embriagada o suficiente para perder a consciência e agredir a esposa, quando isso não era de sua natureza, não poderia ter ficado sóbria tão rapidamente.

— Sim, sem nenhum sintoma de bebida. Como ele aparentava não se lembrar de nada, perguntei qual a última coisa de que se lembrava. Ele respondeu que foi de abrir uma carta que recebeu sem remetente.

— Puta que pariu! E a carta, tu conseguiste pegar?

— Sim. Mandei a Cris ir com a esposa dele até a casa deles e pegar a carta e o envelope, com todo o cuidado para não haver risco de contaminação. Depois, enviei para perícia. O resultado só sai na semana que vem.

— Martha, será que pode ser o que estou pensando?

— Sonho Azul? Acho que não. Ele não teve viagens psicodélicas, apenas não se lembrava de nada. Mas pode ser outra coisa. Antes de enviar para a perícia, mandei verificar o conteúdo da carta. Tudo protegido por vidro e com máscara. Mas, quando fui ler o que estava escrito, recebi a tua localização e, quando percebi que era um motel, fiquei furiosa e vim para cá. Ou seja, você atrapalhou uma investigação policial, meu caro doutor.

— Eu estava com medo de que tu não recebesses a minha localização. Tinha que parecer que foi por engano. Ainda bem que deu certo.

— Olha aqui, ó!

Martha pegou o celular e mostrou que recebeu a localização do próprio Pedro. Na foto, aparecia o rosto dele no endereço de um motel na RSC-287, após o posto da Polícia Rodoviária Estadual. Quando ele abriu o perfil de Martha para enviar uma mensagem, deve ter enviado a localização sem perceber. "Mas, como eu fiz isso sem perceber?", ele se questionou.

No consultório:

— Eu desconfiei que pudesse ser o Sonho Azul de volta ao mercado. Não queria nem pensar em enfrentar tudo aquilo novamente. Esse evento e o que tinha acontecido comigo nesse dia estavam me deixando apavorado. Mas não queria contar para Martha isso, pois teria que revelar o que realmente me levou àquele motel.

Pedro continuava contando sua história para sua terapeuta da forma mais rápida que podia. Havia muitas providências a serem tomadas e a pequena Marília estava na casa de sua madrinha.

— Enfim, na quinta-feira da semana posterior à aventura no motel, chegou o dia do nosso aniversário de casamento. Estava uma chuva forte — Pedro acabou chorando. Mesmo tentando se controlar, isso era impossível para ele. Usou um lenço e continuou o relato.

Na casa deles, que se localizava em um condomínio fechado no Acesso Grasel, a bagunça estava formada. Eles precisavam se preparar, pois seriam a atração do jantar e ainda deveriam arrumar também as duas crianças. A todo instante, Marília insistia em se vestir como sua mãe, enquanto Martha entregava um vestido novo para Pedro vestir na menina. Ela precisava terminar a maquiagem. Já o Pedrinho estava pronto na sala, jogando videogame, vestido com sua roupa nova, dada por sua mãe especialmente para aquele dia.

— Vamos, amor? Iremos nos atrasar! — Advertiu Pedro.

Tudo já estava combinado entre ele e o gerente do restaurante; não podia haver qualquer atraso.

Enquanto estavam no carro, dirigindo-se para o jantar, Martha exibia um sorriso radiante. Pedro estava feliz com o casamento, mesmo que, às vezes, tivesse medo de não merecer toda aquela felicidade. Agora estava tudo bem. O que mais ele poderia querer? Família era tudo. Pedro pensou nos seus pais adotivos, que lhe deram muito amor. Um pensamento triste, de repente, lhe ocorreu: Onde estaria o espírito que conviveu com ele por todo aquele tempo? Esse era um dos motivos que o levaram a acreditar que estava precisando de ajuda, talvez o principal. Mas como ele poderia dizer a uma médica que sentia ter perdido a metade de sua alma quando Aquinael morreu para o Reino dos Humanos, para que ele, Pedro, pudesse sobreviver aos ferimentos causados por Belial?

Era melhor deixar isso para outra hora. Aquele era um dia especial. Ele notou, mais uma vez, o brilho nos olhos de Martha e o sorriso mais lindo que já tinha visto.

Ao chegarem ao restaurante, Martha e as crianças desceram na porta, que possuía uma cobertura para proteger da chuva os clientes que entravam no estabelecimento. Pedro estacionou em uma vaga a poucos metros de onde os deixou. Enquanto tentava, sem sucesso, abrir um guarda-chuva, uma senhora, que aparentava estar vestida com indumentária cigana, se aproximou.

— Moço bonito! — Chamou a senhora. — Preciso avisar do teu destino.

— Não precisa, não, senhora. Eu não tenho dinheiro aqui — falou Pedro, enfim abrindo o guarda-chuva, e, neste instante, a chuva parou.

— Não vou cobrar de moço bonito. Coloca a mão aqui — ela estendeu a mão.

Pedro estendeu a mão. Achou melhor do que ser desagradável em um dia especial. Antes, olhou na direção do restaurante e conseguiu ver, pela janela, mesmo que à distância, que sua família já estava sentada à mesa que fora preparada especialmente para esse jantar. Viu que alguns amigos já estavam aguardando à mesa.

— Tá bom, senhora. O que tem de surpreendente no meu destino?

Ela pegou a mão de Pedro, passou os dedos pelas linhas com os olhos fechados e deu uma risadinha para dentro.

— Tem um homem no teu caminho.

— O quê? A senhora está enganada. Eu sou casado, tenho filhos e não me sinto atraído por homens.

Pedro riu da suspeita que a velha cigana estava tendo. Ainda pensou: O que a levou a pensar que ele poderia ser *gay*?

— Não, filho, o homem que está no teu caminho não é um amor. Ele traz o ódio carregado pela culpa. Um ódio que está preso com ele há muito tempo. Cuidado com esse homem.

— Digamos que eu acredite no que a senhora está dizendo. Como vou saber que homem é esse? — Disse Pedro, largando a mão da cigana.

— Paletó azul... Ele usa um paletó azul.

— Muitos homens usam paletó azul. Tem que ser mais específica — Pedro falou em tom de deboche, pois não estava acreditando na adivinhação da velha cigana.

— Moço bonito não acredita? Mas ele logo vai aparecer. Hoje é o último dia dessa vida que você está acostumado. Tudo vai mudar a partir de hoje. Ninguém pode fazer nada para evitar o que está por vir.

— Obrigado, minha senhora, mas preciso ir. Estão me esperando. Boa noite! — Pedro queria se livrar logo daquela situação desagradável que o estava atrasando.

— Boa noite, moço bonito! — Ela se despediu com tristeza nos olhos.

Pedro acelerou os passos até a entrada do restaurante, assustado com a estranha previsão da cigana

— não a parte do homem do paletó azul, mas o fato de que sua vida iria mudar a partir de hoje. Tantas coisas aconteceram nessa semana, e, lembrando-se de tudo que viveu há oito anos com Martha, realmente era melhor tomar muito cuidado.

Assim que entrou pela porta, viu seus convidados e sua família. Fez um sinal ao gerente, que já o aguardava. Com calma, dirigiu-se até a mesa para se juntar ao grupo, que já estava quase completo. Eram alguns amigos que, com o passar dos anos, em Santa Cruz do Sul, foram entrando na vida dos dois e logo faziam às vezes de sua família, já que parentes de sangue eles não possuíam. Não havia ninguém para conviver com seus filhos.

Pedro cumprimentou a todos e se manteve em pé enquanto dois garçons traziam garrafas de champanhe para o brinde. Ele fez questão de abrir uma delas, enquanto os garçons abriram as outras.

— Meus amigos, minha esposa, meus filhos... Eu gostaria de dizer algumas palavras. Aos amigos, agradeço a presença nesta noite tão especial na nossa vida...

Enquanto Pedro discursava, Martha sorria em todas as direções. Ela estava muito feliz com esses anos de casamento. Já Pedrinho estava envergonhado; o pai, em pé ali, no meio de um restaurante fino, fazendo um discurso que chamava a atenção de todo mundo. "Que micão", pensava ele. Marília, a pequena, ficava admirando seu pai falar. Ela chegou a ensaiar um grito de torcida:

— Pa-pai! Pa-pai! Pa-pai!

O que foi de imediato repreendido por Martha, mas logo seguido por um delicioso sorriso para a filha.

Depois de um discurso que relembrava momentos importantes do casamento deles, Pedro se dirigiu ao final do discurso:

— Eu gostaria de levantar um brinde.

Todos, em pé, brindaram e desfrutaram da preciosa bebida, que era de uma excelente safra da serra gaúcha.

— Agora, eu convido a minha amada esposa para uma dança no salão.

— O quê! Não, Pedro! Não tem nem música! — Martha tentou se esquivar, mas, na verdade, estava se deliciando com tudo que Pedro preparou para comemorar esse dia tão importante para eles.

Pedro estalou os dedos e, neste instante, entrou um pequeno grupo com quatro músicos, tendo um cantor de voz grave e vestindo um terno preto à frente. A música, que começou a ser ouvida por todos no salão, era a que Martha havia confidenciado a Pedro ser sua música especial: La Barca. Ele estendeu a mão e Martha não pôde deixar de atender. Novamente, ele a surpreendeu. Os dois se deslocaram para o meio do restaurante, que, para essa ocasião especial, estava preparado com uma pequena pista. Enquanto dançavam, a iluminação do restaurante diminuiu, e canhões de luzes brancas iluminaram apenas o casal. Todos os presentes no restaurante aplaudiram a cena.

Havia algumas moças acompanhadas por seus namorados e maridos que ficaram com uma pontinha de inveja. Pedrinho queria se esconder embaixo da mesa, mas, quando viu que todos estavam gostando do que estavam assistindo, conseguiu relaxar e curtiu o momento.

Após essa introdução marcante, todos desfrutaram do jantar. Pedro acabou, talvez pela felicidade do momento, bebendo um pouquinho a mais de vinho do que estava acostumado. Nada que estragasse a festa, pois a alegria foi a maior consequência de sua extravagância. Martha estava muito feliz. Os amigos conversavam entre si. As crianças, claro, já estavam pensando na sobremesa.

— Pai, se é aniversário, tem que ter bolo! Tu não esqueceu, né? — Questionou a pequena Marília, bem baixinho, para que a mãe não ouvisse.

Com essa deixa, Pedro notou que já era a hora. Ele fez um sinal para o gerente e, em minutos, um carrinho entrou pela porta da cozinha em direção à mesa dos aniversariantes. Havia balões de hélio com dizeres de "Feliz Aniversário", e alguns eram em formato de coração vermelho. Sobre o carrinho, um grande bolo trazia os bonequinhos dos noivos, os mesmos do casamento deles. Martha ficou encantada com as velas de aniversário, que saltavam faíscas. Todos no restaurante começaram a cantar *Parabéns para Você*, acompanhados de palmas. Quando a música terminou, Martha se levantou para beijar Pedro, enquanto uma garçonete se aproximava por suas costas e entregava um buquê de rosas vermelhas a ele.

— Parabéns para nós, meu amor! — Disse Pedro, entregando as flores e beijando Martha.

Pedro curtiu aquele beijo e, quando abriu os olhos, percebeu que a garçonete que se encontrava atrás de Martha era Fernanda. Martha notou o susto de Pedro.

— O que foi, meu amor? — Perguntou ela, baixinho, em seu ouvido.

— Só um momento, meu amor.

Pedro, angustiado, correu atrás da menina pelo espaço entre as mesas até a porta da cozinha.

— Espere!

— Pois não, senhor? Esqueci alguma coisa?

Quando a moça se virou, Pedro notou que ela não possuía nenhum traço sequer que lembrasse a aluna apaixonada da semana anterior.

— Perdão, moça, eu me enganei.

Ao voltar para a mesa, Martha questionou com um olhar firme de sobrancelhas franzidas. Por sorte, Pedro ainda tinha uma surpresa.

— Ela esqueceu isto!

Pedro pegou no bolso uma pequena caixinha preta. Ela continha um anel que ele levou a semana toda para escolher entre os que encontrou na cidade. Era de ouro, com uma pedra de safira azul.

— Nossa, Pedro! É lindo! — Martha exclamou, surpresa, levando as mãos ao rosto.

Ele colocou o anel no dedo de Martha, e ela mostrou a mão para todos na mesa. Chegou a dar pulinhos de felicidade e beijou novamente o marido.

Apesar do ocorrido com a garçonete, Pedro continuou aproveitando a comemoração, que já se aproximava do final. Menos de uma hora depois, estavam se deslocando para casa sob uma chuva forte, acompanhada de grandes trovoadas.

Pedro dirigia satisfeito, com um sorriso nos lábios. Martha não parava de olhar para o anel, encantada com o quanto ele ficava perfeito em seu dedo. As rosas repousavam sobre seu colo.

Marília, como sempre, estava sentada atrás do pai, mexendo em seus cabelos compridos, enquanto Pedrinho não parava de espirrar. Coitado, a rinite o atacava sempre que havia flores por perto.

— Martha, acabei me esquecendo de te perguntar sobre o resultado da perícia.

— Agora não, meu amor, eu não queria falar sobre isso.

— Só responde sim ou não. Era o maldito Sonho Azul?

Martha estalou a língua, indignada. Ela não queria nem se lembrar dessa maldita investigação. Mas sabia que era melhor contar logo, pois viu que Pedro já estava um pouquinho alto e contrariava seu pedido de não dirigir naquele estado. Ele continuamente olhava para ela, em vez da rua, enquanto conversavam.

— O Rapaz faleceu no outro dia. A necropsia não encontrou uma causa justificável.

— O quê? Mas tu não disseste que ele estava bem?

— Pedro, agora é melhor não continuar com essa conversa. As crianças estão no carro.

— Tá bom. Mas era ou não era Sonho Azul na carta?

Naquele momento, um automóvel Chevrolet Astra branco entrou pelo Acesso Grasel[1] em direção ao centro normalmente. Na primeira curva, o condutor percebeu que o freio estava leve demais. A descida era acentuada e, a cada metro percorrido, o carro acelerava mais. Ele puxou a alavanca do freio de mão, que simplesmente ficou na sua mão.

Desesperado, decidiu bater o carro de lado contra o paredão à esquerda, enquanto ainda havia tempo de minimizar o impacto. Talvez quebrasse alguns ossos, mas acreditava que poderia escapar com vida e, com sorte, parar a descida.

— Sim, Pedro, era Sonho Azul, mas modificado. Possuía o mesmo princípio ativo.

Pedro olhou para Martha. Em sua mente, as coisas começaram a se encaixar: O surgimento de Fernanda, o caderno com o relato dos fatos ainda por vir, a cigana e sua previsão. Alguém queria voltar novamente para o Reino dos Humanos. Mas quem? Seria novamente Belial?

— Pedro! — Martha gritou com todas as suas forças.

As luzes do farol do carro que vinha na direção deles se voltaram diretamente para a caminhonete. As crianças gritaram dentro do veículo.

Pedro, como se o tempo passasse em câmera lenta, pensou em puxar a direção para a esquerda, já que o outro carro estava desgovernado e prestes a bater no paredão. Mas, à esquerda, havia um barranco profundo.

No último segundo, o condutor do Astra puxou a direção para a direita, tentando evitar a colisão. Contudo, ao invés de escapar, o carro atingiu violentamente a lateral direita da caminhonete em alta velocidade, lançando-a para fora da estrada.

---

[1] O Acesso Grasel é uma das entradas da cidade de Santa Cruz do Sul - RS, é um caminho de muitas curvas fechadas e declive acentuado em direção ao centro da cidade. O lado direito de quem desce é caracterizado por barrancos íngremes e o lado esquerdo possui alguns paredões e entrada para condomínios de alto nível.

O impacto gerou um estrondo semelhante a uma explosão. A velha L200 desceu descontroladamente pelo barranco.

No consultório, Pedro não resistiu e chorou novamente ao contar os detalhes do acidente. A doutora Vera, sem tirar os olhos da pasta de Pedro, que repousava sobre a mesa, limpou discretamente uma lágrima que escorria pelo rosto.

CAPÍTULO III

A fuga do destino é uma empreitada que já nasce frustrada. As pessoas possuem pernas, já o destino… O destino possui asas.

Um momento de silêncio tomou conta da sala. Pedro acreditava que, depois de todo esse desabafo, receberia alguma palavra que o ajudasse. Mas, como nada aconteceu, resolveu se levantar para ir embora; seu horário já deveria ter terminado há algum tempo.

— Preciso ir — disse ele. — A Marília está me esperando na casa da madrinha. Ela não está superando esse momento, afinal, é uma criança. Não fala quase nada, e, quando fala, é de uma maneira muito infantil, muito inferior ao que estava acostumada. Tive muita dificuldade para explicar o que aconteceu, mas sei que preciso ser forte para ajudá-la a ultrapassar essa provação.

A doutora Vera carimbou a última folha da pasta de Pedro, depois se levantou, foi até a porta, abriu e deu mais uma olhada na sala de espera. Novamente, não havia ninguém. Pedro aproveitou para sair e, ao se despedir de sua analista, notou seus olhos marejados. O silêncio dela o comoveu. Ele sentiu que a morte de Martha e de Pedrinho realmente a atingira, rompendo inclusive a barreira profissional.

— Vou buscar minha filha e viajar para uma casa que comprei muito barata numa praia no Sul, um pequeno vilarejo de pescadores. Vou me dedicar a terminar meu livro, que deixei pela metade. Assim, terei mais tempo para me dedicar à Marília. Acredito que esta seja minha última sessão. Adeus, Vera!

Pedro se dirigiu para abraçá-la, mas não foi correspondido. Ela apenas se encolheu, tremelicando no seu abraço, e chorou profundamente. Ele saiu apressado, acreditando que desabafar toda a história o fizera sentir-se aliviado das angústias que apertavam seu peito.

No outro dia, Pedro e Marília estavam ao lado do Mercado Público de Rio Grande. Apesar de ser pleno verão, Pedro sentia um ar gelado vindo da lagoa. Era a manhã do dia três de janeiro de dois mil e dezenove, uma quinta-feira. Estavam aguardando a balsa para realizar a travessia para São José do Norte. A manhã estava impregnada de uma umidade espessa, visível à distância. Na direção da lagoa, havia uma cerração que dava ao dia uma cor acinzentada. Aliás, Pedro sentia falta dos dias ensolarados.

Enquanto aguardava o horário da primeira travessia da balsa, prevista para as sete horas, ele observava os transeuntes ao redor do mercado. Pareciam perdidos: Iam para lá, depois voltavam, logo retornavam de onde vieram, todos aparentemente atarefados com nada. Outros organizavam caixas para entrega de mercadorias, preparando-se para a abertura do mercado.

Marília estava segura, sua mão bem apertada na de Pedro. Com o outro braço, abraçava sua boneca e seu caderno de desenhos.

— Bom dia, amigo! — Saudou um funcionário da balsa, vestindo um macacão azul. — Está perdido por aqui?

— Meu nome é Pedro. Esta é minha filha, Marília. Estamos aguardando a balsa para fazermos a travessia.

— O pessoal me chama de Barqueiro. Engraçado, né? Mas eu até gosto. Olá, menininha — ele se dirigiu a Marília, que lhe correspondeu com um sorriso tímido. — Eu acho que ela não deveria estar aqui.

— Por quê? Precisamos atravessar. Tenho uma casa no interior de São José do Norte.

O Barqueiro se agachou para ficar na altura de Marília, esboçando um sorriso amistoso.

— Você acha que eu devo deixar vocês passarem?

— Sim... — Respondeu ela, com um sorriso aberto. — Eu preciso cuidar dele, moço — estendeu o braço, apontando para seu pai.

Os dois riram. Pedro, no entanto, começava a ficar irritado.

— Senhor Pedro, vou verificar com a chefia se posso liberar vocês para a travessia. Mas, com certeza, não será na balsa de passageiros. Terá que ser na de carga.

— Tanto faz como vamos realizar a travessia, só quero fazer a viagem o mais rápido possível. — Ele aproximou a boca do ouvido do Barqueiro e cochichou: — Veja, senhor Barqueiro, nós perdemos minha esposa e meu filho. Restamos apenas eu e ela. Estou indo para nossa casa na praia, para sair um pouco do ambiente que nos lembrava a todo instante a falta deles.

— Entendo — o Barqueiro respondeu, apertando os lábios e correspondendo com um olhar de compaixão. — Já volto.

— Papai, não se preocupe. Ele é bonzinho. Ele vai deixar a gente passar. Eu quero passear de barco.

O sorriso contagiante de Marília acalmou o coração de Pedro, dando-lhe confiança de que estava no caminho certo para ajudar a filha a ultrapassar essa tragédia familiar. O Barqueiro retornou, enfim, com uma resposta.

— Senhor Pedro, conversei com o Miguel, o chefe geral. Ele permitiu que vocês atravessem, mas, como eu avisei, terá que ser na balsa de carga.

— Oba! Obrigado, moço. Eu queria passear de barco! — comemorou a menina.

Pedro ficou aliviado. Estava começando a se preocupar com aquela situação sem sentido.

— Senhor Pedro, venha comigo. Há um carro aqui com dois homens que vão para o interior de São José do Norte, para uma vila de pescadores. Talvez possam deixar vocês perto do seu destino.

— Que ótimo!

Pedro gostou da ideia. Ainda teria que conseguir um táxi para levá-los até o destino. Eram vinte quilômetros pela BR-101 e depois mais uns dez por estrada de chão. Com aquele tempo chuvoso, o caminho devia estar um lamaçal.

O Barqueiro os levou até uma fila de carros que aguardavam a hora de embarcar na balsa. Devia haver uns vinte veículos na espera, um atrás do outro, todos ao lado do prédio em estilo colonial do Mercado Público Municipal.

— É esse aqui. Os rapazes não são de falar muito, mas seguirão na direção que vocês precisam. Um conselho: Não largue a mão da menina enquanto estiverem na balsa.

— Ok, eu não vou largar mesmo. Ela é tudo que tenho agora na vida. Muito obrigado, senhor Barqueiro.

O rapaz sorriu ao agradecimento de Pedro e abriu a porta do automóvel Ford Corcel marrom. O carro era antigo, com certeza tinha mais de quarenta anos. Os bancos de couro possuíam cortes que revelavam uma espuma de preenchimento amarelada. O soalho estava coberto por uma fina camada de areia. Havia um cheiro forte de peixe. Mas, como não tinha outra opção, eles entraram e ficaram aguardando quietos.

A pequena Marília encostou a cabeça no braço do pai e acabou adormecendo. Quando a fila começou a andar, Pedro ficou apreensivo, mas, em segundos, os dois homens entraram no carro, jogando seus cigarros fora. O motorista deu a partida sem trocar uma palavra com Pedro. Ele ficou meio sem jeito, mas fazer o quê? O Barqueiro avisara que os condutores eram calados.

Minutos depois, o carro estava estacionado na balsa entre duas carretas. A cena era um tanto assustadora. Os dois rapazes desceram para ficarem em pé ao lado do guarda-corpo e voltaram a fumar.

A Marília acordou e, ao perceber que não conseguia ver nada devido aos veículos ao redor, ficou chateada.

— Papai, vamos sair do carro? Quero ver o mar.

— Aqui não é o mar, minha filha, é a Lagoa dos Patos ainda. Mas vamos sair, sim. A travessia deve durar uns trinta minutos.

Eles desceram e foram se esgueirando entre os carros e caminhões até a beirada da balsa. Uma brisa gelada insistia em beijar seus rostos. A água estava calma, refletindo as nuvens pesadas. Era difícil definir no horizonte onde terminava uma e começava a outra.

— Papai, olha o porto. Como chama aquilo grande e amarelo?

— É um guindaste, que serve para içar cargas e colocá-las nos navios — respondeu Pedro.

— Parece que o barco tá rodando.

Pedro também notou. Não era uma simples curva; a balsa estava girando no mesmo lugar e parecia estar afundando.

"*Que porra é essa?*", pensou Pedro.

O barco do prático, responsável pela força que conduz a balsa, ficava a alguns metros de distância. Ele notou a correria entre os funcionários. Instintivamente, arregalou os olhos. Não podia deixar que algo perigoso atingisse sua filha. Segurou Marília no colo e tentou entender o que estava acontecendo. Mas a correria dos homens de macacão azul o assustou ainda mais; pareciam estar procurando alguém.

— Papai, eu tô com medo! — Disse a pequena, começando a chorar.

— Calma, minha filha! O papai está aqui!

Pedro pensou que, se algo ruim fosse acontecer, era melhor estar abraçado à filha. Logo, os homens que corriam de um lado para o outro chegaram até onde ele estava. Nesse instante, uma lâmina d'água percorreu a balsa de um lado ao outro. Ouvia-se muita gritaria.

— Quem é o senhor? — Perguntou o mais irritado dos homens.

— Meu nome é Pedro, e esta é minha filha, Marília.

— Tem documento de passagem?

— Tenho minha CNH no celular.

Pedro pegou o celular e entregou ao rapaz que o interrogava.

— Vejo que o senhor não deveria estar aqui. Quem liberou sua entrada?

— Escute, é a segunda vez que alguém me diz isso.

— Cadê o seu ticket? — Insistiu o funcionário.

Pedro ficou sem palavras. Realmente, não possuía um ticket. Ele olhou para Marília e viu seus olhos atentos, aguardando uma resposta.

— Olha, isso deve ser um mal-entendido. Acho que não me expressei claramente para o Barqueiro...

— Ah! O Barqueiro... sempre o Barqueiro...

O homem à frente do interrogatório, agora mais calmo, olhou para os outros, que, por sua vez, esboçaram sorrisos discretos. Ele colocou o dedo no ouvido, como se estivesse ouvindo algo através de um fone, e escutou por um instante.

Pedro, com os pés molhados, notou que a balsa já estava acima da linha d'água e retornava à navegação rumo a São José do Norte. Então, soltou a filha no chão.

— Tudo certo, senhor Pedro! O senhor teve a liberação do Miguel para seguir viagem.

— Muito obrigado, mas o que houve com a balsa?

— Nada sério... — O homem olhou para os outros. — Infelizmente, fez água, mas as bombas já devolveram o excesso para a lagoa.

Ele fez uma pausa, observando Marília, e acrescentou:

— Boa viagem. Muito cuidado com essa criança. Lembre-se: Ela não deveria estar aqui.

Pedro retornou com a menina para o guarda-corpo, para continuar admirando a travessia.

— Pai, me dá o teu celular? Quero tirar uma foto.

Pedro pensou em recusar, mas como negar algo a uma menina que voltou a sorrir naquele dia? Já haviam passado por situações desgastantes, pelo menos para ele.

— Está bem, Marília, mas tenha cuidado. Esse celular é muito caro, foi presente da mamãe.

A menininha sorriu e segurou o aparelho com cuidado.

— Papai, a mamãe vai tá na casa da praia? É lá que ela tá, né?

Pedro não esperava por essa pergunta. O que ele poderia dizer? Já tentara explicar várias vezes, mas sempre que tentava, Marília o ignorava e parava de falar com ele. Ele ficou em silêncio, olhando o horizonte, sentindo a brisa leve acariciar sua barba e levantar os cabelos, agora mais longos do que nunca.

— Papai, responde! Onde está a mamãe e o Pedrinho?

A insistência da menina o pegou de surpresa. No exato momento em que ia responder, Marília deixou o celular cair no chão, do outro lado do guarda-corpo.

Essa proteção da balsa era formada por dois tubos horizontais pintados de vermelho: Um na altura do peito da menina e outro na altura da barriga de Pedro. Não era uma balsa própria para passageiros, mas para cargas e automóveis. Ainda assim, era comum que os condutores saíssem dos veículos para admirar a paisagem.

— Cuidado, Marília!

Pedro gritou desesperado. Seu coração fibrilou, uma sensação de congelamento tomou conta de seu corpo.

Marília havia passado para o outro lado do guarda-corpo e estava pegando o celular. O grito a assustou, e ela deixou o aparelho escapar da mão. O celular bateu na ponta da plataforma e afundou na lagoa.

A menina, instintivamente, esticou o braço na direção do telefone, quase indo junto, mas Pedro a segurou pelos cabelos no último instante.

— Minha filha!

— Desculpa, papai... Eu não queria que tu perdesse o presente da mamãe...

O choro de Marília veio como uma enxurrada soluçante, um misto de medo, dor e vergonha se libertou dela. Pedro percebeu que aquele era o primeiro choro real de sua filha desde a tragédia. Ela não havia derramado uma lágrima pela morte da mãe e do irmão. Talvez não tivesse entendido. Talvez não aceitasse.

Pedro a abraçou forte e sussurrou:

— Tu és o meu maior presente, meu amor.

A menina afundou o rosto no ombro do pai, agarrando-se a ele como se nunca mais quisesse soltá-lo.

Pedro, com Marília no colo, voltou para o carro. Só saíram de lá muito tempo depois, quando o veículo finalmente parou em uma oficina mecânica na entrada da vila de pescadores. Agora, Pedro precisava encontrar a casa que havia comprado. Com a mão de Marília bem segura na sua, caminhou pela estradinha de areia, desviando das poças de lama formadas pela chuva insistente.

Depois de percorrer uns duzentos metros, passando por casas simples, mas bem cuidadas, todas com belas varandas na frente, Pedro percebeu que ainda não havia encontrado nenhum morador.

Então, chegaram a um muro alto, apenas chapiscado e caiado de branco. Um grande portão de ferro se destacava no centro. Uma das lâminas estava aberta.

Escorado no marco do portão, uma figura intrigante os observava.

Era um homem alto — mais alto que Pedro —, magro, vestindo um chapéu campeiro e uma longa capa preta. O cinturão largo, a camisa preta de gola de padre e as botas reforçavam a aparência austera.

Na boca, um cigarro de palha, cuja ponta brilhava avermelhada a cada tragada. Seu cabelo branco e comprido contrastava com o farto bigode grisalho, um pouco amarelado pelo fumo.

Pedro sentiu um arrepio percorrer sua espinha.

O homem parecia saído de um filme de faroeste, e sua expressão era de poucos amigos.

Pedro não resistiu e soltou uma risada nervosa.

— Tá rindo de quê, forasteiro? — Questionou a figura, caminhando lentamente em sua direção.

O tom de voz era firme, sem vestígios de humor.

Pedro sentiu novamente aquela sensação gélida na alma.

E quando seus olhos pousaram no revólver preso ao cinturão do homem, ele soube que havia algo muito errado ali.

CAPÍTULO IV

As pessoas se perguntam:
O que é a rotina? Um
desavisado poderia
responder que é o tédio.
Pois eu digo que não.
A rotina saudável é a
manifestação vívida da
felicidade. Somente quando
ela nos falta, é que damos
o devido valor de um dia
após o outro ao lado de
nossa família.

O homem, com aspecto intimidador, foi ao encontro deles com passos decididos. Ele dava a impressão de ser a autoridade do local e, pelo visto, não aceitava desaforos, ainda mais de forasteiros.

— Não é nada demais, senhor. Estava rindo de uma piada da minha filha.

— Pai, eu não falei piada nenhuma, eu nem sei contar piada. Só a do pinto — intrometeu-se Marília.

— Qual é a piada do pinto, Marília? — Perguntou Pedro, com um sorriso amarelo.

— Piu, né, pai! Como tu não sabe essa? Sinceramente!

Uma risada folgada interrompeu o diálogo entre pai e filha. O homem, de aparência agressiva, não resistiu à espontaneidade da menina.

— O senhor deve ser o doutor Pedro? — Perguntou o velho, jogando o cigarro fora dando a entender que era pela presença da menina.

— Sim, sou eu. Como o senhor sabe?

— Então, essa mocinha bonita é sua filha, Marília.

— É! Meu nome é Marília, sim. E você, como se chama, *cowboy*?

— Marília, tu não podes falar assim com as pessoas — repreendeu Pedro.

— Pode deixar, doutor Pedro! — O desconhecido abaixou a cabeça, apoiando-se nos joelhos. — Você é uma luz que chegou à nossa comunidade, menina.

— Perdão, mas como o senhor sabe o meu nome? — Interrompeu Pedro, meio desconfiado da atitude do velho.

— Por isso aqui.

O velho ergueu o corpo e pegou, no bolso interno da capa preta, um livro tipo versão pocket. Era uma edição de bolso de O Vento da Morte.

— O senhor leu o meu livro?

— Ih, papai! Ele gosta de livro porcaria.

— Marília! — Repreendeu novamente Pedro. — Por que tu chamaste o meu livro de “livro porcaria”?

— A mamãe disse que eu não podia ler, que tinha porcaria de gente grande. Só quando ficasse maior.

— Ah, tá! A tua mãe estava certa, como sempre.

— Doutor Pedro, fui eu que passei os dados do imóvel para a corretora que fez negócio com o senhor. Venha comigo, vou levá-los até sua casa. Fica próximo do atracadouro. Vamos, é por aqui.

— Que ótimo! Confesso que o senhor me assustou no início.

— Era para assustar mesmo — falou o velhote, com a cara bem fechada, enquanto caminhavam, afastando-se do cemitério.

Pedro engoliu em seco. Mas algo lhe dizia que podia confiar naquele homem.

— Há, há, há! O senhor está muito assustado, doutor Pedro. Não parece o mesmo doutor que descreveu no livro.

— Aquilo era apenas uma fantasia, senhor...?

— Caveira. O pessoal me chama pelo meu ofício de abrir as covas para enterrar os mortos.

— O senhor quis dizer coveiro, então?

— Ah, sim, perdão. Coveiro. Pode me chamar assim. Eu cuido do pessoal aqui, são pessoas pacíficas. O senhor não vai ver muita gente aqui agora, no início. Depois, quando se acostumarem com sua presença, vão se aproximar. Então, não se assuste se um ou outro ficar olhando sua casa ou observando suas atividades de longe. A vinda de uma pessoa conhecida como o senhor causou certo rebuliço. Todos aqui sabem do seu conhecimento das palavras antigas.

— Palavras antigas? Desculpe, mas não entendi. Seria mitologia? Para mim, é apenas um *hobby*. Eu estudei medicina, costumava ser legista e me aprofundei em criminologia, especificamente nas mentes dos criminosos.

— Sim, nós sabemos de tudo... Mandei cortar o mato em volta da sua casa. Ficou parecendo um gramado de campo de futebol. A casa foi limpa ontem, a energia elétrica reestabelecida, mas devo avisar: É comum a falta de energia neste distrito. A casa precisa de algumas reformas, ou seja, o senhor terá algum trabalho manual no intervalo entre os capítulos de seu novo livro.

— Como o senhor sabe que quero escrever um livro?

— A corretora, doutor...

Eles chegaram à casa. Era um lote grande, possuía mais ou menos trinta metros de frente por oitenta metros de profundidade. O lote era delimitado apenas por cerca de arame. A casa era de madeira, do tipo pré-fabricada, mas com um estilo bem bonito. Uma grande aba ao lado da casa serviria de garagem — claro, caso ele tivesse coragem de voltar a dirigir. Predominava a cor da madeira bem envernizada, com as aberturas pintadas de branco. Ela foi construída quase no meio do terreno, e uma árvore frondosa ficava a uns dez metros da entrada da porta.

— A menina gosta de balanço? — Perguntou o Coveiro.

— Eu adoro, vovô! Mas não tem balanço na árvore.

— Eu vou providenciar, e seu pai vai instalar.

— Não precisa se incomodar, seu... — Pedro pensou por um instante.

— Não consegue me chamar assim, não é?

— É que parece muito estranho chamar alguém de coveiro.

— Então me chama por Caveira. Parece história de super-herói — ele riu, enquanto abria a porteira do terreno. — Caso prefira, me chama de João Só, igual ao seu livro.

— Está bem, Caveira. Mas qual é o teu verdadeiro nome?

— Para dizer a verdade, eu abandonei meu nome de batismo há muito tempo, quando larguei a igreja.

— O senhor foi padre?

— Sim, mas abandonei. Acabei me deixando levar por uma vida de pecados. Agora eu cuido daquele cemitério. Eu decido quem entra e quem sai.

— Sim, mas, por sua própria natureza, muita gente morta entra e não sai — Pedro abriu um sorriso debochado.

— É...? O senhor acha mesmo? Não é bem assim. Mas agora não posso falar nada disso para o senhor.

— Por quê? — Pedro já ia se interessando pela conversa.

— Sua filha está atenta à nossa conversa, e, devido ao que ela passou, não seria de bom tom continuarmos esse assunto. Aqui está sua chave. Não se preocupe, a porta está aberta, mas, a partir de agora, mantenha-a trancada.

— Ok, muito obrigado, *Caveira.* — Pedro agradeceu, dando ênfase ao pronunciar o nome.

O velhote foi embora para seu cemitério, enquanto Pedro verificava as condições dos cômodos da casa. Parecia estar tudo em ordem. Havia um quarto com cama de casal para Pedro e um quarto com detalhes infantis para Marília. Tudo o resto necessário a uma casa simples, mas com um pouco de conforto.

— Gostou, minha filha?

— Sim, papai! Tem até uma mesinha pra desenhar.

A menina já foi abrindo seu caderno sobre a mesa, pegando seus lápis coloridos e realizando seus desenhos. Sua boneca foi carinhosamente sentada na mesa ao lado do caderno, como se estivesse interessada na atividade da pequena.

— Marília, o pai vai se deitar um pouquinho. Estou muito cansado. Não abre a porta para ninguém. Qualquer coisa, me chama.

— Tá bom, papai! Que hora a mamãe chega? Onde o Pedrinho vai dormir? Só tem uma cama!

Sem ter como responder a essas perguntas de Marília, Pedro se retirou e foi se deitar na cama em seu quarto. Enfim, sentiu um alívio, parecia que não descansava desde o maldito acidente. Respirou fundo para relaxar e, quase que imediatamente, adormeceu.

Em instantes, ele se levantou ainda sonolento para ir ao banheiro. Quando retornou à cama, percebeu que estava no quarto de casal de sua antiga casa. Martha estava dormindo encolhida no seu lado da cama. Pedro ficou admirando a beleza de sua esposa, vestida apenas com uma camisola branca. Ele tinha o dever de acordá-la para que fosse para o seu plantão, enquanto ele teria aula no primeiro tempo da manhã na faculdade. Pensou que precisava acordar também as crianças para irem à escola. Mais um dia naquela rotina familiar. Ele sempre disse que a rotina é a verdadeira felicidade, e, quando a rotina é perdida, damos o verdadeiro valor que ela merece. Ainda dava tempo de acordá-la com um beijo e, talvez, umas carícias maliciosas. Aproximou-se da cama lentamente, observou sua respiração profunda, aquele peito teimoso que sempre fugia da camisola, as coxas, o quadril. Passou sua mão suavemente pela perna... Ele pensou: que delícia.

As lembranças da noite do aniversário lhe vieram à mente. Que noite maravilhosa! Aquela festa toda, tantas risadas e a cara de surpresa de Martha com as armações que combinou com o gerente do restaurante. Foi demais! Subitamente, relembrou a imagem da velha cigana avisando que sua vida iria mudar para sempre. As imagens do acidente, sem piedade, se projetaram à sua frente, como se fosse um déjà vu ao contrário. Eram más, queriam destruir seu sonho.

— Não! — Gritou ele. — Eu não acredito que isso aconteceu! Martha! — Gritou novamente. — Meu Deus! Não! Eles morreram! — O choro tomou conta dele. Sua vontade era apenas morrer.

— Papai! Papai! Papai! — Marília chamou por Pedro, assustada.

— Oi! Desculpa, filha, estava tendo um pesadelo. O que foi, meu anjo?

— Aquele vovô tá aí batendo na porta.

Pedro se levantou e viu que muito tempo havia passado. Dormiu pesado mesmo. Já se aproximava do anoitecer. Ele abriu a porta e recebeu o coveiro.

— Entra, seu... Caveira.

— Eu trouxe o balanço completo para pendurar no galho da árvore — ele mostrou as cordas com uma tábua devidamente cortada e perfurada para a passagem da corda.

— Muito obrigado.

— Eba! Eu vou poder brincar com o Pedrinho no balanço assim que ele chegar! — Ela deu um pulinho de alegria. — Obrigado, vovô!

Pedro olhou nos olhos do coveiro, que apertou os lábios e levantou as sobrancelhas.

— Doutor, eu trouxe uma senhora de minha inteira confiança, que mora há uns duzentos metros, para cuidar da sua filha. Acho que seria interessante, para que o senhor tenha um pouco de liberdade para realizar seu trabalho. Assim, pode conhecer a vila, conhecer alguns moradores que estão ansiosos para vê-lo de perto.

— Ela é de confiança mesmo?

— Sim, pode acreditar em mim. E ela tem uma qualidade que as outras pessoas aqui do vilarejo não possuem.

— Qual?

— Ela não fala nada para ninguém. Fique seguro de que ela nunca vai fazer uma fofoca do que acontece na sua casa.

— Nossa! Como o senhor tem certeza disso? A natureza das pessoas é se comunicar e invariavelmente acabam comentando as coisas que acontecem na vida das outras.

— Essa não. Eu posso garantir. Ela é muda! Mas escuta normalmente. Vou chamá-la.

Ele colocou o rosto para fora da porta e chamou por Maria. Ela entrou envergonhada, fez um cumprimento com a mão para Pedro, e ele correspondeu.

— Olá! A senhora gosta de cuidar de crianças? Ela é uma menina muito especial e precisa de muita atenção.

A senhora, de estatura baixa, com corpo alargado pela obesidade, confirmou com um gesto de cabeça e um lindo sorriso no rosto redondo.

— Ela gosta muito de crianças. Na juventude, foi uma excelente parteira. Até hoje, acompanha os partos das mulheres e será uma excelente segurança para sua filha enquanto ela estiver aqui.

— Oi, moça! Você vai ser a minha babá? — Perguntou Marília, já se aproximando da senhora, que correspondeu com um largo sorriso.

— Eu aconselho o doutor a deixá-la dormir no quarto da sua filha. A noite está chegando, e aqui acreditamos que, nessa hora, as criaturas da escuridão ficam vagando à procura de um ser de luz para guiá-las.

— O senhor não acredita nisso, não é? — Questionou Pedro.

— O entendido em anjos e demônios é o senhor, doutor. O senhor acredita?

— Pelo sim, pelo não, eu vou aceitar. A Marília, pelo jeito, gostou dela.

Enquanto Pedro conversava com o Caveira, sua filha já tinha puxado Maria pela mão e levado-a para o seu quarto. Pedro espiou de longe e observou que ela estava mostrando seu caderno de desenhos para a senhora.

— Pelo visto, ela ganhou a confiança da Marília. Ela está mostrando seus desenhos para Maria. Para mim, ela nunca mostrou. Sempre me disse que tinha vergonha.

— Doutor Pedro, já são quase seis horas. Eu devo me colocar de guarda no portão do cemitério. Depois desse horário, sou o responsável por impedir que alguém saia de lá. Se é que o senhor me entende? Há, há, há!

— Entrar pode? — Perguntou Pedro, em tom de deboche.

— Está aqui a chave. O senhor tem coragem?

— Por que não! É tudo fantasia das pessoas.

— Ótimo! Espero o senhor daqui a pouco. Tenho um mistério que, talvez, com o seu conhecimento, possa me ajudar a resolver. Mas vá preparado para ver de tudo.

Enquanto o Caveira passou a mão pelo bigode, Pedro conseguiu notar que seu dedo anelar possuía a marca de um anel que, devido à profundidade do sulco, devia ter sido usado por muito tempo.

— Os relatos do livro eram apenas fantasias. As pessoas estavam drogadas, acabavam tendo alucinações. Pensei que isso tivesse ficado bem claro.

— Doutor, aqui não entram essas drogas. Aqui é só o pitu e o marafo.

— Hum? — Pedro contorceu o rosto, sem entender o que ele tinha falado.

— Cigarro e cachaça, doutor. Há, há, há! O senhor não sabe de tudo, não é?

— É verdade. Acredito que o senhor vai me ensinar muita coisa.

— Doutor, já vou indo. O sol, atrás das nuvens, está se pondo, e devo voltar para o cemitério. Aguardo o senhor à meia-noite.

— Por que à meia-noite?

— Ora, doutor! Cada orixá tem a sua hora. O senhor não sabia?

— Pensei que o senhor tivesse sido padre, e não pai de santo.

— Sim, fui padre, apesar de estar há muito tempo esquecido das palavras antigas. Mas sigo devoto de Miguel. Ele manda, e eu obedeço.

Neste instante, o coveiro tirou seu chapéu da cabeça e colocou-o sobre o peito, em forma de respeito.

— Miguel? Novamente esse nome — murmurou Pedro. — Por gentileza, não me chame mais de senhor.

— Está certo! Até logo, garoto! — Ele se despediu e seguiu seu caminho rumo ao cemitério.

Marília e Maria ficaram brincando no quarto. Realmente, a presença de Maria estava fazendo bem à menina. Mais tarde, Pedro, sem saber que horas eram, ficou preocupado em que momento deveria sair para sua aventura com o coveiro. Na realidade, estava impressionado consigo mesmo por ter aceitado essa loucura descabida, mas agora já tinha combinado, e não ir passaria a imagem de que tinha medo de fantasmas. Logo ele, que compartilhara seu corpo com um espírito milenar. Pedro não usava relógio e perdeu seu celular na travessia. Em breve, precisaria ir à cidade comprar um novo. Seu pensamento foi interrompido pelo badalar de um relógio de parede que ele não havia notado na cozinha. Era dos antigos, possuía um pêndulo, e as badaladas revelaram: Havia chegado à meia-noite.

Antes de sair, resolveu dar uma espiada na filha, pois o silêncio havia tomado conta da casa há algum tempo. A luz das lâmpadas incandescentes, de potência mais baixa do que deveria, deixava o ambiente amarelado, o que dava um ar envelhecido às paredes de madeira envernizada. No quarto, as duas estavam dormindo tranquilamente. A senhora estava sentada na poltrona ao lado da cama. Pedro achou desconfortável e decidiu que, além do celular, compraria uma cama para colocar junto à de Marília. O quarto comportava isso. Sobre o colo de Maria estava o caderno de desenho aberto em uma folha qualquer. Ele se aproximou para pegar, mas desistiu. Olhou apenas o desenho que estava voltado para cima. Pedro estranhou. Parecia um disco voador: Um grande círculo com lâmpadas menores em sua periferia interna e uma grande luz no centro. Apesar da pouca idade de Marília, o desenho estava muito bem elaborado, obedecendo à perspectiva e à profundidade.

Pedro saiu apreensivo da casa, trancou a porta e se dirigiu pela estradinha de areia até avistar o cemitério. A noite, apesar de parcialmente nublada, estava clara. Era uma noite de Lua Cheia. Quando avistou o portão do cemitério, pegou a chave no bolso interno do paletó. Era uma chave grande, das antigas, coberta de ferrugem. Ele colocou-a na fechadura e teve que usar força para conseguir girá-la até abrir o grande portão.

Um pequeno espaço sem nuvens no céu libertou a luz da Lua. O clarão revelou um mar de sepulturas, que pareciam se estender até o horizonte. Eram muitas para uma vila tão pequena. Pedro cruzou o portão e começou a caminhar pelo caminho principal.

— Puta que pariu! — Pedro pulou, assustado.

Um morcego perdido se emaranhou em seus cabelos, e ele não conseguia tirá-lo. Pedro entrou em desespero e começou a correr, sem dar muita atenção para onde estava indo.

— Sai, porra! Bicho desgraçado! Caralho!

E quanto mais Pedro tentava remover o pequeno animal dos cabelos, mais ele ficava preso.

— Aaahhh!

Pedro caiu em uma cova aberta, à espera de um novo morador, bateu com a cabeça em uma pedra no fundo do buraco e perdeu os sentidos. O sangue escorreu pelo fundo da cova, sendo bebido pela terra remexida. As nuvens cobriram novamente a luz da Lua, diminuindo a visibilidade. No fundo da cova, restou apenas a escuridão.

CAPÍTULO V

O que é a ilusão, senão uma imagem falsa do que temos o desejo de ver, não importam os motivos... Quem dos outros manipula os desejos, controla também suas ações.

Pedro recobrou os sentidos, ainda meio desorientado devido ao choque da queda. Sua cabeça tinha um galo bem dolorido. Suas roupas estavam enlameadas, e seus óculos não estavam no rosto.

— Puta que pariu! Onde foram parar esses óculos? Devem estar mergulhados nesta lama toda.

O fundo da cova estava coberto por uma fina camada de água barrenta. Pedro tateou até encontrar os óculos. O cheiro que sentiu ao remexer o lodo era de solo humoso e não arenoso.

— Que estranho! Esse cheiro no fundo da cova não deveria estar aqui.

Ele se levantou, limpando as lentes dos óculos com a ponta da camisa. Ainda sem enxergar bem, sentiu como se agulhas lhe fincassem as narinas; preferiu mil vezes o cheiro do fundo da cova. Agora, ele identificava um odor familiar, mas multiplicado mil vezes. Seu estômago revirou em ânsia, que qualquer pessoa não resistiria.

— Nossa! Nunca senti um cheiro tão forte de carne putrefata. Preciso segurar o vômito...

Ele retirou o lenço do bolso, que, por sorte, não estava encharcado de lama, e o colocou sobre o nariz. Sua visão estava comprometida pelas lentes sujas, mas o pouco que conseguiu observar à sua frente foi surpreendente. Uma grande Lua Cheia iluminava o céu, e poucas estrelas tinham coragem de desafiar seu brilho. Ele podia ver, mesmo que um pouco embaçado, várias covas que se perdiam até o horizonte. Não havia terra para cobri-las, com exceção da cova onde Pedro se encontrava.

Ele resolveu sair dali, o que foi trabalhoso e bem desagradável. Seu corpo acabou coberto pelo barro das paredes do buraco. Decididamente, ele não estava no cemitério da Vila; não havia areia, apenas terra preta, bem fértil, mas sem uma única folha de grama, somente a árvore frondosa que se erguia na cabeceira daquela cova.

— Meu Deus! Apenas terra, cova e esse maldito cheiro de carniça — resmungou Pedro.

Ele não resistiu à curiosidade, o que é inerente a um pesquisador, e resolveu espiar o que havia dentro da cova à sua frente. Tentou ajustar os óculos para ver melhor o interior. O brilho do luar refletia em um líquido caudaloso no fundo. Havia um movimento incessante, como se fosse água em ebulição, mas sem formar bolhas, apenas um agito estranho.

Pedro abaixou o rosto para tentar identificar o que poderia ser aquilo. O caldo parecia estar vivo, mas era impossível enxergar o fundo apenas com a luz do luar. Quase que instantaneamente, uma luz amarelada surgiu atrás dele. Um movimento mais forte no fundo da cova liberou um bafo quente e úmido de carne podre insuportável.

— Ahhh! Que horror...

Pedro levou um susto ao ver emergir um corpo sendo devorado por vermes do tamanho de um dedo. O rosto tinha o lábio superior consumido, e os olhos já não existiam mais. Ele não conseguiu segurar por mais tempo e, tonteando, caiu vomitando dentro da cova.

Enojado com a sopa de vermes em que estava banhado, saltava desordenadamente dentro do buraco na tentativa desesperada de sair dali o mais rápido possível. Ele identificou que o cadáver era do motorista do corcel que lhe deu carona, mas o estado de decomposição do corpo não condizia com o tempo decorrido. O rapaz estava vivo durante o dia!

Por mais que tentasse, Pedro não conseguia sair do buraco. Os vermes já estavam entrando por suas roupas, escorrendo numa gosma grudenta pela sua pele, escarafunchando seus cabelos e barba à procura do sangue do ferimento.

— Socorro! Socorro! Pelo amor de Deus, alguém me ajude! — Pedro se esforçou para alcançar a borda da cova, mas ela era profunda, e ele escorregava novamente para o fundo.

— Segure a minha mão! — Enfim, uma voz grave e salvadora.

Pedro segurou firme na única chance de sair daquele buraco infernal. Pulou para fora da cova, grunhindo e arrancando as roupas, tentando livrar-se dos vermes graúdos que conseguiu alcançar. No entanto, havia também milhares de outros minúsculos que se espalhavam dentro de suas calças, causando uma coceira infernal enquanto procuravam qualquer orifício do corpo para adentrar. O desconhecido, a quem Pedro ainda não tinha conseguido observar a face, fez um gesto com a mão na direção dele. Instantaneamente, os vermes começaram a saltar de seu corpo e rastejar de volta para a cova. Pedro percebeu que suas roupas, igualmente, ficaram limpas e que o cheiro fétido impregnado nelas foi substituído por um perfume cujo nome ele não lembrava.

— Por gentileza, doutor Pedro, venha por aqui — disse o homem, finamente vestido com um terno preto.

— Muito obrigado por me tirar daquele inferno — agradeceu Pedro, sem entender como aquele desconhecido sabia seu nome.

O homem, de rosto jovial, sorriu maliciosamente. Ele deveria ter pouco mais de vinte anos, era de estatura média, cabelos louros e bem penteados.

— O senhor acha que ali era o inferno? Era apenas o local de descanso de um soldado condenado.

Pedro, desconfiado, observou seu salvador. Então, surgiu um imponente templo grego, composto por colunas de mármore negro sobre um piso do mesmo material, como se fosse uma única placa contínua, dos degraus ao átrio, onde uma fogueira de chamas douradas iluminava até onde os olhos podiam ver.

O jovem que acompanhava Pedro fez um gesto de reverência antes de pisar no primeiro dos doze degraus. Assim que chegaram ao patamar superior, notaram inúmeras mesas com homens e mulheres bem-vestidos. Os homens trajavam ternos pretos, e as mulheres usavam saia preta e camisa vermelha.

Pedro estranhou a uniformidade das roupas femininas. A forte luz da fogueira dificultava a visualização de seus rostos, mas todos aparentavam possuir corpos formidáveis.

— Sim, Pedro! Foi à nossa imagem que Ele... — uma figura oculta pela sombra da fogueira apontou para cima. — ...criou essas criaturas repugnantes que são os humanos.

— Quem leu meu pensamento? — Questionou Pedro, arregalando os olhos atrás das lentes sujas.

— Fui eu!

Um homem, que aparentava ser jovem como os outros, possuía um corpo atlético, grandes olhos azuis e cabelos negros como a noite. Vestia um terno branco, com camisa e gravata também brancas. Ele se virou para que Pedro pudesse vê-lo melhor sob a luz do fogo.

— Meu nome é Baal — ele ficou pensativo, observando a reação de Pedro. — Vejo que ficou espantado. Esperava aquelas figuras caricaturadas que a igreja de Roma criou há uns oitocentos anos? Não, não. Essa é a minha verdadeira imagem.

Pedro ficou paralisado diante daquela revelação. Pensou que só podia ser um sonho. Ele estudava mitologia, mas não imaginava um dia encontrar esse tipo de entidade. Aliás, Pedro também não esperava um dia ter que sair no braço com um demônio poderoso como Belial.

— Não é um sonho, isso eu posso garantir ao senhor. E Belial? Está aqui. Ele não foi morto, apenas retornou a mim. Ele é o meu mais fiel general. Não posso dizer o mesmo de outros, com quem logo acertarei as contas — Baal ficou pensativo, como se lembrasse de alguém. — Nós não podemos morrer, não somos humanos descartáveis. Essa praga que infecta o mundo que é meu por direito... Este paraíso foi criado, e, desde que vocês perceberam as potencialidades dele, apenas o destroem. E ainda vêm falar de inferno! Este mundo será meu. Vou varrê-los da face da terra, e os que sobrarem serão meus escravos, como esses aí, dormindo nas covas — ele apontou para o mar de sepulturas.

Baal fez um sinal, e um homem que estava sentado a uma mesa, acompanhado de uma mulher, ambos de costas para Pedro, levantou-se lentamente, virou-se e veio em direção a eles, posicionando-se ao lado direito de Baal, cruzando os braços.

— Reconhece Belial agora?

Pedro engoliu em seco, tamanha a sua surpresa. Preferia lutar novamente com o gordinho do delegado Ary Manzoni a encarar aquele rapaz com corpo de lutador de luta livre. Belial possuía olhos e cabelos negros, feições firmes. Com certeza, faria muito sucesso com as mulheres. Ele vestia um terno bem alinhado.

— Belial agradece sua admiração, mas agora devo lhe ordenar uma coisa — disse Baal.

— O que eu, uma nojenta criatura, poderia fazer por um demônio poderoso como o senhor? — Pedro, nervoso, acabou respondendo de forma deselegante a seu anfitrião.

Baal apontou o dedo para Pedro, e uma corrente elétrica subiu pelos pés dele até a cabeça. A dor do choque provocava espasmos em seu corpo. Ele não conseguia dizer nada, apenas um grunhido escapava de sua boca, acompanhado por uma baba constrangedora. Baal assistia à cena com a cabeça levemente inclinada para o lado, sem demonstrar nenhuma reação — nem raiva, nem alegria, muito menos compaixão. Ele recolheu a mão, e Pedro caiu humilhado ao chão, sua baba marcando o piso negro.

— Aqui eu não admito desrespeito. Entendeu, senhor Pedro? Ou seria doutor Pedro? Eu sou o Senhor... Como os mortais falam mesmo? Ah, sim! Senhor de Todo o Mal. Nós estávamos aqui antes, e vamos estar aqui depois que todos vocês forem varridos dos meus reinos.

— Com todo o respeito! Como “seus reinos”? Deus dividiu os anjos, os espíritos, os demônios e os vivos para que coexistissem neste planeta, cada um em sua devida dimensão — ponderou Pedro.

— Muito bem, doutor Pedro! Vejo que Miguel ganhou um novo discípulo. Mas quem, agora, poderá impedir meus planos de unir todos os reinos? Você? Ora, faça-me o favor!

Baal riu.

— Seu inquilino Aquinael se diluiu na natureza como um elemental; Davi, aquele judeu incrédulo, foi dominado pelo remorso, e o álcool é seu companheiro inseparável; Golias, o outro guardião como Aquinael, está aqui ao meu lado.

Um gigante que estava sentado em uma mesa veio em direção a eles. Era carrancudo, tinha bem mais de dois metros de altura. Como os outros, vestia um terno preto, mas sem gravata. No lugar dela, ao redor do pescoço, encontrava-se uma espécie de coleira de ouro com uma grande pedra de rubi na altura do pomo de adão.

— Quem poderá me impedir? Durante esses milênios, fui movendo as peças uma a uma, sempre com o foco de chegar até aqui. Apenas um acontecimento foi inesperado e, devo admitir, atrasou um pouquinho os meus planos.

— O que seria? — Questionou Pedro, tentando entender o que ele estava fazendo ali.

— Você está aqui para invocar um velho amigo. Eu sei que ele não conseguirá resistir ao seu chamado. Ele está preso a você por um contrato antigo.

— Quem? Eu não tenho contrato com ninguém.

— Ah, sim! Você tem! Pode não saber, mas está amarrado a um contrato, e ele, por consequência, também.

Baal contemplou todos os seus convidados, que estavam sentados às mesas. Agora, todos prestavam atenção à conversa dos dois. Apenas a mulher sentada à mesa de Belial continuava de costas para tudo o que estava acontecendo.

Pedro olhou em volta e notou que, ao redor do templo, uma multidão de corpos desfigurados — os cadáveres ocupantes das covas — se aglomerava, empurrando-se e dando cotoveladas, hipnotizados pela chama da fogueira.

Uma onda de corpos lançados para cima seguia rapidamente em direção ao templo. Membros, cabeças e pedaços de carne podre eram jogados para todos os lados.

Baal foi atingido no rosto por uma língua carregada de vermes. Isso o indignou.

Ele pegou um lenço branco e limpou o rosto. Fez um gesto com a mão, e a língua fétida, os vermes e até o sangue escorreram voluntariamente para fora do templo.

Pedro segurou para não rir, mas sua mente o traiu, e um novo choque subiu por suas pernas, potencialmente mais doloroso do que o anterior.

Enquanto Pedro, que havia desabado no piso frio, se contorcia em espasmos, uma figura vestida com um hábito negro ia abrindo passagem com sua foice. O rosto estava escondido pela sombra do capuz. Passo após passo, ele progredia lentamente, abrindo caminho com força descomunal em direção a Baal.

— Pode vir — disse Baal, fazendo um sinal com a mão chamando o encapuzado, deixando-o livre para caminhar naturalmente, ostentando sua foice na mão direita.

Pedro, enfim, foi libertado de sua tortura, se levantou, limpou o rosto da baba com a manga do terno, tossiu humilhado e recompôs a roupa.

— Veio buscar uma alma que não me pertence? Não vou devorá-lo, mas ele só sai daqui quando eu permitir. Esperei muito tempo para degustar minha vingança de um traidor — falou Baal, dirigindo-se ao invasor. — Pedro, minha paciência está se esgotando. Invoque agora Asmodeus!

— Por que eu faria isso?

Pedro se sentiu confiante ao estar ao lado daquela figura que acreditava ser Samael, o Anjo da Morte. Ele sabia que todos o temiam, anjos ou demônios.

— Ele não é Samael, Pedro! — Sorriu Baal.

Pedro olhou para o desconhecido, e este sacudiu a cabeça negativamente sem falar uma palavra.

— Eu tenho aqui algo que vai convencê-lo. Ou melhor... Alguém que vai convencê-lo.

Baal enfatizou a palavra "alguém", revelando que Pedro teria uma surpresa.

Belial, que estava ao lado de Baal, dirigiu-se à mesa e, com um gesto cavalheiresco, estendeu a mão para a moça que estava sentada de costas. Ela se levantou devagar e virou-se na direção de Pedro.

— Martha! Não! Não, Baal! Tu não podes ter roubado a alma dela!

Pedro colocou as mãos no rosto, soluçando desesperado. Não conseguia suportar a ideia de que a alma de sua amada fosse consumida pelo inferno.

Ela foi conduzida por Belial, de cabeça baixa, sem olhar nos olhos de Pedro, como se não pudesse vê-lo.

— Então, doutor? Vai invocar esse *come-restos* do Asmodeus ou vou ter que deixar Belial aproveitar sua vingança contra Martha? Ele deseja comê-la em todos os sentidos desde que ela o enviou de volta para casa.

Belial arrancou a blusa vermelha de Martha, revelando seus seios.

— Não! — Pedro, em um movimento instintivo, lançou seu punho fechado na direção do rosto de Baal, mas foi interrompido pela mão aberta de Golias.

— O magrinho tá fraco — informou Golias com sua voz rouca e grave como um trovão. — Ele ainda tá na escuridão.

— Então, doutor Pedro, vou lhe dar mais uma chance.

O encapuzado não conseguia falar à mente de Pedro. Seus poderes estavam temporariamente neutralizados dentro do templo de Baal. Pedro se sentia perdido, sem saber o que fazer. Afinal, se Baal estava fazendo tudo aquilo para capturar Asmodeus, significava que ele era importante para impedir o seu plano.

— Belial, sirva-se! — Ordenou Baal, demonstrando impaciência.

Belial pegou Martha pelos cabelos da nuca e a beijou com lascívia. Era possível ver suas línguas se procurando na boca um do outro.

Pedro sentiu uma taquicardia como nunca antes. Seu estômago se revirou com uma dor comparável a uma úlcera terminal. Seu corpo, paralisado, enrijeceu de tanto ódio. Baal apenas assistia sem demonstrar emoção alguma. Golias tremia as pálpebras, mas não tinha forças para se libertar do feitiço da coleira. Belial a colocou a sua frente para que Pedro pudesse vê-la em todos os detalhes. Acariciou seus seios com vontade, até com um pouco de violência. Ela gemia e respirava ofegante, demonstrando prazer. Com uma das mãos, Belial prendeu Martha a ele, e, com a outra, deslizou em direção à saia dela, que logo foi arrancada. Ele a pegou no colo e a deitou sobre a mesa, posicionando suas pernas sobre seus ombros. Arrancou sua calcinha num gesto abrupto, rasgando o tecido. Baal, com um balançar de mãos, libertou os movimentos de Pedro.

— Então, Pedro? Está gostando do espetáculo? Eu Adoraria que você demorasse um pouco mais para invocar aquele traidor.

— Sim, eu invoco! mas larga ela...

Pedro caiu de joelhos ao chão. Seu rosto estava ensopado pelas lágrimas. Ele juntou as mãos como se fosse realizar uma oração e invocou seu antigo conhecido.

— Asmodeus, Asmodeus, eu sei seu nome. Venha a mim. Eu, Pedro, o invoco em nome de nosso contrato sagrado!

— Satisfatório... Mas as mãos juntas... Hum! Foi um tanto desnecessário. Diria até que... Ridículo — Baal balançou a cabeça negativamente.

— Por favor, agora liberte Martha — implorou Pedro.

— Mas eu nunca prendi Martha. Não tenho esse poder no momento — o sorriso malicioso de Baal confundiu Pedro.

— O quê?

— Tentei avisar você! — disse o encapuzado na mente de Pedro, agora que Baal havia liberado seus poderes. — Ele usa ilusões para enganar os inocentes.

— Isto aqui tudo é ilusão? — Perguntou Pedro em pensamento.

— Não, meu caro doutor — intrometeu-se Baal. — Apenas você viu o que desejava ver.

Belial afivelou novamente o cinto, enquanto Martha se levantava nua e caminhava sorridente na direção de Pedro, que finalmente começou a enxergar a verdade: Era uma mulher com características muito diferentes das de Martha. Possuía cabelos loiros, seios fartos e um corpo avantajado. Era linda, mas decididamente não era Martha. Como ele pôde confundi-la?

— Agora é com você, servo de Miguel — disse Baal. — Você acredita que poderá fazer alguma coisa para me impedir? Sem guardiões, sem Martha, sem Davi... — Ele olhou para o gigante ao seu lado. — Sem Golias. Samael não pode entrar no seu refúgio. Agora, eu posso! E vou entrar com oito bilhões de soldados que arregimentei todo esse tempo. Será um soldado para cada mortal. Você e sua falange não poderão fazer nada...

Baal olhou diretamente para Pedro e revelou a identidade do encapuzado.

— Caveira!

— O quê? — Pedro se surpreendeu com a revelação. — Você é o Caveira? O guardião do cemitério?

O encapuzado apenas olhou na direção de Pedro, que enfim conseguiu ver os ossos do crânio e a luz vermelha brilhando no fundo dos orifícios oculares.

— Bom, agora que lancei a sementinha da discórdia, é melhor vocês irem embora. Meus soldados estão esfomeados por uma alma com tanta sabedoria quanto a sua, doutor — disse Baal, dispensando-os.

O templo estava cercado por centenas de soldados desfigurados, que agora batiam violentamente os pés no chão. O som cresceu a ponto de impedir que qualquer outra coisa fosse ouvida.

— Você não tem força alguma, doutor. Siga atrás de mim. Eu vou abrir caminho com minha foice até a sua cova — falou o Caveira diretamente na mente de Pedro.

Eles correram em direção à árvore, mas os soldados de Baal os cercavam. O Caveira, com muita dificuldade, foi decepando membros, cortando cabeças, separando corpos ao meio, mas muitos outros tomavam o lugar daqueles que tombavam ao chão.

Pedro apenas os chutava e empurrava para longe, quase sem qualquer resultado.

Por fim, chegaram à beira da cova.

— Doutor, pule na cova, agora!

— O quê? Está louco? Por que eu me jogaria nesse buraco imundo?

— Apenas me obedeça, seu almofadinha!

O Caveira, enfurecido, empurrou Pedro para dentro da cova.

Ele caiu. Caiu. E não parou de cair.

CAPÍTULO VI

A vida possui muitos mistérios. A revelação é o objetivo buscado por todo iniciado.

Pedro caiu numa cama antiga, daquelas em que o colchão era de palha sobre uma tela de molas.

— Acordou, garoto? — Disse o homem sentado numa cadeira de madeira ao lado da cama. Era a cama do coveiro.

A casa do zelador do cemitério era feita de alvenaria simples, do tipo quarto e cozinha. As paredes eram pintadas com cal, as aberturas eram rústicas, e apenas a do quarto possuía vidros na janela. Mesmo naquela hora da madrugada, estava aberta. Os clarões dos relâmpagos revelavam uma tempestade que se aproximava.

— Aah! Minha cabeça está explodindo! — Disse Pedro, sentando-se na cama.

— Está com um galo bem feio aí na cabeça, doutor. O que te deu para mergulhar de cabeça numa cova aberta?

Pedro resolveu não falar nada do que vivenciou. Poderia ser apenas um sonho ou uma alucinação, como as que ele estava tendo antes do acidente.

— Por gentileza, que horas são?

— Ainda não amanheceu. Eu aconselho que, depois que você melhorar, volte para casa. Aqui temos uma crença: Quem entra no cemitério à meia-noite e não sai até o amanhecer, fica preso aqui para sempre.

— Não é a minha intenção... — Pedro riu, mas logo sentiu a dor. — Ai! Que dor de cabeça espetacular...

— Garoto, eu vou fazer uma benzedura para você melhorar.

O Caveira colocou uma caneca de alumínio branco sobre a sua testa e começou a entoar um cântico. Pedro não entendia o significado das palavras, mas guardou respeito. Em meio ao ritual xamânico, o coveiro pegou um cigarro de palha que estava aceso no cinzeiro de madeira, deu uma boa tragada e baforou sobre a caneca três vezes. Depois, entoou mais algumas palavras e, enfim, entregou a caneca a Pedro.

— Beba tudo, sem respirar!

Pedro pegou a caneca, respirou fundo e jogou o conteúdo goela abaixo. Enquanto isso, o Caveira puxava estrategicamente um balde de alumínio com o pé, deixando-o entre os dois. Assim que terminou o último gole da bebida altamente ácida, uma golfada de vômito preto jorrou incontrolável até o balde, seguida por outras, igualmente violentas.

O Caveira tragava o pito e baforava na cara de Pedro, que, a cada vez que tomava ar, sentia o cheiro de tabaco e menta e liberava mais alguma golfada, terminada com cuspes no balde. Por fim, ele encheu as bochechas com marafo de uma garrafa de vidro esverdeado e borrifou no rosto de Pedro. Depois de tudo isso, o doutor conseguiu se recompor.

— Garoto, acho que você deve ir para casa agora. Logo vai amanhecer.

— O que foi que aconteceu? Por que passei mal assim desse jeito?

— Existem coisas que você terá que descobrir por si só. Eu acredito nas promessas antigas. São leis universais. Ninguém — Eu disse ninguém — tem permissão para quebrá-las.

— Tá, mas por que tu estás me dizendo isso?

— Livre-arbítrio, garoto. Você tem que achar as suas respostas por si mesmo. Ah! E não precisa me dizer o que você viu no seu "sonho".

— Eu não falei que sonhei nada. Como tu sabes que sonhei?

— Há, há, há, você é sagaz, doutor. Muito sagaz... Agora vá. Já vai amanhecer. Eu acredito no que falei. Quem entra...

— À meia-noite e não sai antes do amanhecer, não sai mais... É, eu já entendi. Está certo. Vou para casa dormir um pouco na minha cama.

O Caveira abriu a porta para Pedro sair. Enquanto caminhava pela estrada de areia, iluminada aqui e ali pelos relâmpagos, Pedro pensava em tudo o que havia passado em seu sonho. Era muito vívido;

lembrava-se perfeitamente da dor insuportável que sentiu ao afrontar Baal.

A frase do Caveira sobre o livre-arbítrio ecoava em sua mente e o fazia refletir: *Os anjos não o possuem. Esse era o maior rancor deles em relação aos humanos. Tudo começou por causa de duas emoções humanas: atração e inveja. Alguns anjos se atraíram pelas mulheres, enquanto outros invejavam a vida de incertezas dos homens. Como seres criados com a essência de Deus se transformaram em demônios? Mas era importante entender que os humanos também nasceram da essência de Deus — e, ainda assim, cometem atrocidades. Muitas delas, ironicamente, em nome do próprio Deus, de uma crença, de uma suposta superioridade — seja ela étnica, sexual, cultural ou social. E, com isso, a regra de ouro — "Não faças ao teu próximo o que não queres que façam para ti" —, a mais importante de todas, foi esquecida ou propositadamente ignorada.*

Pedro chegou em casa, exausto. Antes de se deitar, resolveu verificar como estava sua filha. Não precisou nem abrir a porta; conseguiu ouvir o ronco de Maria do lado de fora. Decidiu, então, não incomodar e seguiu para o seu quarto. Retirou os sapatos, deitou-se na cama, jogou a camisa enlameada sobre a poltrona e fechou os olhos.

— Nossa, que noite! Preciso dormir um pouco.

Pedro inspirou fundo para relaxar, ajeitou-se na cama e, quando abriu os olhos...

— O quê? — Surpreendeu-se Pedro.

— Olá, docinho! Você me chamou, eu estou aqui.

Um homem usando um terno de linho branco e um chapéu Panamá estava aos pés de sua cama, com os braços cruzados, como quem esperava por uma explicação.

— Que lugarzinho mais ou menos, hein! — Continuou o homem. — Já vou logo adiantando: Não gosto daqui. Quanto mais cedo resolvermos o motivo pelo qual você me chamou, melhor. Quero voltar para a praia. Não essa aqui, onde o clima está sempre nublado. Quero voltar para onde está cheio de gatinhas e gatinhos.

— Quem tu és? — Pedro se sentou na cama, surpreso.

— Você estava esperando a Verônica, né, seu tarado? Não posso! Infelizmente, eu fiz uma promessa para Marthinha, e eu sempre cumpro minhas promessas. Grave isso, é importante, seu almofadinha. Há, há, há...

— Tu és um fantasma?

— Fecha a boca, doutor, vai entrar mosca. Você sabe quem eu sou.

— Então tudo aconteceu mesmo...

— Tudo o quê, doutor? Eu não sei nada do que acontece aqui nesta... — Ele pensou um pouco antes de continuar. — vila de pescadores.

Pedro contou toda a história do acidente até o que ele achava ter sido um sonho delirante.

— Até o acidente eu sei de tudo. Na verdade, eu estava presente.

— E por que tu não impediste essa desgraça? — Pedro indagou, furioso.

— Eu fiz tudo o que podia, sem infringir as leis Dele. — Asmodeus apontou para cima.

— Desde quando tu obedeces às leis? Agora todo mundo fica apontando o dedo para cima para falar de Deus. Diz logo "Deus", porra! — Desabafou Pedro.

— Eu não posso falar o nome Dele em vão. Nem eu e nem ninguém que atravessou... — Ele pensou novamente antes de concluir. — as barreiras entre os reinos. E acredite, doutor, ninguém vai querer chamar a Sua atenção.

Asmodeus deu uma risada rouca para dentro e levantou novamente o dedo para cima.

— Baal disse que eu tenho um contrato com um demônio? Eu vendi a minha alma para ti?

— Não! Eu tinha uma relação, como posso dizer, afetiva com o Aquinael, não com você.

O velhote pegou um charuto no bolso do paletó, cheirou-o, cortou a ponta com um cortador que trazia no bolso, pegou uma caixa de fósforos e riscou um palito, acendendo-o e dando várias tragadas. O perfume do charuto de primeira qualidade impregnou o quarto.

— Pedro, você disse que o coveiro se chama Caveira e que ele buscou você no templo de Baal, reivindicando sua alma, pois ela não pertencia àquele lugar. Entenda: caso você tivesse vendido sua alma para mim, o Caveira, como você o chamou, não poderia defendê-lo. Contratos são sagrados. Um coveiro chamado Caveira... — Ele riu disfarçadamente enquanto soltava uma bela baforada no ar, pois sabia bem quem era o Caveira. — típico!

— E quanto a tudo que aconteceu comigo antes do acidente? Tu foste o responsável? E a Fernanda, como desapareceu no quarto do motel?

— Não era uma pessoa. Fernanda era, na realidade, um anjo caído, indeciso entre o bem e o mal. Procurava decifrar as emoções humanas. Eu não podia me manifestar — respondeu o velhote com sinceridade no olhar. — Eu gostaria de ter sido responsável, mas cumpri minha promessa para Martha. Apenas participei no... Deixa para lá. Agora não vem ao caso. Eu não podia mudar o que deveria estar destinado a acontecer.

— Falam tanto em livre-arbítrio... Como pode haver destino e livre-arbítrio ao mesmo tempo?

— Mistérios... — Riu o velhote. — Agora preciso ir embora.

— Espere!

— Adeus, Pedro! — Nada aconteceu. Asmodeus não conseguiu voltar ao local onde estava antes de ser invocado. — Puta que pariu!

— O que houve?

— Não consigo sair daqui. Estou preso com você nesta... Argh! Que raiva!

— Tu não podes sair daqui? — Pedro fez uma careta. — O Baal vai enviar os enviados dele para pegá-lo. Era isso que ele mais desejava. Desculpe não ter incluído isso no meu relato. Ops...

— Filho da puta! Ele vai comer a minha alma... Eu, sozinho, não posso com ele. Nem você. Nem o Caveira.

— E alguém, por acaso, pode com Baal?

— Alguém como ele, ora! Por que você acha que eu estou perambulando por aí, aproveitando os vícios dos homens e das mulheres?

— Porque tu és um demônio, não seria? — Pedro respondeu com cara inocente.

— Não, doutorzinho de araque! Não devia, mas vou te explicar.

Ele tragou mais uma vez e continuou:

— Na mesma grandeza de Baal, existem mais duas entidades que, como ele, eram arcanjos que decaíram: Belzebu e Astaroth. Todos abaixo do maior de todos: O todo-poderoso anjo Metatron. Mas esse... nem eu tenho certeza de que sua existência não seja apenas uma lenda.

Pedro escutava atentamente.

— Muitas liturgias de seitas antigas cultuavam quatro demônios, incluindo a mim e mais uma entidade que chamavam de Leviatã. Os membros dessas sociedades não possuíam o conhecimento de que Baal era um indivíduo e não um conjunto de entidades. Eu nunca fui um anjo. Eu era um homem, um mago, na verdade, com um segredo.

Ele riu.

— E Leviatã... Essa cra a história mais ridícula. Era como os homens primitivos enxergavam as pobres baleias. Coitadas! Perseguidas durante séculos. Então sobraram apenas Belzebu e Astaroth. Confesso que só encontrei o primeiro uma vez, e prefiro nunca mais repetir a aventura.

Pedro absorvia cada palavra que Asmodeus pacientemente pronunciava. Sua vida, e principalmente a de sua filha, dependiam disso.

— Astaroth é poderoso. O senhor de todos os segredos: Passado, presente e futuro. Engraçado... Ele é o patriarca da Lei, e foi justamente uma acusação de descumpri-la que o condenou ao banimento do Reino dos Anjos. Na verdade, haveria muita coisa para falar dele, mas o que importa é que quem fez essa acusação foi Baal.

— Então ele não é tão mau!

— Não se precipite, doutor. Ele é o mal em essência. E digo mais: Ele não possui a graça nem o charme de Baal. Baal, sim, tem classe, estilo, sabe usufruir do seu reinado. Se ele ficasse no cantinho dele, todo mundo ficava feliz, mas ele tinha que vir logo encher o meu saco.

— Puta, agora eu não sei mais quem é do bem e quem é do mal.

— Nem tudo é como parece, nem tudo que parece é... — Asmodeus deu a última tragada no charuto. — Mas me deixa continuar...

Ele riu e prosseguiu:

— Alguns séculos depois que Astaroth caiu e assumiu o Reino Inferior, Baal também foi banido do céu e vagou pela terra, trazendo a guerra contra os anjos para o Reino dos Vivos. Não demorou muito para Samael prendê-lo também no Reino Inferior.

— E o que aconteceu? O que Astaroth fez com Baal quando ele entrou no seu reino?

— Calma, doutor! — Asmodeus não resistiu e riu da curiosidade de Pedro enquanto acendia outro charuto.

Ele tragou e retomou:

— Baal contou inúmeras mentiras, argumentou dentro da lei, claro, mas usou sua velha lábia e convenceu Astaroth de que juntos poderiam voltar ao Reino dos Anjos. Esse sempre foi o maior desejo de Astaroth, e Baal sabia disso e soube usar a informação — Asmodeus ergueu o charuto em direção a Pedro, como um brinde. — E o mundo se manteve em equilíbrio durante muito tempo: Eles tentando voltar, e Samael impedindo que migrassem pelas aberturas entre os reinos, com uma silenciosa ajuda minha e dos guardiões.

Pedro respirou fundo.

— Mas... sempre tem um "mas", não é?

— Sim, doutor. Baal enganou Astaroth e roubou seu poder mais importante: O poder de ser o "Senhor das Almas".

— Como assim? O que significa ser o Senhor das Almas?

— Ele governa todas as almas que, pela maldade que possuem, não vislumbram recuperação e, portanto, são enviadas para o Reino Inferior. Astaroth as julgava e definia sua condenação. Algumas recebiam uma pena bem interessante... — ele riu e deu mais uma tragada no charuto. — serviam de comida para seus demônios inferiores.

— Hum! Igual a ti, que se alimenta de restos... Arg! — Pedro deixou escapar seu nojo.

Asmodeus se enfureceu e ficou a um dedo do rosto do doutor, com a aparência que possuía no Reino Inferior. Pedro nunca sentiu tanto medo de algo sobrenatural; chegou a perder o controle de seus movimentos, não por ordem da entidade ali presente, mas por puro pânico da imagem que estava vendo. Não tinha como defini-la: Era uma figura humana fundida a um bode de maneira fantasmagórica. Podia ver através daquele corpo asqueroso. E o que via era a escuridão.

— Ficou cagado, doutorzinho? Não me desafie mais, eu gosto de respeito.

— Mas como vou respeitá-lo? Na verdade, eu nem sei quem tu és.

— Ora! Eu sou o todo-poderoso Asmodeus, o rei dos fodões! — Falou ele, orgulhoso, erguendo bem o corpo, inflando o peito e dando uma tragada com vontade no charuto que já estava acabando.

— E agora eu dou as ordens, e tu me obedeces, não é?

— Filho da puta! Como você fez isso, seu almofadinha? Só podia ser marido daquela petulante da Martha.

— Igual a ti, eu quero respeito! De agora em diante, quero ser tratado com respeito.

— Não abusa! — Disse Asmodeus em tom de ameaça.

— Pois bem, agora eu vou ditar meus termos. Ajude-me a proteger a mim e à minha filha, que considerarei quitar o nosso contrato.

— É justo! Sim, é justo. Eu já ia fazer isso mesmo: Ajudar você a proteger a minha alma. Mas eu tenho uma exigência também. Eu preciso que você ache uma pessoa que eu sei que está aqui.

— Ora, isso não é nada demais, ajudo, sim. E como tu vais me ajudar?

— Eu ia contar tudo, antes de você dar uma de engraçadinho, doutor. Eu consegui me manter oculto todo esse tempo exatamente por causa de Astaroth. Eu forjei o anel do rei Salomão, mas ele não possuía nenhum poder sobre os demônios; foi Astaroth que o enfeitiçou sem saber. Ele conjurou os sons das palavras divinas para controlar os demônios direcionados às suas quarenta legiões. Mas o que estava à sua frente, sob um pedestal, era apenas o anel. Ele estava sob o efeito de uma alucinação que eu criei. Portanto, ele não morre de amores por mim também.

— Tu tiveste a coragem de enganar um demônio tão poderoso?

— Nessa época, eu servia a Baal e estava me relacionando com um famoso rei humano.

— Salomão?

— Sim. Astaroth nem havia acordado de seu sonho forçado, e eu já havia entregado o anel a Salomão.

— Tudo bem, mas como isso vai me ajudar?

— Assim!

Asmodeus pegou uma correntinha que estava em seu pescoço, abaixo da camisa de seda branca.

— Aqui está o anel. Mas só o coloque no dedo quando for necessário para enfrentar Belial, Baal ou o próprio Astaroth. E mais uma coisa, Pedro: Você precisa encontrar a espada de Saint Germain. Aquela que você guardou durante anos. Ela está aqui também e é fundamental para enfrentar Baal, caso ele consiga invadir este mundo.

Pedro pegou a correntinha com o anel e a colocou no pescoço.

— Mantenha-a sempre escondida.

— Papai, papai, você já acordou? — Chamou Marília, batendo na porta, impaciente para ver seu pai.

— Você a trouxe para cá, seu louco?

— Sim, é claro! Ela tinha que ficar comigo. Não podia ficar sozinha, não acha?

Marília abriu a porta e correu para os braços do pai. Pedro a abraçou com muito carinho, grato por ter voltado do mundo de Baal.

— Bom dia, minha filha! Esse aqui é...

CAPÍTULO VII

Destino, Livre-arbítrio, Carma... O que são esses conceitos no mundo das ideias?

Pedro notou que o quarto já se encontrava vazio; Asmodeus já havia se retirado.

— Não tem ninguém aqui, papai. Você tá ficando lelé? — Marília girava o dedo ao redor da orelha, dançando em círculos, indicando que o pai estava ficando louco. — O Papai tá lelé... tá lelé... tá lelé...

Pedro sorria com a brincadeira da menina; ela estava mesmo melhorando. Realmente, terem se afastado de Santa Cruz do Sul estava fazendo bem para a menina. A companhia da Maria, talvez, também tivesse colaborado com isso.

— Papai! — Ela soltou um grito de desespero infantil.

Marília pulou no colo de Pedro num abraço forte. Seu corpinho tremia junto ao peito do pai. Um trovão, como se uma grande explosão tivesse atingido a casa, fez vibrar todos os vidros das janelas e apavorou a menina, que libertou um choro soluçado.

— Pronto, pronto, pronto... Calma, minha filha. Foi só um relâmpago. Estamos protegidos aqui. Fica tranquila.

Pedro afagava os cabelos da menina. Sem perceber, ele começou a ninar a pequena.

— Papai, posso dormir aqui com você até a chuva passar?

— Pode sim, minha filha.

Pedro deitou Marília na cama, cobriu seu corpo com uma coberta fina e se deitou ao seu lado. Em poucos minutos, a respiração da menina já estava profunda, revelando que se sentia segura e dormia tranquilamente. Pedro estava deitado de lado, sentindo o perfume dos cabelos de Marília. Agradeceu a Deus por tê-la deixado ao seu lado. Era um motivo para continuar vivendo. As lembranças de sua família reunida em vários passeios invadiram sua mente: As risadas das tantas trapalhadas que sempre aconteciam, as infinitas brigas entre as crianças por motivos banais, como quem ficaria com a última colherada de sorvete. Tanto tempo perdido com brigas sem sentido. Ele adormeceu.

Pedro entrou pela porta de uma sala de espera semelhante à de um consultório. Seu coração disparou ao ver sentada em um sofá, com um curativo na testa, a cabeça caída para o lado, adormecida e aparentando muito cansaço, com olheiras profundas, sua esposa, Martha. Pedro sentiu sua visão obstruída; não conseguia ver o ambiente com clareza, tudo era tão descolorido. Tentou caminhar em direção a Martha para abraçá-la. Foda-se se ele sabia que ela estava morta. Ele queria aproveitar aquele momento; era um sonho. Seu corpo não possuía força para se mover, suas pernas estavam presas na posição em que normalmente dormia.

— Mãe! Mãe! Tão chamando a senhora.

Um menino com uma tipoia de ombro e cotovelo preta seguiu em direção a Martha, passando por Pedro sem notar sua presença. Era Pedrinho.

Uma porta se abriu, e um rapaz com vestimentas brancas e cabelos pretos encaracolados saiu rapidamente em direção a Pedro.

— O que o senhor está fazendo aqui? Aqui não é o seu lugar! Saia agora!

Pedro não sabia o que responder, não estava entendendo nada. Ficou com cara de espanto com a rigidez das palavras.

— Você não está me ouvindo? — Perguntou o rapaz, tocando com o dedo no peito de Pedro.

— Ai! Isso dói! O que está acontecendo?

Pedro olhou para Martha, que estava sentada ao lado de Pedrinho. Eles estavam totalmente alheios ao que lhe acontecia. Ela estava posicionada com as pernas juntas, os cotovelos sobre os joelhos, as mãos unidas em uma prece. Apenas os lábios se moviam enquanto uma lágrima escorria do olho fechado.

— Vá agora! — Ordenou o rapaz de cabelos encaracolados, tocando mais uma vez no peito de Pedro, que não resistiu à dor. Era bem mais forte do que a sentida no primeiro toque.

— Ai! — Reclamou Pedro, sentando-se na cama com a mão no peito.

Marília já havia acordado e estava desenhando em seu quarto, sob os cuidados de Maria.

— Nossa, que pesadelo! Queria que fosse verdade. Daria tudo para tê-los de volta.

— *Não, não daria não! Não deixe que essa dor se transforme em fraqueza. Baal saberá utilizar isso muito bem* — falou Asmodeus na mente de Pedro.

— Ah, não! Tu vais ficar falando na minha cabeça agora, como ficou na cabeça da Martha?

— *Pois é! Contratos são contratos... Mas vou ficar em silêncio, só vou falar quando for necessário. Está bem? Mas saiba que, enquanto estiver com o anel, estarei aqui. Ah! E é melhor não ter a brilhante ideia de tirar ou perder o anel, pois preciso dele para cumprir o nosso acordo e, sem o anel, não posso proteger você.*

— Ok! Não vou tirar o anel do pescoço.

— *Nunca! Entendeu? Você não é a Martha!*

— Tá bom, tá bom. Já entendi — sacudiu a cabeça, resignado. Realmente, ele não era a Martha.

Pedro se levantou, pegou uma camisa, vestiu-a e foi até a sala. O quarto de Marília estava aberto, e ela estava sentada em sua mesinha, concentrada em seus desenhos. Maria fazia a cama da menina. O velho relógio de pêndulo marcava onze horas. O tempo havia passado, e Pedro dormira tão profundamente que não notou que até a tempestade se fora. Ao afastar a cortina, Pedro viu um dia claro, mas com nuvens escuras anunciando que mais chuva estava por vir.

— Que clima que não melhora nunca — desabafou ele entre os dentes.

Uma moça passou na estradinha à frente da casa de Pedro. Ela se dirigia ao atracadouro, que ficava a pouco mais de duzentos metros dali. Era bela, alta, possuía curvas salientes. Usava um vestido branco que deixava os ombros à mostra e descia até os tornozelos. Seus cabelos castanhos claros encaracolados balançavam com o vento enquanto caminhava.

— Não pode ser! — Pedro acreditou ter reconhecido a moça. — Maria, cuida da Marília enquanto vou dar um passeio na praia.

Maria chegou até a porta do quarto e fez um sinal positivo com a cabeça.

Pedro seguiu pela estradinha, desviando das poças de água formadas pela chuva, mas, em alguns pontos, foi obrigado a realizar grandes saltos, o que se revelou inútil. Seus sapatos ficaram enlameados e, num dos saltos, um pé ficou preso na lama. Nisso, foi-se a dignidade do eminente professor.

O pequeno atracadouro, que não passava de um trapiche, ficava no final da estradinha, logo após uma pequena praça onde havia bancos sob as árvores. No local, estavam atracados alguns poucos botes de nomes sugestivos.

Pedro logo identificou a bela moça sentada à sombra de uma árvore. Ela estava com os braços apoiados no banco ao lado do corpo, mantinha o olhar fixo, como que hipnotizada pelo movimento das ondas da lagoa. Então, resolveu se aproximar.

— Bom dia! Posso me sentar ao teu lado? — Perguntou Pedro, já se sentando.

— Já sentou!

— Perdão! Tu queres que eu saia?

— Não, pode ficar — ela respondeu sem nem olhar para ele.

— Eu sou novo aqui, cheguei ontem. Estou conhecendo as pessoas.

— Hum-hum!

— Bonita a paisagem aqui, né? Tu vens sempre aqui para admirar?

— Na verdade, consegui fugir do meu pai por alguns minutos. Estou esperando que meu marido volte da guerra.

— Guerra? Qual guerra?

— Ora, a guerra contra os nazistas.

— Mas...

— *Pedro, não continue! Lembre-se da regra que o Coveiro lhe passou* — alertou Asmodeus.

Pedro obedeceu, mas era algo que não fazia sentido para ele.

— *Você já conseguiu! Você achou quem eu estava procurando. Mas isso é só o começo. Conversa com ela, vai! Descubra como poderemos salvá-la.*

— Salvá-la? — Questionou Pedro.

— O que você falou? — Perguntou a moça.

— Teu marido está voltando da guerra? — Disfarçou Pedro.

— Não sei, apenas espero... Meu pai nem sabe que nos casamos. Fizemos tudo escondido. Foi frei José que nos casou na capela do cemitério da Santa Casa de Caridade de Bagé.

— Por que tu te casaste escondido?

— Meu pai não aceitava que eu me casasse com um "colono". Era assim que meu pai chamava o Benjamim. Ele trabalhava na nossa fazenda. Meu pai queria que eu me casasse com um rapaz que era filho do dono de uma fazenda vizinha. Amadeu era o nome dele.

— Amadeu? Que nome interessante...

— *É uma longa história, Pedro* — interferiu Asmodeus.

— *Algumas coisas estão começando a fazer sentido. Agora me deixe conversar com ela. Eu preciso saber mais detalhes* — respondeu Pedro em sua mente.

— Meu pai é muito influente na região toda. Tem um exército de peões. Quando era jovem, mandou matar muita gente. Tinha uma preferência pela degola de seus inimigos, então todos o temem.

— Ele podia ter mandado matar teu marido?

— Não. Benjamim era protegido do bispo, e não ficaria nada bem para o prestígio do meu pai uma desavença com a igreja.

— Entendo.

— Então ele usou seus contatos no exército para forjar uma carta de convocação para o Benjamim.

— Tu amas muito o teu marido?

— Sim. Morreria por ele. Venderia minha alma ao diabo para tê-lo de volta com vida.

— E, se ele aparecesse aqui na sua frente, você o reconheceria, Verônica?

— Óbvio! — Somente nesse momento ela resolveu olhar para seu interlocutor.

— Espera! Não... Ben? Não acredito! Você voltou!

Pedro se assustou com a reação da moça; ela parecia totalmente enfeitiçada. Ao longe, um grupo de homens se aproximava pela beira da praia. Quem estava à frente, e parecia ser o líder, vestia um uniforme imperial brasileiro. Era baixo e usava um cavanhaque grisalho.

— Verônica! — Gritou o comandante.

— Já vou, papai! — Respondeu a moça. Sua euforia foi substituída quase que instantaneamente por um desespero que beirava uma crise de pânico. — Vai embora, Ben! Meu pai não pode saber que você voltou.

— Mas... Eu não sou o Benjamim! — Ele tentou esclarecer, mas ela já havia seguido na direção do pai e não ouviu.

Pedro ficou quieto, sentado no banco, olhando para baixo enquanto o grupo se aproximava. Eram bem mais de cinquenta homens, todos usando uniformes de tecido branco, alguns esfarrapados, portando espadas em suas bainhas. Apenas o comandante usava uma bela casaca azul com muitas medalhas. A insígnia era de general de brigada. Um dos soldados que estava na frente da tropa ordenou a Pedro que se levantasse e ficasse na posição de sentido enquanto a tropa passava, o que ele obedeceu prontamente.

— *Pedro, o uniforme do comandante é azul. Você deve ter cuidado com ele. Foi o que aquela velha cigana disse para você, não foi?* — Alertou Asmodeus.

A tropa se afastou lentamente, seguindo para uma estradinha paralela à que levava à casa de Pedro.

— Asmodeus, tu estavas envolvido nessa armação para separar a Verônica desse Benjamim?

— *É uma longa história, mas não é bem assim. Eu, como muitos outros, não resisti à beleza da mulher mais linda de todos os tempos. Na época, eu estava lutando para conquistá-la. Mas havia outro pretendente, que não era o Benjamim. Golias também era cego de amores por ela. Ele trabalhava como empregado e a protegia contra tudo e contra todos.*

— Golias? Aquele cara enorme que estava no átrio de Baal?

— *Ele mesmo. É o outro guardião da montanha. Sob o domínio do mal, ele é uma arma quase invencível contra nós. Baal, dessa vez, me colocou em Xeque. Preciso de você. Mas enquanto você... Como posso dizer? Não descobrir o seu caminho, será tão vulnerável quanto sua filha neste lugar.*

— Não entendo. A todo instante, tu ficas cheio de dedos para falar. Diga logo o que podemos fazer ou o que eu devo fazer, droga!

— *Só você pode enterrar os seus próprios mortos. Só você pode desvendar o seu destino.*

— Que destino, porra! Tu disseste que eu tenho livre-arbítrio. Não tem lógica nenhuma, destino e livre-arbítrio existirem no mesmo campo.

— *Pois é! Por isso você é o doutor, e eu, só um Gin. Há, há, há.* — (Gins são os gênios da mitologia do Oriente Médio).

— Puta que pariu! — Pedro acabou rindo também. Não adiantava ficar bravo com um demônio em sua cabeça.

Um homem chegou correndo pela estradinha, gritando por Pedro.

— Doutor! Doutor! Venha depressa! É a sua filha. Vamos!

CAPÍTULO VIII

O mundo dos sentidos também pode ser o mundo das ilusões. O despertar, apesar de doloroso, é necessário. Vitórias e tropeços constroem o aprendizado. Mas tudo depende de uma única pessoa: Você mesmo!

Pedro sentiu um gelo absoluto em seu coração. Tentava respirar, mas parecia não haver ar o suficiente para preencher os pulmões. Queria correr mais rápido, mas a estrada parecia se alongar a cada passo que dava. Agora, nem viu as poças d'água; na verdade, perdeu os sapatos na corrida. O homem baixo, de pernas curtas, grande estômago e totalmente calvo, capengava às pressas atrás do doutor, que já entrava pela porteira de sua propriedade.

— Marília! Marília! — Gritava ele. — Cadê você, minha filha?

Pedro adentrou a casa esbaforido, correu pelos cômodos. Os móveis estavam quebrados e espalhados. Eram sinais de uma luta. Um pó azul estava espalhado pelo chão; nele, podiam ser vistas pegadas de pés descalços por toda a casa. No quarto da menina, o horror tomou conta da alma de Pedro. Sua espada jazia ao lado do corpo obeso e sem cabeça de Maria, mas não havia sangue, apenas aquele maldito pó azul. Alguém capturara Marília. Maria, pelo que a cena do crime demonstrava, era bem mais que uma babá. Deu sua vida para proteger a menina, mas não foi o suficiente.

— Meu Deus! Por que eu saí de casa? Por que eu tive que ir atrás daquela mulher? Não podia ter deixado minha filha sozinha!

Pedro, chorando, viu o caderno de desenhos da filha. Virava as páginas com uma mão enquanto secava as lágrimas com a outra. Desenhos de pessoas com máscaras. Pareciam médicos. Agora conseguia entender: O que ele havia pensado ser uma nave espacial era, na verdade, um foco de luz cirúrgico. Ela queria ser médica. Pedro colocou a mão no rosto e soluçou. A cada nova imagem, uma nova surpresa. Podia reconhecer, mesmo com a máscara cirúrgica, os olhos de sua esposa e de seu filho. Na última, Pedro apreciou o próprio rosto, sem máscara, com sua barba, seus óculos e um sorriso aberto. Acima de seu rosto, havia uma palavra que ele não compreendeu de imediato: Saudade.

— Doutor — falou o baixinho. — procure o Caveira, só ele pode ajudar o senhor a recuperar sua filha.

— Sim...

Pedro pegou a espada e saiu porta afora em direção ao cemitério. O desespero o fez perder os óculos, além dos sapatos que já havia abandonado. Não sentia nem os espinhos cravando nos pés. As lágrimas empapavam sua barba. Seu pensamento estava apenas na vida da filha.

— Meu Deus, por que a levaram? Por que fizeram isso? Aqui, no meio do nada. Eu não tenho dinheiro...

— *Pedro, aqui não era o lugar dela* — respondeu Asmodeus na mente de Pedro.

— Por que tu não me avisaste? Por que não fizeste nada para evitar?

— *Não consigo ver nada além dos seus olhos.*

— Como assim? Tu não és o todo-poderoso fodão, Asmodeus?

— *É... Sou... Mas aqui, estou dependendo mais de você do que de mim mesmo.*

— Então foda-se! Volta para o inferno de onde tu nunca deverias ter saído!

Sem parar de correr, Pedro arrancou o cordão com o anel do pescoço e jogou na vala ao lado da estradinha. O anel afundou imediatamente. Um silêncio sepultou sua mente. Por um instante, Pedro se arrependeu, mas não tinha tempo para procurar.

O cemitério estava com o portão fechado. Pedro bateu com força, mas não recebeu resposta. Continuava batendo, batendo... e nada. Foi perdendo as forças e caiu de joelhos.

— Caveira! Caveira! Porra! Abre esse maldito portão. Inferno! Meu Deus...

Mas nada além do silêncio. Uma chuva começou a cair. Gotas pesadas açoitavam as costas de Pedro. O vento balançava o portão, mas não o suficiente para quebrar sua fechadura.

Uma sombra cobriu o corpo de Pedro. Era um guarda-chuva seguro pelo próprio Asmodeus, vestindo um terno de linho branco.

— Puta que pariu, Pedro! Eu falei para você não tirar aquela merda do pescoço! Foi a coisa mais incrível que fiz nesses milênios de existência, e você joga na vala, no esgoto, porra! Seu nerd! Você está de sacanagem comigo. Não pode se livrar de mim assim! Se estávamos na merda com o anel, imagina agora? Muito obrigado por me envolver no seu suicídio. Ah, claro! Sou eu que o *Baalbaca* quer devorar a alma, né?!

— Eu quero salvar minha filha, porra! Preciso entrar no cemitério!

— Pega a chave no teu bolso, idiota! Eu não posso entrar aí sem autorização do Caveira. Vai ser você e ele contra os enviados de Baal.

— Como tu sabes que eram os enviados de Baal?

— Quando Maria usou essa espada — Asmodeus apontou para a arma na mão de Pedro —, matou muitos deles. Seus corpos se desintegram e sobra apenas aquele pó azul que você viu. Não são fortes, não possuem alma, mas são muitos. Escute aqui! Você precisa resgatar os dons de Aquinael.

Pedro já estava conseguindo abrir o portão, mas preferiu saber mais sobre os dons de Aquinael. Ele se lembrava da força e velocidade que possuíra quando enfrentou Belial.

— Como eu posso resgatar os poderes de Aquinael?

— Não posso explicar, mas eles virão, isso eu tenho certeza. Ele não partiu em vão. Assim como Golias nunca perdeu os dele.

— Mais informações soltas. Não aguento mais isso. Vou procurar o Caveira. Talvez ele possa me ajudar.

— Pois é! Você jogou o anel na valeta... Vou ficar aqui curtindo o meu charuto. Afinal, nunca se sabe quando será o último.

Asmodeus se escorou na parede e deu uma bela tragada. Não podia entrar no cemitério sem permissão; era território do Caveira.

Pedro voltou a correr pelo caminho principal que levava à casa do zelador. Mesmo com a chuva, a porta estava aberta, mas não havia ninguém. Da porta, podia ver a única árvore frondosa do cemitério.

— Papai... — Pedro ouviu o choro da filha chamando-o.

— Minha filha! Marília! Meu Deus, de onde vem o seu chamado?!

Instintivamente, Pedro começou a correr pelo caminho principal, que estranhamente agora estava ladrilhado. Não era mais apenas areia e sepulturas. Não notara tantos mausoléus, estátuas de anjos, cruzes e mármore. Não, realmente, nada disso estava ali antes.

— Meu Deus, o que está acontecendo?

Enfim, chegou ao final do caminho, era uma rótula. Ao centro, a estátua de três metros do Arcanjo Miguel, em mármore branco, sobre um pedestal de mais de um metro de altura. O ladrilho a cercava com seus desenhos perfeitos, tendo quatro saídas, cada uma delas para um mausoléu na direção de um dos pontos cardeais. Sobre suas portas estava escrito em latim: Regnum Angelorum, Regnum Hominum, Regnum Spirituum, e uma que estava lacrada com tijolos de barro vermelho dizia Inferiorem Regnum. Pedro notou que, neste último, faltava um tijolo.

— Papai!

Pedro ouviu mais uma vez o chamado longo de sua filha, mas não conseguia ver nada. Estava sozinho. Apegou-se à sua última fagulha de fé. Ajoelhou-se à frente da imagem de Miguel e juntou as mãos, como viu sua esposa fazer em seu sonho.

— Miguel! Eu não sou nada. Vivi minha vida correndo atrás do conhecimento, e o que descobri é que não sei nada. Enfrentei um demônio uma vez e, na verdade, perdi. Sou um covarde, sempre me escondi dos conflitos. Mas ao lado da Martha, a coragem dela era tanta que alimentou minha alma, e não tive medo de morrer. Vivi, sem saber, protegido por um espírito guardião. Agora estou sozinho. Minha filha depende de mim, e estou impotente. Não me preocupo com o que poderá acontecer comigo, quero apenas salvar minha filha. Me ajude, por favor!

— Cala a boca, garoto! É só uma estátua de mármore. Miguel escuta o seu coração, não precisa nem falar — surgiu caminhando apressadamente o Caveira.

— Caveira! Preciso achar minha filha.

— Ela está ali — o Caveira apontou sua pá na direção do mausoléu do Reino Inferior.

— Mas eu não vejo nada.

— Nunca ouviu que o pior cego é aquele que não quer ver? — Disse o Caveira.

— Como assim? Não estou entendendo.

— Onde está a sua bagagem?

— O quê? — Pedro coçou a cabeça.

— Quando foi sua última refeição?

— Não lembro. Como pode eu não me lembrar disso?

— O que sua filha desenhava?

— Não, não, não pode ser. Não! — Pedro começou a ficar chocado com suas conclusões.

— Precisa acordar logo, garoto!

A confusão em sua mente fez Pedro sair em disparada daquele local, mas, quanto mais ele corria, mais longe ficava de chegar a algum lugar. O cheiro de terra humosa estava ficando cada vez mais forte, impregnando seu nariz. A chuva encheu os ladrilhos com uma lâmina fina de água, e Pedro continuava correndo para lugar nenhum. Em sua mente, vinham as imagens de tudo que vivenciou desde que perdeu sua esposa e seu filho: A doutora que não lhe respondia, a viagem que começou diretamente na balsa de Rio Grande, sem bagagem, sem comer, os homens na balsa, o coveiro, Baal e seu exército, Verônica e seu pai... Tantos detalhes... Como não conseguiu notar?

— Não, não pode ser! Eu não acredito! Deve ser mais uma alucinação.

Pedro parou, ofegante. Encontrava-se à frente da mesma cova sob a árvore frondosa onde havia caído. A chuva fazia a terra preta que a circundava deslizar sobre o caixão no fundo. Pedro não conseguia entender a presença daquela terra no meio da areia.

— Meu Deus, por favor, não...

Ele olhou para o fundo da cova. Era um caixão de madeira na cor mogno, que possuía uma janelinha para ver o rosto do defunto. Mas a terra estava cobrindo o vidro, e, a cada minuto, mais lama escorria sobre o caixão. Um pavor tomou conta de seu peito, o coração disparou. Estava com medo. Um choro sentido explodiu sem controle. Tinha que ter coragem, então pensou na filha. Desceu como pôde até o fundo, ajoelhou-se sobre o caixão e começou a tirar a terra de cima do vidro, mas, quanto mais força fazia, mais terra entrava. O vento jogava a água suja em seus olhos. Exausto, abraçou o caixão. A lama quase o cobriu completamente. A imagem da médica carimbando seu prontuário surgiu em sua mente. Agora ele lembrava o que leu: **CASO ENCERRADO**. Escrito à caneta, em tinta azul, o motivo: Óbito do paciente.

— Não! — Gritou ele. — Eu estou aqui! Meu Deus, não...

Pedro recobrou as forças e voltou a retirar a terra de cima do caixão, agora mais rápido, até que conseguiu chegar ao vidro. A sujeira impedia que visse o conteúdo. Precisava ver de quem era o rosto ali dentro.

Ele se lembrou da espada para quebrar o vidro, mas estava fora da cova. Usou a própria mão. Uma batida não foi suficiente. Então bateu e bateu, cada vez mais forte. Sua mão ficou ensanguentada. Enfim, o vidro se quebrou, revelando a verdade.

Ele não disse nada, apenas chorou. O rosto que ele viu dentro do caixão era o dele. Pedro estava morto.

CAPÍTULO IX

Seria tudo um ciclo de vida e morte, ou vida e vida apenas em reinos diferentes?
O que você chama de morte, poderia não ser o fim?
Seria apenas o começo de outra maneira de existir?
A existência, em suas idas e vindas, nos enche de questões. A resposta não é importante, o valor maior é viver a pergunta.

Pedro chorava deitado sobre o seu próprio caixão. Seu corpo estava abaixo dele. Tudo perdeu o sentido e, ao mesmo tempo, fazia todo o sentido. Como poderia um ser humano ser defrontado com sua própria morte?

— Venha, garoto! — Disse o coveiro, estendendo a mão. — Precisamos salvar a sua filha.

— Mas estou...

— Deixe de mais-mais! Eu também estou morto, e há bem mais tempo que você. Agora temos que enfrentar os nossos demônios do dia a dia.

Pedro, ao sair todo enlameado da cova, deixou-se cair de joelhos no chão.

— Por que eu continuaria lutando? Estou morto. M-o-r-t-o, entendeu?!

— Garoto, venha comigo! Não quis pegar pesado com você, mas isso faz parte da própria vida. É tudo um ciclo de vida e morte, ou vida e vida, apenas em reinos diferentes. O que você chama de morte não é o fim, é apenas o começo de outra maneira de existir. A existência tem suas idas e vindas. Hoje, você pode lutar e salvar a sua filha, amanhã pode já ser um dia de arrependimento. O que você decide? Sozinho, eu não posso com eles. Preciso de você com todos os talentos que lhe foram concedidos pelo seu antigo protetor — disse o Caveira, entregando os óculos que encontrou na estrada.

— Antigo protetor? Aquinael?

— Sim, estão aí dentro, em algum lugar. Ele não tirou isso de você.

Pedro limpou os óculos, depois o rosto sujo de lama. Olhou fixamente nos olhos do Caveira. O contraste do rosto de bigodes brancos, barba por fazer e chapéu de couro cru, no fundo preto do guarda-chuva, fez Pedro retomar sua coragem. Não era hora de sentir pena de si mesmo. Ele precisava resgatar sua filha.

— Tu estás certo, Caveira! Mas não sinto nada de diferente — Pedro se levantou, respirou fundo e encarou a nova realidade. — Afinal, onde estamos?

— Um local de passagem, onde as pessoas ganham um tempo para se conhecerem melhor. Mas esse tempo varia conforme o desenvolvimento de cada um. Aqui, podem ter passado alguns dias, enquanto no mundo dos vivos passaram vários meses, até anos. Você, hoje, descobriu que realizou a passagem, mas acredite, isso nunca é tudo. Eu, apesar de estar aqui há muito tempo, não sei todas as nuances da minha alma e não tenho ambição nenhuma de saber. Gosto de estar aqui, tenho uma serventia: Guardo as almas que procuram o conhecimento. Você provavelmente chamaria este lugar de purgatório.

— Aqui não é o mundo dos mortos? — Perguntou Pedro, colocando o braço no ombro do Caveira.

— Claro que não, garoto! Essa é uma dimensão intermediária que liga todos os reinos. Aqui ficam todos os portais de acesso. Sua filha está presa pelas almas condenadas no portal do Reino Inferior.

— Portal do Reino Inferior?

— Portal do Inferno, Pedro. Eles precisam da luz da sua filha para abrir o portal e permitir que Baal atravesse para invadir o Reino dos Humanos. Ele é muito poderoso. Aquela fresta, por onde as criaturas passaram, é estreita demais para a passagem de um ser com tamanha magnitude.

Pedro franziu a testa encharcada pela chuva, sem entender completamente o que o Caveira explicava.

— É como se ele fosse uma praia inteira, enquanto essas pobres almas são apenas grãos de areia.

— Tanto assim?

— Pois é! Pense nas maiores entidades criadas por Ele — o Caveira apontou para cima. — São como estrelas de grande massa, onde tudo existe e gira ao seu redor. Podem possuir grande brilho ou total escuridão, como um buraco negro. Mas é essa luta entre elas que movimenta o universo.

— Como tu sabes de tudo isso?

— Não sei! Estou dizendo o que sinto neste momento, como se fosse necessário te dizer isso — ele parou, olhou nos olhos de Pedro, virou o rosto para o lado, cuspiu no chão e decretou: — Agora, temos que nos preparar para uma batalha, a primeira de muitas.

— Como podemos salvar minha filha?

— Arrancando-a deles?

— Ela não pode correr perigo — Pedro colocou a mão no ombro do Caveira.

— Não se preocupe, é muito importante para libertar Baal que ela esteja bem até a travessia.

— E se Baal atravessar com seu exército para o Reino dos Humanos?

— Garoto... — o Caveira coçou o queixo — será o fim do mundo como você o conheceu. Por isso, não podemos falhar. Será só você e eu.

Pedro caminhou ao lado do Caveira, saindo do abrigo do guarda-chuva. Enquanto sentia a chuva lavar, literalmente, sua alma, aqui e ali uma lágrima rebelde insistia em escorrer em seu rosto. Queria saber quando poderia encontrar sua esposa e filho no Reino dos Espíritos. Pois, para ele, se não estavam ali, é porque já estavam em um reino mais elevado. Mas não teve coragem de perguntar. Uma esperança crescia dentro dele. Com certeza salvaria sua filha e se juntaria a todos novamente, quando Deus assim o determinasse.

Enfim, eles entraram na casa simples onde morava o Caveira. Estava às escuras, a chuva lá fora não diminuía, mas os trovões demonstravam que o mau tempo perduraria.

— Pedro, sente-se aqui!

O Caveira colocou uma cadeira ao lado da cama. Pedro se sentou. O velhote tirou o chapéu, acendeu duas velas em um castiçal e começou a preparar alguns ingredientes. Entoou seus cânticos, acendeu um pito na chama da vela e iniciou um ritual. Pedro preferiu ficar de olhos fechados, receptivo às influências que estavam começando a despertar.

Alguns minutos após o ritual, ainda sob a chuva, Pedro, com sua espada, e o Caveira, munido apenas de uma pá, chegaram à frente do mausoléu cuja porta não estava totalmente lacrada com tijolos maciços. Da única fresta escapava uma fumaça esverdeada. Pedro tentava decifrar o que aquilo significava.

— É a essência do Reino Inferior — disse o Caveira, sinalizando com os olhos. — Quanto mais disso invadir esse santuário, maior será o número de espíritos condenados que lutarão sob o comando do Senhor das Almas.

— Que Senhor das Almas? — Pedro sabia, mas queria ouvir a versão do Caveira.

— Baal. Ele, roubou o título e, com ele, os poderes do verdadeiro Senhor das Almas, que pertenciam a outra entidade, tão poderosa quanto ele.

— Quem?

— Astaroth. Ele foi criado junto com Baal. Esse roubo foi uma artimanha do Asmodeus.

— Podemos derrotar Baal sozinhos?

— Não! Não faremos nem cócegas nele. Temos que impedir que ele venha para cá. Para isso, até aquele suga-almas do Asmodeus seria de grande ajuda.

Pedro apertou os dentes ao entender a besteira que havia feito.

— Ele está do lado de fora do cemitério.

— O quê? Isso muda as coisas — o Caveira passou a mão pelos bigodes, esboçando um sorriso. — Com o anel de Salomão, podemos mandá-los de volta de onde vieram.

— Só tem um probleminha...

— Qual?

— Asmodeus me entregou o anel para que eu me protegesse e... acabei jogando na valeta — explicou, esboçando uma careta de quem fez uma grande besteira.

— Você fez o QUÊ? — O Caveira se virou na direção de Pedro. — Minha vontade é te colocar de cabeça para baixo naquela valeta até você achar o anel ou engolir toda aquela merda.

Enquanto discutiam, a fumaça esverdeada começou a se tornar mais espessa. Um tijolo caiu da parede, chamando a atenção dos dois.

— Garoto, pega a sua espada e chama por sua filha.

— Vai causar algum efeito? — Pedro ergueu a espada à sua frente, incrédulo.

— Sim. A espada de Saint Germain é sagrada. Ao ferir uma alma condenada, ela retorna imediatamente para sua tumba, restando apenas um pó azul.

— Agora entendi o que aconteceu com a Maria.

— Pois é. Tá cagado, Pedro? — Perguntou o Caveira, erguendo a pá.

— Não, por quê?

— Então chama a tua filha, porra!

— Marília, o papai está aqui. Venha pra cá... — Pedro olhou para o Caveira. — Nada aconteceu...

— De novo! Chama com amor. Ela é sua filha, ela está aqui porque ama você.

— Marília! Vem ficar com o papai. Eu te amo, minha filha.

A fumaça começou a se adensar bem à frente da parede de tijolos. Pedro começou a notar os contornos da menina. Ao seu redor, giravam várias entidades com formas humanas e rostos desconhecidos.

— Minha filha, tu estás bem?

— Sim, papai. Eles só tão tristes. Querem fugir, mas não podem. Tão com medo.

Pedro sentiu seu coração gelar. Era o pavor de ver sua filha rodeada por fantasmas amaldiçoados. Almas perdidas que não podiam desobedecer ao seu senhor.

— O que faremos, Caveira? Precisamos salvá-la.

O Caveira se ajoelhou sobre um joelho só, retirou o chapéu e fez uma prece em silêncio. Pedro ficou atônito. Estava vendo sua filha em perigo e o Caveira resolveu fazer uma rezinha.

— Larguem a minha filha! — Gritou ele.

Pedro correu na direção dos soldados de Baal, mas não surtiu muito efeito. Eles o impediram antes que conseguisse se aproximar de Marília. Ainda assim, ele conseguiu atingir duas almas perdidas, que enfim puderam descansar em suas covas.

— Espera, garoto!

O Caveira apontou para um mausoléu cuja porta acabara de se destrancar e, como se alguém houvesse acionado um interruptor, uma luz surgiu lá dentro, mas com certeza não era de uma lâmpada. A porta se abriu completamente, enquanto as entidades giravam ao redor de Marília em uma velocidade cada vez maior. Um homem, de calça, sapato e camiseta brancos, saiu de dentro do mausoléu. Seu corpo emitia uma luz tão brilhante que iluminou a frente do portal. Era o mesmo homem que expulsou Pedro da sala de espera.

— Tu aqui? — Indagou Pedro.

O homem não tomou conhecimento das palavras de Pedro e seguiu ao encontro de Marília. Ao se aproximar das entidades, elas se afastaram, pois não conseguiam suportar sua luz e, mesmo relutando, foram se desvencilhando da menina. O rapaz de cabelos encaracolados a pegou no colo. A ele, pelo visto, ninguém teria coragem de enfrentar.

— Garoto, agora que Marília está protegida, essa luta é nossa. Tá na hora do pau!

O Caveira batcu sua pá no solo, o que desencadeou sua transformação. Sobre suas vestes surgiu um hábito preto com capuz. O rosto encoberto só permitia a visão de um brilho vermelho no lugar dos olhos. Sob o capuz, apenas a escuridão. A pá agora era uma foice, como a de Samael.

Pedro não disse nada. Apesar de todas as questões que fervilhavam em sua cabeça, agora precisava ser útil naquela luta. Empunhou sua espada, respirou fundo. Não sentia nada de diferente em si, nem a força, nem a velocidade de Aquinael. Ao seu redor, começaram a surgir inúmeros soldados, mas agora com corpos humanos bem distintos. As vestimentas eram, com certeza, da época em que estavam vivos. Desde uniformes do século XVII até jeans e tênis All Star. Homens, mulheres, jovens e velhos estavam com a aparência da época em que fizeram a passagem. Pedro não conseguia distinguir a maldade neles. Eram almas com medo. Perdidas, enganadas por falsos profetas. Uma moça tentava retornar para dentro do Portal Inferior, usava suas unhas para arrancar os tijolos, até perdê-las em meio ao sangue. Era sua esperança de voltar à sua cova. A única ambição de todos era descansar em paz.

Uma vibração silenciosa ecoou no peito de Pedro. Era um comando. Baal estava dando suas ordens. Os olhos temerosos se transformaram em rostos raivosos. A cada segundo, mais e mais soldados surgiam.

— Caveira, eles não têm culpa.

— Eu sei, garoto! A cada um que tombar, eu sentirei a dor de um punhal em meu peito. Cada uma dessas almas perdidas foi uma falha minha. Eu sou o responsável. Preciso enfrentar o meu carma. Aceitei, um dia, as consequências dos meus atos do passado.

A vibração ficou mais forte, e os soldados de Baal partiram para cima, de mãos nuas. Estavam apoiados na quantidade, que não parava de aumentar.

Um homem que parecia ter mais de quarenta anos se jogou com tudo para cima de Pedro, que, instintivamente, passou a espada da direita para a esquerda em seu abdômen. O homem caiu, olhou para o rosto de Pedro e, em seguida, desintegrou-se em um pó azul. Mas, no instante de sua partida, Pedro viu flashes de sua vida. Sentiu todas as suas angústias, a saudade dos filhos, o lamento de não ter dito mais vezes à esposa que a amava e a tristeza de ter trabalhado tanto em uma atividade que o afastava de quem realmente amava.

— Sentiu, garoto? O que os leva nada mais é do que o que todos sentem, mas não agem enquanto ainda há tempo.

Enquanto Pedro se defendia, empurrando e tentando afastar os outros, o Caveira ia passando a foice, transformando os soldados de Baal em pó azul às dezenas. Pedro não viu outra opção. Atacou. Usou a sua espada como nunca soube. E, a cada corte, a cada soldado que tombava, ele absorvia as lamentações, as mágoas, as dores e sentia compaixão. Após alguns minutos, restava apenas aquela moça emparedada no Portal Inferior. Pedro e o Caveira se aproximaram. Ela demonstrava apenas medo.

— Como você conseguiu resistir às ordens de Baal? — Perguntou o Caveira.

— Não sei! Apenas não quero lutar, quero voltar para a minha tumba — respondeu a moça, com as mãos ensanguentadas.

Toda a cena era observada pelo homem dos cabelos encaracolados, que não demonstrava nenhuma reação. Apenas segurava a pequena Marília no colo, que se encontrava em sono profundo. Pedro olhou para ele, como se esperasse uma resposta sobre o que fazer com aquela mulher. Não podia atacá-la.

— Pedro, tome cuidado — alertou o Caveira. — Ela não tem lugar aqui, sabe disso. Ela decidiu há muito tempo que lá era o seu lugar — ele apontou para o portal do Reino Inferior.

Pedro hesitou, sem saber o que fazer. Ainda assim, estendeu a mão para a moça. Ela sorriu e retribuiu, estendendo também a sua mão pingando sangue.

Ele, com um olhar confiante, segurou-a. Nesse instante, num gesto rápido, impossível de prever, ela o atacou com um punhal, acertando seu ombro. Pedro pulou para trás, soltando um grito de dor. O sopro da foice passou rente à sua orelha. Um som seco no ladrilho decorado revelou que a cabeça dela havia rolado pelo chão. Em seguida, o corpo caiu sobre ela. Mas, diferentemente dos outros, não virou pó azul.

— Por que ela não virou pó como os outros? — Perguntou Pedro, ofegante.

— Ela foi recrutada para ser uma emissária de Baal. Deve ter recebido a missão de matar você.

— Como assim? Eu já não estou morto?

— Quando você "morre" aqui, vai para um dos portais. Pode renascer no Reino dos Humanos, no corpo de uma criança, e ter uma nova oportunidade, pode ir para o Reino dos Espíritos para evoluir ou pode ir para o Reino Inferior. Acho que Baal estava esperando por você lá. Há, há, há! — O Caveira voltou ao seu aspecto de homem velho.

Pedro, ainda com a mão no ombro ferido, foi em direção à sua filha.

— Pode me entregar ela agora — disse Pedro ao homem de branco.

— Não! Ela deve voltar para o seu lugar. Você sabe...

— Espere. Ela é minha filha! Precisa ficar comigo.

— Não! Você não nasceu sozinho, mas assim deve concluir seu caminho: Descobrir a si mesmo. O humano nasce com a mãe e morre com os filhos.

Pedro lançou-se na direção do homem, mas, com um simples gesto, ele ergueu a mão e Pedro não conseguiu avançar.

— Garoto! Ele está certo. Aqui não é o lugar dela. Nunca foi. Aqui, ela passa a ser um perigo para o mundo. Baal poderia usá-la para quebrar as chaves dos portais dos reinos e invadir o mundo dos vivos — explicou o Caveira.

— Por quê?

— Pense, doutor Pedro. O senhor deve usar o seu raciocínio lógico. Lembre-se de todos os detalhes de sua convivência com sua filha. Os sonhos que teve — disse o homem de branco.

Pedro refletiu por um instante e, de súbito, a verdade veio à tona.

— Sim... Porque ela está viva. Marília não morreu. Por isso, aqui não era o lugar dela. Ela está no hospital, em coma. Martha e o Pedrinho também sobreviveram ao acidente. Por isso, estavam na sala de espera... Ela tem que voltar. Assim, vai se recuperar — concluiu Pedro, com um sorriso e lágrimas nos olhos.

Então, o rapaz caminhou com a menina nos braços até o portal do Reino dos Vivos. Pedro chorava enquanto ouvia o estalo da chave destrancando. Em seguida, a porta se fechou logo após a passagem do homem e de sua filha.

— Eu não pude nem me despedir.

— Na verdade, você teve mais tempo do que a maioria das pessoas — disse o Caveira, colocando um tijolo na fresta do portal do Reino Inferior. Conferiu todas as portas. Estavam trancadas. — Isso não vai manter Baal preso por muito tempo. Venha comigo. Preciso que você durma um pouco.

Chegando à casa do zelador, o Caveira ordenou que ele se deitasse. Pedro obedeceu. Em meio a encantamentos, Pedro começou a sonhar.

Ao abrir os olhos, Pedro identificou que estava na sala de espera do Hospital Santa Cruz. Sentados nas cadeiras estavam Martha e o Pedrinho. Uma porta se abriu, e um médico chamou:

— Delegada Martha!

— Sim, estou aqui.

— O que parecia impossível aconteceu. Depois de seis meses, ela abriu os olhos e sorriu.

— O quê? Meu Deus, muito obrigada! Ela vai ficar bem, doutor? — Martha chorou de tanta felicidade, enquanto Pedrinho a abraçava.

— Só o tempo dirá. Mas ela recuperou todas as funções. Vamos observar a evolução do quadro. Foi um longo coma.

Atrás do médico, estava o homem de cabelos encaracolados. Ele olhou diretamente nos olhos de Pedro, sem demonstrar nenhum sentimento. Mas Pedro chorou. Agora entendia o que acontecera. A imagem do acidente voltou à sua mente de maneira mais clara. Sua filha, por estar do mesmo lado que ele no carro, acabou tendo ferimentos mais graves do que Martha e Pedrinho e ficou na UTI. E, por um motivo divino, ela o acompanhou em sua peregrinação pós-morte.

— O nome disso é amor! Ela o amava tanto que quase se deixou morrer para ficar com você — disse o homem.

— Afinal, quem tu és?

— Alguns me chamam de Miguel, mas tenho vários nomes. Agora você deve voltar. A sua história não terminou. Baal não pode invadir este reino.

Pedro deu mais uma olhada em Martha e no Pedrinho. Um calor em seu coração deu-lhe força.

— Estão todos bem. Só me resta seguir o meu caminho.

Pedro abriu os olhos. O Caveira estava fumando um cigarro de palha.

— Agora descobriu o mistério da sua morte. Mas isso não é nem o começo, se você tiver coragem de lutar contra Baal.

— Estou aliviado. Todos sobreviveram. Vão seguir suas vidas. E nós temos nossa guerrinha para travar.

— Guerrinha? Você está sendo modesto — o Caveira riu. — Você vai ter que achar aquele anel daquele suga-almas. Sou obrigado a admitir: Vamos precisar daquele pretensioso. Uma grande batalha de estratégia será necessária para vencer Baal. Agora é melhor ir para sua casa. Vai anoitecer. Eu preciso fazer uma limpeza no cemitério.

Ele apontou para a cozinha. Pedro conseguiu ver as pernas dos corpos de duas mulheres caídas no chão. As duas mais grossas, com certeza, eram da Maria.

Pedro foi embora. Ao sair pelo portão, não encontrou Asmodeus. Foi para casa. Era o início da noite, e ainda havia um restinho de luz do entardecer. Ao abrir a porta de casa, teve que encarar a verdade: Ele estaria sozinho agora. Foi direto para o quarto, o único local livre da bagunça, e acendeu a luz.

— Boa noite, doutor Pedro!

Um homem, sentado em sua poltrona, estava vestido de branco dos pés à cabeça. Suas pernas estavam cruzadas. Uma das mãos segurava o queixo, apoiada no braço da poltrona, enquanto a outra descansava sobre uma bengala que possuía um enorme rubi na ponta superior. Ele o aguardava calmamente.

— Baal?

CAPÍTULO X

A vida nos impõe obstáculos, muitas vezes sem nos dar o tempo necessário para a recuperação frente aos golpes. Cada dia é um novo desafio, não deixe para amanhã o que deveria fazer hoje. Acredite: Vai acumular!

O dia de Pedro foi recheado de revelações. Ao mesmo tempo que queria gritar de desespero, precisava manter a calma e assumir a sua situação. Estar nesta zona de transição, ou purgatório, revelava que havia mais mistérios sobre ele mesmo que deveria descobrir, mas o quê?

— Boa noite, doutor Pedro! — Repetiu Baal, aguardando uma resposta.

— Baal, como tu chegaste aqui? Como passaste pelo portal?

— Eu tenho os meus segredos. Mas a presença da sua filha neste lugar causou um desequilíbrio acentuado. Eu apenas me aproveitei da sua briguinha com meus enviados como distração para atravessar o portal. Logo vou invadir o Reino dos Humanos com meu exército.

Pedro se sentou na cama e coçou a barba, intrigado. Baal não teria se manifestado para ele sem uma razão. De alguma maneira, isso deveria ser vantajoso para ele. Precisava ter muito cuidado.

— Por que um ser tão poderoso me procurou?

— Não tente massagear o meu ego, ele já é grande o suficiente para eu precisar disso.

— Não é nada disso. Eu quero saber de verdade, por que tu me procuraste?

— Vingança, ódio, fome talvez. Eu fui traído por um ser abjeto. E nada vai impedir que eu me delicie com aquela alma pútrida. Você vai assistir, doutor.

— Do que tu estás falando? — Pedro já sabia que era de Asmodeus.

— Não brinque comigo, doutor Pedro! Aqui eu ainda não consigo ler os seus pensamentos, mas eu posso notar no seu rosto que está mentindo. Eu vou comer a alma do Asmodeus. Eu sei que ele respondeu à sua invocação.

Pedro ficou sem saber o que falar. Como enganá-lo? E se ele estivesse mentindo e, na verdade, pudesse ler a sua mente? Precisava se desvencilhar dessa situação. O próprio Senhor das Almas estava na frente dele.

— Escute, de onde vem tanto ódio Dele? — Pedro apontou o dedo para cima, como todos faziam ao falar de Deus.

— Eu não O odeio. Eu O amo! Eu odeio o ser humano e tudo que ele representa. São macacos pensantes que acreditam serem superiores a tudo. Veja o que fazem com o meu planeta. É meu! Eles destroem tudo com sua ganância. Sua ambição não privilegia seus próprios pares. São egoístas, cruéis, repugnantes. Eu sei! Todos os que morrem e são condenados vêm até a mim. Eu vejo a vida deles passar diante dos meus olhos. Sinto cada sentimento mesquinho que possuem. Cada crime que cometeram, cada injustiça, cada ciúme, cada morte que causaram com suas atitudes. Destroem o meu jardim. A terra estaria muito melhor sem eles.

— É, tu não deixas de ter um pouco de razão — concordou Pedro, olhando as lentes dos óculos e limpando-as com o lençol da cama. — Mas o que tu pretendes fazer?

— Apenas uma questão de migração.

— Não entendi.

— Ao matar todos os seres humanos, eles vão abarrotar o Reino dos Espíritos, o Reino Inferior e aqui também, eu acho. A Terra voltaria para mim e meus súditos.

— Certo. Mas tu viverias assim, em carne e osso?

— Não, a Terra seria novamente unida ao Reino Angelical. Eu convenceria meus irmãos a voltarem ao reino que, desde o princípio, era nosso — Baal deixou escapar uma emoção humana: a esperança.

— Mas, e se eles não concordarem?

— A guerra recomeçaria. Eu derrotaria Miguel e sua falange, nada iria me impedir. Esse é o meu destino.

— Destino... Essa questão tem atormentado a minha cabeça ultimamente. Até tu escondeste a minha situação aqui quando estive no teu palácio. Por que tu seguiste as regras naquela situação e agora não?

— Eu sempre sigo as regras. Eu nunca vou deixar de seguir as regras. Lembre-se de que as próprias palavras esquecidas já previam que eu vou conquistar o Reino dos Humanos. Pode ser agora...

Pedro estalou os olhos. Um pânico começou a tomar conta de seu corpo, mas não foi por medo de Baal. Era uma crise de ansiedade mesmo. Tinha que enfrentá-lo, testá-lo. Como saber o quanto ele estava poderoso? Será que ele apenas perdeu a capacidade de ler os pensamentos ou perdeu todos os poderes?

— Não encontrei Asmodeus. Ele não obedeceu à invocação. E, caso ele tivesse atendido ao meu chamado, eu o teria enviado de volta para alguma praia no Caribe. É o que ele gosta, sabia?

— Está debochando, doutor Pedro? O senhor acha que pode me desafiar?

— Não, claro que não. Mas o que tu podes fazer aqui? Esta é minha casa e, se você segue as regras, deve se retirar daqui e não voltar sem ser convidado.

Baal levantou-se, apoiou-se na bengala e olhou dentro dos olhos de Pedro antes de se dirigir à saída. Ao chegar à porta, virou-se na direção de Pedro com um sorriso malicioso.

— Doutor, não abuse de sua situação. Logo trarei um grande exército para cá. Vou abrir a passagem para o Reino dos Humanos. Sua família será a primeira com a qual terei o prazer de me alimentar de suas almas.

— O que eu poderia fazer contra o destino? Talvez eu tenha livre-arbítrio. Já sei, vou dormir e esquecer que tu existes. Está bem? Vá com Deus!

Pedro conseguiu tirar Baal do sério, que bateu firme com sua bengala no soalho da sala. Sabia agora que ele estava tão fraco que não podia nem o punir pelo desrespeito. Baal, enfim, se retirou da casa, o que foi um alívio para Pedro, que respirou fundo e fechou a porta com duas voltas na chave.

Pedro se deitou na cama, colocou as mãos atrás da cabeça. Agora ele precisava achar uma maneira de montar uma estratégia para impedir que o mundo, que até há pouco era seu também, fosse invadido pelo exército do Reino Inferior. Mas qualquer linha de ação tinha como primeiro passo encontrar o anel de Salomão.

— Que merda! Por que eu fui fazer isso? Minha única saída será amanhã procurar na vala quando o dia estiver claro. Vou ter que escarafunchar todo o lodo até achar o anel.

— E se alguém achou antes?

— Puta que pariu! — Pedro deu um pulo com o susto. — Asmodeus! Tu achaste o anel?

— Infelizmente não, mas neste lugar qualquer um poderia tê-lo pegado. Apesar de você não ver quase ninguém, aqui existem milhares de almas vivendo seus dramas — Asmodeus estava escorado na porta aberta, com o charuto no canto da boca. — Mas alguém o pegou, e não foi o Baal, porque ele veio aqui acreditando que estava com você. Ele quer eliminar qualquer possibilidade de seu plano falhar.

— Ele não está com seus poderes.

— Por enquanto. Para atravessar aquela passagem estreita, ele teve que se desfazer de muito de sua essência. Caso ele consiga abrir uma fenda maior, voltará a possuir todo o seu tamanho e poder. Temos algum tempo até que ele consiga alargar o portal.

— Como ele poderia abrir o portal do Reino Inferior?

— Simples, meu caro doutor: Ele precisaria eliminar o enviado de Miguel que guarda os portais.

— O Caveira! — Pedro colocou a mão na cabeça.

— Não só isso. Baal precisaria enviar Astaroth de volta para o Reino Inferior. É uma questão de equilíbrio. Duas entidades tão fortes não podem estar juntas. Uma interfere na gravidade da outra. Astaroth poderia derrotá-lo, e Baal não vai permitir qualquer obstáculo para seu plano.

— Temos que encontrar o anel, identificar Astaroth e enfrentar Baal enquanto podemos — concluiu Pedro.

— Pois é. Já sabemos quem é Astaroth, não? — Indagou Asmodeus, dando mais uma tragada em seu charuto.

— Quem? Espera... O General com farda do tempo do império. O homem do terno azul é Astaroth!

— Teremos que ter cuidado. Será muito perigoso acordá-lo de seu sono milenar.

— Como vamos saber quem pegou o anel?

— Isso é um trabalho para você, que o jogou na vala. Mas lembre-se: Caso alguém me invoque, eu saberei. Diferente dos outros demônios, que seguirão todas as ordens do detentor do anel, eu só obedeço a quem me fizer revelar o meu nome, como você fez questão de demonstrar, e se isso não contrariar algum contrato.

— Espere, vamos ver se eu entendi: Baal não pode trazer seus enviados poderosos para cá porque o anel está aqui?

— Sim. Por isso ele está sozinho. Seus soldados são almas de pessoas malditas e não demônios. Agora, se ele colocar as mãos no anel, poderá trazer sua trupe diabólica para cá sem medo e, assim, ficará muito difícil impedi-lo.

— Cada vez me arrependo mais do que fiz — Pedro passou a mão na barba.

— Gostaria de tirar sarro de você agora, mas precisamos nos concentrar. Você precisa se aproximar de Astaroth sem que ele note. E eu sei como.

— Como?

— Através de uma bela moça, docinho. Ha, ha, ha. Vai se dar bem, almofadinha. Ah! Que inveja.

— Eu vou ter que conquistar a Verônica?

— Não vai ser tão ruim assim, não é?

— Aconteceram muitas coisas. Eu não tenho clima nenhum para me aproximar de uma mulher.

— Pedro, você está morto! A Martha terá que seguir a vida dela. Desse romance depende o mundo — Asmodeus riu baixinho. — Agora vai dormir. Você ainda precisa. Vai demorar até se livrar dos costumes da vida encarnada. Não se preocupe, vou ficar de guarda.

Dez minutos depois, Pedro acordou com o ronco do Asmodeus dormindo na sala.

— Sei... Eu que ainda preciso dormir. Tá bom! Tudo aqui é um mistério.

Pedro voltou a tentar dormir, mas todos os fatos que aconteceram nesses dias ficavam conversando com ele. A passagem do tempo voltou a atormentá-lo. Para ele, ainda nem tinham passado duas semanas do acidente, mas o médico falou que a Marília ficou mais de seis meses em coma, a Verônica esperando por um pracinha voltar da Itália, o General com sua tropa imperial... Era muita informação. Pedro concluiu que, naquele lugar, cada pessoa experimentava o tempo do modo que era necessário para sua evolução.

No dia seguinte, Asmodeus não estava mais na casa, nem a espada de Saint Germain. Então Pedro, ainda contra a vontade, esperou a passagem da moça que todo dia se dirigia ao atracadouro. Ela passou, como de costume, no mesmo horário. Pedro se ajeitou e a seguiu até a praia. Novamente, ela estava sentada no mesmo banco, e ele se aproximou.

— Bom dia! Posso me sentar aqui ao teu lado? — Disse Pedro, já se sentando.

— Já sentou.

— Tu queres que eu saia? — Perguntou Pedro, brincando com a mesma conversa do outro dia.

— Não, pode ficar.

Ela respondeu de maneira séria, sem olhá-lo nos olhos. Pedro estranhou, mas logo notou que ela não se lembrava de nada do dia anterior. Resolveu puxar conversa, e ela lhe contou a mesma história do encontro anterior.

Pedro ficou confuso sobre como deveria agir. Em seguida, a tropa se aproximou com o general à frente. Novamente, um soldado o mandou se levantar e ficar na posição de sentido enquanto a tropa passava. Verônica se levantou e seguiu com eles, como da vez anterior. Mas, desta vez, não o havia confundido com Benjamim.

— Então tudo vai se repetir, como em um looping eterno. Mas a variante, neste caso, sou eu, e vai depender de como eu interagir com ela. Amanhã terei que ter outra abordagem.

— Pedro, você não é mais o mesmo! — Disse Asmodeus rindo, saindo de trás de alguns arbustos.

— Não enche o saco, Asmodeus!

— O garotinho ficou ofendido! Estava babando tanto no decote dela que não viu que ela estava com uma correntinha. Mas acho que você vai ter que colocar a mão entre aqueles peitos para ver se é o anel ou apenas uma medalhinha.

— Pedro! Sai de perto desse chupa-almas! — Ordenou o Caveira de forma agressiva.

O coveiro chegou a passos largos no atracadouro. Sua cara era de poucos amigos.

— O que foi, Caveira? — Estranhou Pedro.

— Que saco! Tinha até me esquecido desse monte de ossos — desabafou Asmodeus, jogando o charuto fora e retirando o paletó.

— Gente, o que houve?

— Garoto, eu vou mandar esse monte de merda dos infernos para onde ele nunca deveria ter saído.

O Caveira pegou sua pá e bateu no chão, transformando-a em sua poderosa foice. Agora, sua roupa empoeirada foi substituída pelo seu hábito negro, mas parte do seu crânio estava exposta à luz. Pedro não conseguiria impedir o inevitável. Uma hora isso iria acontecer. O Caveira iria enfrentar Asmodeus, e ninguém sabia qual seria o resultado desse combate.

CAPÍTULO XI

Alguns acreditam que o jogo da vida é constituído de armadilhas e blefes. Segundo eles, bons jogadores sabem a hora de montar estratagemas, a hora de explorar os outros jogadores, a hora de simular a derrota e a hora de atacar sem piedade ou julgamentos. Eu pergunto: Mas a que preço?

Pedro não podia deixar que eles se destruíssem numa luta insana, pois isso significaria o fim de sua esperança de impedir Baal. Ele sabia que, por suas naturezas, eram inimigos, mas agora precisariam trabalhar juntos. A existência dos dois dependia disso.

Pedro se colocou entre os dois, mas foi jogado dentro da lagoa com a força do empurrão do Caveira. Palavrões e outras expressões que Pedro não sabia o significado eram lançados ao vento no intuito de insultar um ao outro. De súbito, Asmodeus sacou a espada de Saint Germain e partiu para cima do Caveira, que se defendeu com sua foice. Começaram a trocar golpes. Pedro saiu de dentro da lagoa, encharcado. Não sabia o que fazer para impedi-los. O tilintar das batidas das armas podia ser ouvido no meio da vila. Logo, uma multidão se aglomerou em volta deles. A agressividade dos golpes era amplificada com chutes e socos. Mas nenhum cedia. Em um momento, era Asmodeus que parecia estar vencendo, noutra parecia ser o Caveira. Pedro tentou novamente impedir e foi jogado outra vez na água. Ele voltou enfurecido, mas recebeu um soco perdido em cheio no lado direito do rosto. Um jato de sangue viajou em direção à areia. Mas Pedro não caiu, ao contrário, ficou tão enfurecido que pegou Asmodeus, levantando-o acima da cabeça, e o lançou metros dentro da lagoa. Dirigiu-se agora ao Caveira com uma velocidade sobre-humana, mas parou.

— Espere! — O Caveira bateu com a foice no chão e voltou à forma do velho bigodudo. — Até que enfim, garoto! Estava começando a achar que não conseguiria.

— É! E eu que tive que tomar um banho por causa disso — falou Asmodeus, saindo da água com sua camisa de seda e calças de linho molhadas. — Ainda bem que deixei meus charutos no paletó.

As pessoas que estavam assistindo, com ar de preocupação, agora transfiguraram um profundo tédio e voltaram para suas casas para continuarem a repetir seus dramas pessoais, mas não todas.

— Sério, era tudo de mentira? — Questionou Pedro.

— Garoto, você precisava libertar os talentos de Aquinael que ainda estão em você. Claro que aproveitei para dar uns sopapos nesse chupa-almas — explicou o Caveira, com um sorriso de satisfação.

— Pedro, sem a força de Aquinael, não teríamos a menor chance. Mas acredite, Baal está sempre à nossa frente. Ele já deve ter previsto tudo isso. Por que razão você acha que ele aprisionou o Golias? Ele calculou o risco de estar em um momento de vulnerabilidade. Eu fui seu servo, sei como ele pensa. Baal é frio e sabe usar as armas que tiver disponíveis — explicou Asmodeus.

— Precisamos do anel! — Concluiu Pedro.

— Sim, garoto! Se você não tivesse jogado ele fora, seria mais fácil. Mas agora o que está me preocupando é o anel estar próximo de Astaroth. Ele está preso aqui, vivendo um drama que não é o dele — disse o Caveira, limpando o chapéu de couro cru.

— Pedro, você precisa conquistar a Verônica. Ela é a chave para você se aproximar de Astaroth e controlá-lo através do anel. Ele é um demônio e deve obediência a quem estiver com o anel. Ele fez parte do feitiço, a ordem para os demônios obedecerem ao detentor do anel foi dele mesmo. Ele não poderá contrariar o poder de sua própria voz, mas, se ele colocar o anel, mesmo que sem querer, recobrará sua consciência e se tornará invencível — falou Asmodeus, secando suas roupas com magia.

— E aí ninguém conseguiria impedir que ele invadisse o Reino dos Humanos — completou o Caveira.

— Acho melhor pararmos de falar sobre esse assunto. Olhem quem está nos observando — alertou Pedro.

Ao redor deles, o exército de maltrapilhos do General estava saudoso de uma batalha. Sentados em um banco a alguns metros da contenda estavam Verônica, admirando o quebrar das ondas sem sequer notar o que estava acontecendo ao seu redor, e o General, com o braço por sobre os ombros dela, observando o que estava para se armar.

— Oh, Oh! Acho que teremos, enfim, uma peleia de verdade — disse o Caveira.

Não foi preciso nenhum comando do General para que todos partissem para cima dos três. Pedro então ordenou:

— Sem espada e sem foice! Não podemos eliminá-los, podem ser de grande valia. Apenas uma luta de mão nua. Não destruam ninguém.

— Ah, tá, garoto! Nenhum bracinho decepado, uma cabecinha rolando na areia, umas tripinhas saltando para fora, nem um pouquinho de sangue jorrando? Que sem graça! — Lamentou o Caveira.

— Você é muito estraga-prazer, Pedro! Mas acho que pode ter razão — falou Asmodeus.

A tropa partiu com gritos de fúria, mas sem armas. Eram em torno de vinte soldados, alguns com roupas imperiais, outros com trapos rasgados e o restante vestidos como agricultores. O primeiro a dar um soco foi Pedro. Não usou a força do Guardião que estava dentro dele. O soldado riu e deu um tabefe de volta, jogando Pedro a uns três metros de onde estava.

— Puta que pariu! Eles são muito fortes. Caveira, Asmodeus: Senta a porrada neles!

A pancadaria começou. A cada um que Asmodeus derrubava, vinha outro com mais sede de briga. O sorriso deles chegava a irritar o Caveira.

— Esses malditos apanham e acham graça. Parecem estar se divertindo — reclamou o Caveira.

A luta continuava. Pedro, Asmodeus e o Caveira iam derrubando um a um, mas, logo que caíam, se levantavam e partiam para cima novamente. Enfim, um imperial conseguiu atingir Pedro, que se levantou rápido e voltou para a briga. Quanto mais o tempo passava, mais eles assimilavam os golpes dos três, neutralizando e contra-atacando. Tanto o Caveira quanto Asmodeus começaram a ser atingidos.

— Deixa eu pegar a minha pá, eu dou cabo deles rapidinho — suplicou o Caveira.

— Não! Eles não estão lutando para nos matar. É um teste — decifrou Pedro.

— Mas estamos apanhando, e não fica bem para minha reputação de fodão apanhar de um bando de esfomeados — reclamou também Asmodeus, levando um tapa na cara que chegou a estalar.

Um soldado levantou Pedro sobre os ombros, da mesma maneira que ele havia feito com Asmodeus, e o jogou na direção do banco onde se encontravam o General e Verônica. Ela nem sequer olhou na direção dele. Mas foi o suficiente para ele notar que o anel realmente estava na corrente que ela trazia ao pescoço.

Pedro, então, se levantou e ficou diante do General, que mirou seus olhos.

— Você voltou! Não acredito! — Disse o General, se levantando do banco.

Ele caminhou em direção aos seus homens e assobiou. A luta cessou. Seus soldados entraram em formação, felizes com a disputa. Alguns olharam com simpatia para os seus oponentes. Em seguida, sob seu comando, a tropa marchou em direção à estrada. Era possível ouvir os comentários dos soldados sobre os detalhes da briga. Verônica continuou sentada, distraída com o movimento das ondas arrebentando na areia.

— Garoto, acho que agora é com você. Vamos embora, carniceiro! — disse o Caveira.

Asmodeus e o Caveira seguiram pela estrada em direção ao cemitério. Era de se duvidar que o Caveira permitisse que o Asmodeus entrasse em seu território. Mas agora: O inimigo do meu inimigo pode ser meu amigo ou não.

— Olá! — Cumprimentou Pedro.

— Você de novo. Pensei que já tivesse ido embora.

— Vejo que tu estás com um ar de tristeza — constatou o doutor.

— É verdade, às vezes tenho a sensação de que Benjamim voltou. Meu coração se enche de alegria, mas, quando abro os olhos, estou aqui novamente. Mais um dia aguardando por sua volta.

— Sim, tu me contaste.

— Quando? — Perguntou ela, virando o rosto para conversar com ele, mas sem olhá-lo nos olhos.

Pedro, por um instante, esqueceu que ela não se lembrava do encontro anterior ao de hoje. Mas conseguiu atrair sua atenção mesmo assim.

— Hoje, mais cedo.

— Ah, é verdade. Já te contei, então, como nos casamos escondidos?

— Sim. Como eu poderia me esquecer? — Pedro pensou que seria uma trapaça, mas talvez fosse a única maneira de se aproximar de Astaroth. — Foi o dia mais importante da minha vida.

Pedro apostou que ela o confundiria novamente com seu amado.

Agora, Verônica olhou nos olhos de Pedro, reconhecendo-o como Benjamin. Ela abriu um sorriso que iluminaria um salão inteiro. O coração de Pedro acelerou, diferente do que sentia quando estava vivendo sua vida.

— Ben! Você voltou pra mim!

Ela lançou os braços no corpo de Pedro em um abraço tão sincero que ninguém rejeitaria. Ele não podia fazer isso naquele momento. Mas, mesmo sabendo que não era verdade, seu corpo estava dando sinais de envolvimento. O perfume do corpo dela lhe trazia ecos do passado. Era um cheiro que lhe invocava a infância, mas, em toda a sua vida, nunca havia sentido aquela fragrância. Sem pudores, ela fechou os olhos e o beijou nos lábios. Eram macios; um gosto suave de batom temperava aquele momento. Pedro perdeu o controle da respiração no abraço daquele corpo desenvolvido de mulher. Ele retribuiu com carinho, sentindo uma sensação de aconchego, de completude, que, na verdade, nunca havia experimentado. O beijo não terminava. Ele não queria que terminasse. Sua vontade era ficar ali, perdendo-se naquela boca pela eternidade. Não desejava enganá-la, mas era impossível resistir àquelas sensações. Estava entorpecido pelo amor que aquela mulher nutria por seu amado. Invejou ser ele o objeto de todo aquele amor.

Ela se sentou sobre ele, suas pernas ficando para a parte de trás do banco. Seus braços repousaram sobre os ombros de Pedro, enquanto ele, recostado no banco, mantinha as mãos livres para acariciar suas costas, suas pernas, seus braços, seus seios, por sobre o vestido.

Ela era toda macia, com uma pele suave como seda. Pedro não tinha como resistir; seu corpo pedia pelo dela. Ela fazia movimentos leves com o quadril, aumentando o desejo de Pedro. Verônica falava palavras de carinho, mas sempre chamando por Ben.

Pedro, em transe, beijava sua boca, seu pescoço, seus ombros. Suas respirações se transformaram em uma só: Profunda e sem controle. Ela se afastou um pouco, o suficiente para abrir o zíper da calça de sarja preta. Ela mesma trouxe à tona o corpo de seu homem e, com um gemido, uniu-se a ele em um só corpo. Ficou imóvel por alguns instantes, sentindo seu amor latejar dentro dela. Pedro abriu os olhos e verificou que não havia ninguém observando. Apenas o som das ondas e a brisa os contemplavam. Ele se entregou por completo. Ela se manteve ali, por todo o tempo do mundo, movendo os quadris no ritmo de sua excitação, boca com boca, em um abraço de paixão. Um gemido delicado e suave voltou a se libertar junto à respiração de Verônica. Seu prazer a estava levando ao momento que é final e inicial de toda a vida. Juntos, sentiram que seu amor era carne, e sua carne, seu amor. Instantes de vazio preencheram suas vidas. Ele e ela, naquele momento eram uma só alma.

CAPÍTULO XII

Como algumas pessoas possuem a petulância de avaliar o sofrimento da ausência de quem ama? A falta do amor, a falta do filho, a falta dos pais, a falta da vida que passou... A falta é o vazio, mas o vazio não é o nada, posto que é sentido. E o que é sentido dói!

Apenas no horizonte, um raro vazio de nuvens deixava florescer os raios multicoloridos do entardecer na lagoa. Pedro admirou o espetáculo com Verônica ainda sobre ele. Seu rosto estava envolvido em seus longos cabelos castanho-claro. Ela jazia no sono dos justos em seu ombro. Era a hora de agir, precisava pegar o anel. Muitas questões atropelavam seus pensamentos. Uma sensação de traição o consumia, traidor por sua esposa, traidor por se aproveitar de uma moça inocente para pegar o anel. Está certo, o anel deveria estar com ele. Era um presente necessário de Asmodeus, uma arma para lidar com os demônios vingativos.

A Verônica sobre seu corpo não era, de maneira alguma, a mesma Verônica idealizada por Martha em seus relatos para o seu livro. Era meiga, apaixonada, uma moça simples da fazenda à espera do seu pracinha. Sim, era verdade que Asmodeus relatou a Martha que ela tinha vendido sua alma para ter seu amado de volta. Desde a batalha com Belzebu, a alma de Verônica estava no purgatório, vivendo e revivendo, em um ciclo interminável, o seu drama de espera pelo seu amado. Pedro se sentiu mal com tudo isso, mas precisava, por um bem maior, ter esse anel em seu dedo. Lentamente, ele pegou a correntinha. A presilha estava amarrada por uma linha do vestido branco da moça. Não seria necessário o uso de força para arrebentar aquela amarra. Às costas de Verônica, ele lentamente puxou até conseguir separar os lados da corrente. Dessa vez, resolveu colocá-lo em seu dedo e não mais o retirar. A surpresa foi que, ao terminar de pôr o anel, ele causou em Pedro uma sensação de vibração e mal-estar, semelhante a uma náusea. Logo em seguida, as marcações no corpo do anel libertaram finos raios azuis. Pedro se assustou e tentou, sem fazer movimentos bruscos para não acordar Verônica, retirar o anel, mas foi impossível. Seu corpo passou a ter contrações musculares, que logo despertaram a moça.

— Benjamin, o que foi? Você está bem?

Pedro não conseguia responder, apenas um grunhido se libertou de sua boca. Verônica, assustada, levantou-se e começou a chamar por socorro.

— Já estou indo! — Respondeu um homem de terno de linho branco e chapéu Panamá.

— Por favor, senhor, ajude o meu marido.

— Marido?... As coisas andam rápido por aqui. Pode deixar comigo, moça. Eu já resolvo.

Asmodeus fez um movimento circular com a mão, e Pedro sentiu os sintomas cessarem instantaneamente.

— O que foi isso, Asmodeus? — Questionou Pedro.

— Pedro... Esse era o motivo de eu deixá-lo na corrente. Era para você pôr no dedo somente quando fosse necessário. Mas agora, eu não consigo mais extraí-lo daí. Senão, seria fácil para qualquer demônio se negar a obedecer ao dono do anel.

— Mas eu não sou o dono — retrucou Pedro.

— Sim, eu quis dizer que os demônios vão obedecer a quem estiver portando o anel em seu dedo.

Enquanto eles discutiam suas relações com o anel, Verônica, sem tirar os olhos deles, ia se afastando lentamente. Quando Pedro deu por falta dela, já estava correndo pela estrada de areia no sentido do cemitério.

— Corre, Pedro! Ela não pode voltar para a casa do General.

Pedro saiu correndo pela estrada e, quase que de imediato, alcançou Verônica. Os talentos de Aquinael estavam presentes.

— Espera, Verônica! — Pedro a segurou pelo braço com delicadeza.

— Não! Me deixe voltar! Meu pai vai matar todos se eu não voltar para casa — respondeu ela.

Ela se desvencilhou de Pedro, com lágrimas nos olhos, e voltou a correr na direção da fazenda do pai. Pedro seguiu em seu encalço.

— Espere! Por que tu saíste correndo?

— Aquele homem... Eu me lembrei dele. Ele tentou me comprar do meu pai, como se eu fosse qualquer coisa, uma mercadoria.

Ela seguia agora caminhando à frente de Pedro. Ele tentava a todo custo impedir que ela voltasse.

— O que mais ele fez? — Pedro ficou curioso sobre a relação dela com Asmodeus.

— De repente, muitas lembranças inundaram a minha cabeça. Parece que acordei agora. Aqui não é o caminho da minha casa.

— Então me diga, onde é a tua casa que eu te levo? Fique tranquila.

— Não sei! Aqui não é Bagé! Como eu posso ficar tranquila? Nada disso deveria existir. Eu me lembro de adoecer, fiquei de cama por dias. O frei José até me deu a extrema-unção. Como eu estou aqui agora? Você não voltava da guerra nunca... Agora eu lembro. A guerra acabou e você não voltou. Meu pai — ela se virou e abraçou Pedro — levou nosso filho embora assim que nasceu. Morri, morri de saudade, morri infeliz.

— Olha, eu não tenho o direito de te explicar nada. Apenas tu podes entender o que está acontecendo, mas eu passei por isso também.

— Eu fiz uma loucura! Eu estava tão desesperada que você voltasse que fiz uma loucura — repetiu ela, agachando-se com as mãos na cabeça.

— Eu imagino — ele entendeu. Agachou-se para ficar cara a cara com ela.

— Asmodeus apareceu na minha casa com a desculpa de ver como eu estava e se revelou para mim. Era um demônio que podia realizar o meu desejo desesperado de ter você de volta. Eu precisava de você, Benjamin. Eu precisava muito... Estava sozinha... Grávida e sozinha — Verônica voltou a chorar. Pedro a abraçou. Ela se recompôs, respirou e recomeçou a contar: — Ele é um demônio e está aqui! Então aqui é o inferno! Mas você também está aqui... — Ela não segurou mais o pranto. — Ele não me trouxe você na vida, trouxe agora na morte.

Pedro sabia, por experiência própria, que esse momento de vinda à tona era difícil de digerir. Muitas lembranças ao mesmo tempo. Esse drama completou seu ciclo. Ele não era o Benjamin que ela esperava, mas ela acreditava nisso. Ela se libertou. Verônica era linda. Infelizmente, sua beleza veio acompanhada de muitas aflições: Homens perderam a vida por ela, um pai criminoso de guerra, um demônio apaixonado, um amor e um filho perdido.

— Enquanto você estava na guerra, eu só confiava no frei José e no Golias, um empregado da fazenda que meu pai colocou para me proteger. Mas ele foi mandado embora quando esse maldito... — Ela apontou na direção do atracadouro. — pediu a minha mão em casamento. Meu pai, deslumbrado com uma arca cheia de moedas de ouro, joias e pedras preciosas, aceitou. Ele não sabia que eu já havia me casado e estava grávida do nosso filho.

— Eu lamento muito!

— Você não tem culpa, foi uma vítima do meu pai e desse daí. Foi o meu pai que conseguiu te mandar para a guerra.

— Tu fizeste algum trato com Asmodeus?

— Sim, eu lhe entregaria a minha alma após a minha morte, desde que eu tivesse vivido uma vida inteira com você e nosso filho.

— Mas ele não cumpriu?

— Como você pode perceber, não! — Ao dizer isso, ela ficou imóvel, paralisada com a visão do que estava às costas de Pedro.

— O que foi, Verônica?

— Eu fiz ela se esquecer de mim, Pedro. — A voz rouca de Asmodeus chamou sua atenção.

— O que tu fizeste com ela, Asmodeus? — Perguntou ele, enfurecido.

— Ela precisava esquecer esses detalhes. Precisamos dela para derrotar Baal. Além de tudo, isso é nada perto do que já fizemos juntos — disse ele, colocando um charuto na boca e segurando-o com os dentes.

— Seu demônio dos infernos! Como pode usá-la assim? Ela não é um trapo que tu podes vestir e despir ao seu bel-prazer.

— Hum, já está caidinho por ela... Eu tenho a força do contrato. Mas pode acreditar, nunca quis que ela sofresse. Estar aqui — ele apontou em volta — é um privilégio.

Verônica ficou em silêncio, como se tivesse voltado ao estado de transe, Apenas vivendo seus sonhos em sua mente.

— Liberte Verônica! Deixe-a recobrar a sua vida.

— Vida?! Você parece ter se esquecido de onde está — retrucou Asmodeus.

— Aqui eu sinto as mesmas coisas que sentia quando estava vivo.

— Porque aqui é uma zona intermediária, doutor. Você precisa vivenciar os seus assuntos pendentes para seguir para um dos outros reinos. Lá, você vai experimentar planos mais evoluídos de existência ou... inferiores — ele apontou para baixo. — Ou ainda pode retornar mais uma vez para reviver os mesmos dramas e tentar um novo desfecho.

— Tu estás me dizendo que quem ultrapassar um dos portais não voltará mais?

— Errado! Quando alguém ultrapassa o portal do Reino dos Espíritos, poderá, se assim o desejar, voltar, mas, nesse retorno, não será mais o mesmo; estará mais evoluído do que saiu. Agora, quem ultrapassou o portal do Reino Inferior foi condenado a uma eternidade de sofrimentos ou servirá de alimento para os demônios.

— Ele está certo, garoto — o Caveira surgiu com seu hábito negro e seu corpo de ossos expostos. — Agora você: Deixe a moça se lembrar do que é preciso. Nem você nem ninguém pode impedir isso. Essa é a Lei! Ela deve se lembrar de sua vida no ritmo que sua mente pode suportar. Não cabe a nós interferirmos nisso.

— Mas suas lembranças distorcidas impedirão que consigamos vencer Baal — retrucou Asmodeus.

— Asmodeus, devolva as lembranças dela — suplicou Pedro.

— Não! Ela está sob o meu domínio! Eu tenho o contrato!

— Não no meu cemitério! — O Caveira bateu com o cabo da foice no solo.

O sol já havia se posto. As sombras já começavam a tomar conta da estradinha. Algumas casas já acendiam suas luzes internas. Nas janelas, muitos rostos sombrios assistiam a um embate. Agora, verdadeiro.

— Garoto! Leve Verônica para a sua casa. Deixe esse maldito chupa-almas comigo.

Pedro não queria que isso acontecesse. Precisava dos dois para derrotar Baal. Mas sabia que isso iria acontecer mais cedo ou mais tarde. Ele preferia que fosse um novo engodo. Mas o caso da Verônica era sensível a Asmodeus. Agora estava começando a entender a presença de Verônica sempre ao seu lado. Mas, se a alma dela estava todo o tempo aqui, quem era a moça que lutou ao lado de Martha? Sabia que estava possuída por Asmodeus, mas ela estava lá sessenta anos depois de sua morte.

— Caveira, não se meta nisso! Eu tenho o poder sobre a alma dela. Deixei-a aqui, guardada no "seu cemitério", até que eu encontrasse a alma do seu prometido. Sou obrigado pelo contrato a trazer ele e o seu filho de volta, e nada vai me impedir. Nem um saco de lixo preto cheio de ossos.

— Já eu acho que... Tá na hora do pau! — disse o Caveira, partindo para cima de Asmodeus.

Pedro ouvia o som da briga, mas continuou seguindo em direção à sua casa, levando Verônica apoiada em seus braços. Ela parecia perdida, totalmente desconectada dos acontecimentos. Ele a conduziu para dentro da casa, que se encontrava às escuras, até seu quarto, acendeu a luz e a deitou na cama. Ela se cobriu com uma manta e apenas balbuciou que estava frio. Pedro a admirou com compaixão; seu sentimento foi puro. Ela desejava apenas constituir uma família com o homem que escolheu.

Pedro então retornou rapidamente a fim de encerrar aquela luta imbecil. Ele sabia que a foice do Caveira não podia atingir o coração de Asmodeus, pois, mesmo sendo o todo-poderoso fodão, como ele gostava de alardear, seria morto neste plano e enviado direto para o Reino Inferior. Lá, Belial, que estaria preparando suas tropas para invadir o Reino dos Humanos, ficaria muito satisfeito em recebê-lo. Com certeza, seria um excelente presente para Baal quando se encontrassem novamente. Mas uma dúvida o incomodou quando chegou até os brigões, que já se encontravam exaustos. E se Asmodeus vencesse o Caveira, para onde ele seria enviado?

— Para o Reino dos Humanos, garoto! Nasceria novamente como uma criança. Estou aqui porque assumi a missão que Miguel me deu.

— Tu leste o meu pensamento?

— Não! Você está com o anel e falou na minha cabeça.

Um momento de descuido lhe rendeu um soco inesperado de Asmodeus. A mandíbula do crânio do Caveira ficou enterrada na areia, seu corpo estendido na estrada. Asmodeus levantou a espada com as duas mãos para enfiá-la no peito do Caveira. Numa ação rápida, quase sem pensar, a lâmina da foice atravessou seu peito, separando o coração de Asmodeus em duas partes. Sem grito, sem expressão de dor. Apenas a surpresa.

— Não! Seus idiotas! Como puderam fazer isso? — Pedro gritou, mas agora não adiantava mais. — Como eu fui burro! Eu tenho o anel, e ele teria que me obedecer.

— Pedro, o contrato fala mais alto — retificou o Caveira.

O sangue vermelho, ao entrar em contato com a areia, foi se tornando um pó azul, e todo o corpo se desintegrou. O rosto de Asmodeus esboçava um sorriso malicioso.

— Asmodeus, eu ordeno que não descanse enquanto não voltar até a mim — ordenou Pedro, mostrando o anel que emitia um halo de luz azul.

— Não sei se foi uma boa ideia, garoto. Ele logo, logo estará de volta e não estará tão amiguinho como antes.

O Caveira se levantou, já com seu corpo de velho fumante, pigarreou, pegou seu chapéu, bateu na perna para tirar a poeira e o recolocou na cabeça. A noite tinha chegado, e ele precisava retornar ao seu cemitério.

— O que faço agora? — Perguntou Pedro, enquanto o Caveira mancava de volta ao seu posto.

— Proteja a Verônica, pelo menos esta noite. Ela vai ser longa, e você estará sozinho.

CAPÍTULO XIII

A saudade. O que é a saudade, senão a falta da presença de quem não temos mais? Temporária ou permanente, tanto faz. A saudade nos lembra da importância da presença de quem o tempo não mais nos traz. Cada dia, cada minuto flui, como líquida é a saudade: Esperançosa no futuro, poderosa no presente, infinita no passado.

Pedro retornou ao quarto. Admirou Verônica deitada, já dormindo. Ele cuidadosamente se deitou ao seu lado, mas manteve a luz do abajur acesa. Com as mãos apoiando a cabeça sobre o travesseiro, procurou em vão um plano que pudesse derrotar Baal. Seu desejo era fugir, se esconder, mas onde? Ele não pediu para estar naquela situação, não se candidatou de forma alguma a ser o salvador do mundo. Ele não era a Martha, com certeza. Por que os anjos não resolvem isso? Ao mesmo tempo, sentia uma necessidade de proteger Verônica. Ela lhe causava uma sensação boa, suave e acalmadora em sua alma. Pedro divagou durante algum tempo, mas logo foi vencido pelo sono.

Pedro se perguntou onde estava, mas logo reconheceu o corredor de sua casa em Santa Cruz do Sul. Mesmo estando no escuro, conseguia ver tudo claramente. Seguiu passo a passo até o quarto de seu filho, Pedrinho. Ao abrir a porta, reconheceu a bagunça: a camisa do Grêmio suada sobre a cadeira da escrivaninha, uma bola de futebol manchada de barro vermelho, jogada de qualquer jeito no canto entre a parede e o guarda-roupa. O menino, que estava dormindo, inspirou mais fundo quando o pai entrou no quarto, mas não foi o suficiente para acordá-lo. Ele estava com o cabelo raspado curto, parecia mais magro. Pedro ficou admirando seu filho por alguns instantes, até que suas lágrimas começaram a rolar pelo rosto. Resolveu deixar o quarto e se dirigiu até o quarto de Martha. Ela estava dormindo com uma camisola preta. Seu cabelo estava curto. Um retrato deles nas férias estava sobre o criado-mudo ao lado de uma máscara cirúrgica. Aquele sorriso era de intensa felicidade. Pedro pensou em como pôde duvidar que aquilo que estava vivendo na época era a felicidade. Agora, como todo mundo depois que perde seu lastro com a felicidade, reconheceu: Ele era muito feliz. Pedro se sentou ao lado de Martha e ficou por alguns minutos observando-a. Depois se levantou. Era a hora de ver sua filha.

Ao abrir a porta, sua filha estava sentada na cama o esperando.

— Como vai, papai?

— Tu podes me ver, Marília?

— Posso. Olha, eu tô dormindo.

Pedro viu o corpo da menina dormindo na sua cama e seu espírito desperto fora do corpo.

— Como tu fazes isso?

— Não sei, papai, mas foi depois do acidente.

— Tu estás crescida. Parece que faz muito tempo que não te vejo.

— Sim, papai, eu já vou fazer sete anos.

— O quê? Para mim, passou apenas alguns dias. Nem terminou a semana.

— Eu sei, papai. Eu me lembro de tudo... Eu tava com muita saudade. Promete que vai continuar me visitando? Sinto falta de você.

— Eu também, meu amor. Prometo. Sempre que eu puder, venho te visitar, o teu irmão e a tua mãe.

— Não, a mamãe não. Ela precisa seguir a vida dela. Ela ficou muito doente da cabeça. Depressão! Foi o que o médico disse. Ela precisa esquecer, e se você chegar perto da mamãe, ela vai sentir a tua presença em seu coração e ficará triste novamente.

— Entendo. Não sabia que pudesse causar esse sentimento de tristeza — Pedro baixou os olhos, resignado. — Ela precisa mesmo viver a vida dela.

— Mas a mim, você pode visitar. Eu tive lá, lembra? E fico feliz em ver você.

— Eu não controlo quando posso vir, apenas adormeço lá e acordo aqui.

— Eu sei, mas se você tá lá, é porque é importante. É o teu destino ajudar as pessoas que tão lá. Eu sei, o Miguel me falou.

— O Miguel te falou que eu estava lá para ajudar as pessoas?

— Sim. Existem coisas que eu não posso dizer, mas lá é o teu lugar até o julgamento final.

— Julgamento final?

— Tô com soninho! Preciso dormir. Te amo, papai. Não demora tanto da próxima vez.

— *Marília, espera! Que julgamento? Marília...*

O som de um grito de mulher ao longe acordou Pedro, mas não foi o suficiente para despertar Verônica. Ele não se atreveu a se levantar. A luminosidade de um novo dia estava invadindo o quarto através das frestas da janela Veneziana. Pedro não conseguiu dormir novamente. Alguns minutos depois, o som de uma batida nervosa na porta revelava a urgência do momento. Pedro se vestiu e correu na direção da porta.

— Calma, já estou indo!

Pedro abriu a porta e se deparou com o Caveira com cara de poucos amigos.

— Venha comigo, garoto! Preciso que veja uma coisa.

— Sim, vamos, mas e a Verônica?

— Não se preocupe! Ela vai dormir bastante agora que está voltando a si. É necessário para organizar as coisas em sua mente.

— Mas ela vai ficar desprotegida aqui!

— Não, eu já fiz um feitiço forte que impede que alguma força maligna entre aqui sem sua permissão — disse o Caveira, retirando o capacho e apontando para as inscrições feitas a giz vermelho à frente da porta.

— Então vamos lá.

Depois de caminharem muito, Pedro constatou que não havia notado que existiam tantas ruas naquele vilarejo.

— Caveira, essa vila não parecia tão grande assim.

— Garoto, você vê o que precisa ver. Acredite, aqui poderia ser considerada a maior cidade do mundo, são milhões de almas.

— O quê? Não acredito!

— Sim, você está vivendo o seu drama numa vila de pescadores. Mas tem pessoas que vivem nas montanhas, nos desertos, nos campos verdejantes, nas cidades grandes.

— E tu cuidas de toda essa gente?

— Sim, com nomes diferentes — disse o Caveira, olhando Pedro nos olhos. — É aqui!

Eles chegaram a uma rua estreita e muito úmida, com casas no estilo colonial, telhas de barro, aberturas de madeira grossa e paredes caiadas de branco. Não havia sinais de eletricidade. O chão era calçado com paralelepípedos de basalto e possuía um passeio público com não mais de um metro e meio.

— Veja, doutor! As portas estão arrombadas. Nenhum morador está usufruindo de seus dramas pessoais.

Eles entraram na casa mais próxima e o que encontraram causou medo em Pedro.

— Os corpos estão retalhados em estado de putrefação avançado. Eu diria que, pelas condições, faz mais de cinco dias que estão expostos dessa maneira — constatou Pedro.

— Errado, garoto! Foi agora no fim da noite. Aqui as coisas são diferentes do mundo em que você vivia.

— Eu não me acostumo com o tamanho desses vermes e com esse mosqueiro infernal. Chega a impedir a passagem da luz, de tão densa que é essa nuvem de insetos.

— É, quanto a infernal, você está certo.

— Por que não viraram pó azul?

— Porque suas almas foram comidas. Não são demônios ou almas condenadas enviadas do inferno. Lembra da Maria e daquela moça no cemitério? Elas não eram demônios ou enviadas.

— Mas eu vi Asmodeus virando pó azul — disse Pedro.

— Bom... Ele pode ser considerado um demônio. Não acha? — O Caveira abriu um sorriso satisfeito.

— É... É verdade.

— Espero que isso tudo não seja obra dele — lamentou o Caveira, apontando para os corpos.

— Acredito que não. Mas quantos tiveram suas almas comidas?

— A colônia toda. Foram milhares de almas, o suficiente para fortalecer um grande demônio.

— Baal! — Concluiu Pedro.

— Agora eu terei que limpar toda essa bagunça.

Pedro sentiu uma tontura estranha, como se o solo abaixo de seus pés estivesse flutuando nas ondas do mar, e caiu.

— O que houve, garoto?

— Uma tontura... Quase perdi os sentidos — respondeu Pedro, levantando-se e apoiando-se no Caveira.

— É o anel! Algo aconteceu. Precisamos voltar para o cemitério.

— E todos esses corpos?

— Os vermes se incumbirão de consumi-los. Infelizmente, não poderei fazer nada.

Pedro se ressentiu ao ver o corpo de uma criança sendo devorado pelos vermes. Não conseguiu impedir que o ódio tomasse conta de seu coração. Minúsculos raios se irradiavam do seu anel.

— Calma, garoto! Infelizmente, não podemos salvar a todos, mas podemos impedir que isso volte a acontecer. Cuidado com suas emoções, elas podem ser usadas contra você. É importante que aprenda a usar esse maldito anel.

— Sim, mas como? Quem podia me ensinar, tu despachaste lá pra baixo.

— He, he, he! Era ele ou eu, garoto. Mas você deu a ordem para ele voltar. Nada vai conseguir impedi-lo. Logo, aquele parasita dará um jeito de voltar. Tenho certeza. Agora vamos ver o que aconteceu.

Depois de uma longa caminhada de volta, passando por ruas estreitas, subindo lombadas e atravessando campos, a areia voltou a dominar a estrada. O sol estava a pino quando adentraram o velho cemitério. O portão estava caído. Algo o derrubou, quebrando o madeiramento e retorcendo a ferragem.

— Caveira, algo grande passou por aqui.

— Tô vendo, garoto! Mas o quê? Não é o estilo do Baal.

— Salvo alguma lei diferente da física, quem fez isso não estava na colônia comendo as almas daquela pobre gente — concluiu Pedro.

— Vamos até os portais! Algo pode ter entrado por eles.

Eles se deslocaram até o santuário dos portais. Tão logo se aproximaram, já constataram que toda a parede de tijolos do portal do Reino Inferior estava derrubada, com os tijolos espalhados pelo chão. Parecia a eles que uma explosão havia destruído apenas a parede. O portal em si estava intocado. Pedro começou a examinar o mausoléu, enquanto o Caveira se concentrava na escuridão lá dentro.

— Pedro, escute!

— Sim, estou ouvindo, como se o ar estivesse escapando.

— Não é o ar, garoto! Eles estão vindo!

— Foi o jeito que eu consegui para escapar! — disse o homem sentado com a perna cruzada sobre o pedestal da estátua de São Miguel Arcanjo.

— Asmodeus! Você conseguiu voltar?

— Sim, Pedro! Tive que montar nas costas de um touro. Agora o problema é achar ele antes do Baal.

Asmodeus estava com seu terno de linho branco e seu chapéu Panamá impecáveis, seu rosto jovial, como se tivesse rejuvenescido alguns séculos. Fumava o seu charuto calmamente. Pedro poderia dizer que aparentava ser mais novo que ele.

— Não demorou muito com seus colegas, seu chupa-almas. Foi você que fez aquela barbaridade na colônia? — Provocou o Caveira.

— Não estou sabendo de nada — disse Asmodeus, levantando-se. — Caveira, nós precisamos uns dos outros. Agora é hora de uma trégua.

— Está bem, Asmodeus! Mas lembre-se: É apenas uma trégua.

Pedro notou que o som vindo do Reino Infernal estava se aproximando.

— O que podemos fazer para impedir que eles adentrem esse mundo por aqui? — Perguntou Pedro, apontando para o buraco na parede.

— Nada! — Respondeu Asmodeus, dando mais uma tragada no seu charuto.

— Eu acho que tem — retrucou o Caveira. — Use o anel, garoto — ele apontou para Asmodeus.

— O quê? Não! Vocês não estão pensando em... — Asmodeus cuspiu o charuto com uma cara furiosa.

— Asmodeus, eu, Pedro, dono do anel de Salomão, ordeno que reconstrua o muro que sela o Portal Inferior.

— Há, há, há! Vai comendo essa massinha, seu chupa-almas! — Debochou o Caveira.

— Puta que pariu, Pedro! Que bela parceria, hein? — Reclamou o homem do terno branco.

Asmodeus se levantou bruscamente, fez um movimento circular com as mãos, e os tijolos foram voltando, um a um, para o seu lugar, lacrando novamente o portal. Isso não durou dois minutos.

— Doeu? Foi tão difícil assim? — Ponderou Pedro.

— Não gosto de ficar obedecendo a um almofadinha! — Disse Asmodeus, colocando um novo charuto na boca. — Mas eu não tenho o poder para impedir que demônios poderosos ultrapassem. O selo foi quebrado. Baal, quando restituir suas forças, poderá abrir esse portal a hora que quiser.

— Eu acho, seu chupa-almas, que ele já se alimentou o suficiente para fazer o que quiser — concluiu o Caveira.

— Eu trouxe uma surpresinha para ele. Sabe o touro que usei para voltar? — Ele retirou do bolso do paletó branco uma coleira com um grande rubi. — Pois é, ele está aqui! Não lembra de tudo. Vamos depender de nossa amiga Verônica.

— Afinal, de quem vocês estão falando?

— Do Golias, garoto! Foi ele que deu uma surra no Belzebu e lacrou esse portal há alguns anos, mas ficou preso lá desde então — explicou o Caveira.

— Aquele grandão que estava ao lado do Baal?

— Sim, ele mesmo, garoto — respondeu o Caveira. — Parece que temos alguma chance. Até que você prestou para alguma coisa, seu gênio de araque.

— Não será tão fácil, Pedro — explicou Asmodeus. — Mas vamos pensar: Você tem os talentos do Aquinael e está com o anel de Salomão, que te dá o poder de Senhor das Almas; o Caveira, com seus poderes dados por Miguel; o Golias, que é um rinoceronte enfurecido; e eu, que sou o poderoso fodão. Com tudo isso... Tão somente, podemos derrotar os soldados e os demônios enviados por Baal. Para derrotá-lo definitivamente, não tem outro jeito: Somente com Astaroth ao nosso lado.

O som de várias almas colidindo com o muro de tijolos assustou Pedro.

— O que foi isso? — Perguntou Pedro.

— O exército de Baal deu com a porta na cara, mas não sabemos quanto tempo isso irá segurá-los — explicou Asmodeus.

— Vamos, temos que achar Astaroth e libertá-lo de seu drama — conclamou o Caveira.

— Acho que ele não vai gostar de me ver quando lembrar o que fiz com ele — Asmodeus trocou o charuto de um canto para o outro da boca.

Os três mal entraram na estrada ladrilhada entre os túmulos e mausoléus e ficaram parados como estátuas, assustados com o que estavam vendo. À frente deles, um homem com belas vestes, apoiando-se em uma bengala decorada com um rubi, os aguardava.

— Boa tarde, senhores! Acredito que estão obstruindo a passagem do meu exército.

— Baal?! — Pronunciaram em unísono.

CAPÍTULO XIV

O universo, a natureza ou os seres divinos, tanto faz! Uma força maior se utiliza dos meios disponíveis para fazer a sua obra. A obra é a caridade e o amor, e os meios são as pessoas de bom coração.

O rosto pálido de Baal refletia o calor do primeiro dia de sol desde que Pedro chegou ao Purgatório. Ele estava sereno, sem emoções. Apenas olhava para os três sem medo. Sabia do seu poder. Pedro sentiu seu coração disparar. Tudo podia acabar ali, naquele momento.

— Pedro, não use o anel de jeito nenhum. Ele não pode saber que você está com esse poder todo em suas mãos. Guarde no bolso — sussurrou Asmodeus, passando o lenço sobre o rosto para disfarçar a fala.

Pedro desejou tirar o anel, e ele se soltou de seu dedo. De maneira disfarçada, conseguiu colocá-lo no bolso sem que Baal percebesse.

Baal levantou a mão aberta com a palma para cima à frente de seu peito e a fechou, como se estivesse fazendo um grande esforço, puxando para baixo o invisível. Um estrondo forte e pesado, como uma granada explodindo, deixou claro que o muro caiu novamente. Centenas de esferas de luz vermelha saíram em alta velocidade do portal e se evadiram pelos espaços entre os túmulos. Eram muitas. Pedro correu em direção a Baal.

— Garoto, não! Você não pode com ele! — O Caveira seguiu atrás, mas logo foi interrompido por algumas luzes que se posicionaram à sua frente.

As bolas se materializaram em cadáveres, não aqueles em decomposição, mas em corpos perfeitos, aparentemente sadios, se isso fosse possível. Estavam ali parados, aguardando uma ordem de Baal. Eram três contra dezenas, talvez mais de uma centena. Eles estavam armados com espadins de aproximadamente cinquenta centímetros. Pedro não conseguia mais enxergar Baal por trás dos mortos. Ele já havia se retirado calmamente a passos lentos, com uma mão de punho cerrado às costas e a outra segurando a bengala, vez ou outra batendo com a ponta no ladrilho. Milhares de esferas de luz avermelhada continuavam a se libertar do portal do Reino Inferior.

— Acho que dessa vez é para valer, não é, Caveira? — Perguntou Asmodeus, tirando a espada de Saint-Germain do paletó.

— É! Agora, realmente, tá na hora do pau! — disse o Caveira depois de engolir em seco.

O Caveira bateu com o cabo de sua pá no ladrilho e se transformou na sua versão infernal, com a foice agora flamejante. E Pedro... Pedro era ele mesmo.

— Vamos sentar a porrada neles! — Ordenou ele.

Os servos de Baal, com seus espadins em punho, atacavam quem quer que se aproximasse. Pedro se deu conta de sua fragilidade nesta luta. Asmodeus estava armado com a espada, o Caveira com a foice, e ele estava com as mãos vazias, já que não podia nem usar o anel para simplesmente mandar cessar o ataque. Sua única saída era ser rápido e se defender. Mas, no primeiro combate, um espadim fez-lhe um corte no braço, logo abaixo da mão esquerda. O sangue escorreu valente, transformando-se em pó azul ao tocar o solo.

— O que é isso? Caveira, por que meu sangue virou pó azul?

— Acho que o doutor notou que estou um pouquinho ocupado. Para de frescura e senta o pau! Você é várias vezes mais forte que esses moribundos e é infinitamente mais rápido. Eu e o chupa-almas temos as nossas armas, você tem as suas.

— Pedro, não pense! Apenas lute! Deixe fluir — disse Asmodeus enquanto decapitava um coitado sem cabelos.

— Se vocês estão dizendo...

Pedro começou a lutar mais rápido e a executar golpes mais fortes. Nenhum soldado conseguia se aproximar sem ser atingido, nem tampouco fugir de seus punhos. Mas, mesmo assim, a cada um que derrubava, outros cinco vinham em sua direção. Enquanto isso, o portal continuava a evacuar uma infinidade de esferas. Os soldados abatidos pelo trio, ao tombarem no chão, pobres demônios, se desintegravam, retornando ao seu estado de esfera de luz vermelha e escapando em alta velocidade para seguir o fluxo. A luta parecia que não teria fim. Quanto mais o tempo passava, mais soldados se libertavam do Reino Inferior para compor o exército de Baal, que estava se formando para invadir o Reino dos Humanos.

— Estamos perdendo tempo. As forças do mal estão ficando mais poderosas a cada minuto que passa — reclamou Pedro.

— Não temos alternativa, Pedro. Se pararmos a peleia, eles nos matarão. Lutem pelas suas almas, seus filhos de um cão sarnento! — Esbravejou o Caveira enquanto ceifava uns três ou quatro inimigos.

O som de passadas pesadas de alguém correndo estremecia o chão. Pedro confundiu com as batidas de seu coração, mas percebeu que era algo muito maior que estava chegando. Sua dúvida era: De que lado estaria aquela estranha criatura? O corpo de um gigante bravo se jogou de braços abertos sobre os soldados de Baal. Um simples toque na sua pele os transformava em pó azul, sem chance de escapar, sem possibilidade de retornar ao estado de luz vermelha. Mas ele não deixava de socar, chutar, bater. Seu corpo era mortal para o exército de Baal. Nada escapava dele. Enquanto o Caveira e Pedro continuavam lutando com fúria, Asmodeus tirou o paletó, sentou-se em uma tumba, cruzou a perna, tirou o pó azul do chapéu e balbuciou palavras inaudíveis, mas que claramente expressavam seu nojo daquela sujeira. Ficou admirando o espetáculo, com seu paletó no colo, chapéu novamente na cabeça e dando longas tragadas em seu charuto.

— Porra, Asmodeus! Ajuda aqui!

— Em quê, Pedro? O rapaz aí vai acabar com todos em um minuto. Ele gosta. Não se preocupe. E, só para constar, fui eu que trouxe o Golias — disse Asmodeus com o dedo em riste.

Realmente, Asmodeus estava certo. Em pouco tempo, não havia mais nenhum soldado de Baal ao redor deles, apenas o incessante fluxo de luz vermelha escapava do portal.

— Golias fecha! — Disse o gigante.

Golias inflou o peito e se posicionou no buraco deixado na parede. Cada esfera de luz que se chocava com ele se desintegrava em pó azul. Em poucos segundos, nada mais tinha coragem de seguir pelo túnel que ligava o portal ao Reino Infernal. Uma escuridão que engolia a luz arrepiava qualquer um que se atrevesse a olhar para o fundo do Portal.

— Deixa que Golias fecha parede. O que Golias fecha, monstro não abre.

— Caveira, se foi ele que fechou antes, como abriram dessa vez? — Perguntou Pedro.

— Por isso precisavam da sua filha aqui. Ela herdou a linhagem dos dois guardiões da montanha: Aquinael e Golias. Só um descendente do Golias poderia quebrar esse feitiço.

— Minha família estará sempre em risco? — Perguntou Pedro, passando a mão na barba.

— Eu acho que os demônios é que estarão sempre em risco com a sua família — riu Asmodeus, escorando o ombro na lateral do mausoléu. — Com a Marthinha, ninguém pode! Há, há, há...

Em poucos minutos, o portal estava novamente lacrado. Pedro teve a impressão de que a estátua de Miguel os observava atentamente. Pareciam até olhos de verdade acompanhando seus movimentos.

— Caveira!

— *Deixa estar, garoto!* — Falou o Caveira diretamente na cabeça de Pedro. — *Ele está sempre observando. Muitas vezes não age por si mesmo, mas se utiliza de homens e mulheres que travam a luta pela sua causa. Não só aqui. Quantas pessoas ajudam as causas dos mais pobres, dos que sentem fome, dos que moram nas ruas? Ele está lá, dentro do coração dessas pessoas.*

O Golias se retirou, caminhando lentamente em direção ao portão do cemitério.

— Espere, precisamos de ti — disse Pedro.

— Golias vai embora! — Decretou ele mesmo.

Enquanto Asmodeus e o Caveira apenas observavam o gigante indo embora, Pedro precisava convencê-lo a lutar ao lado deles.

— Para onde tu vais? Tu por acaso sabes onde estás?

— Golias sabe. Aqui é o purgatório. Golias vai pra casa.

— Então, tu deverias saber que não tem como sair daqui.

— Eu sei a saída. Eu posso!

— Nós precisamos da tua ajuda para impedir que Baal destrua o Reino dos Humanos.

— Baal bundão! Eu vou esperar por ele lá.

— Ele já te dominou uma vez, pode fazer de novo.

— Agora Golias sabe.

Pedro tentava argumentar, mas tudo que usava era rebatido com respostas simples. Golias estava inabalável. Portava um semblante calmo. Nada podia importuná-lo, era muito poderoso. Ninguém se atrevia a enfrentá-lo. Pedro começou a sentir inveja do gigante. Ele retornaria ao mundo dos humanos. Como? Apesar de tudo que já tinha vivenciado até aquele momento, não imaginava que alguém pudesse retornar do mundo dos mortos.

— Golias! — Gritou Asmodeus. — Ela está aqui! A Verônica está aqui e precisa ser protegida!

— Verônica? Golias gosta de Verônica. Tem que proteger Verônica! Onde ela tá, Asmodeus?

— Na casa do Pedro, ele a prendeu lá — respondeu Asmodeus.

Pedro sentiu um gelo no estômago quando o gigante parou e se virou com uma expressão que o aterrorizou. Pedro, que tinha um passado vergonhoso de nerd, começou a gaguejar.

— Nã...Nã...Não é bem assim. Ela está na minha casa, sim, mas não está presa.

— O Caveira enfeitiçou a entrada, eu sei! — Retrucou Asmodeus.

— Porra, Asmodeus! Tá de sacanagem! O cara vai me matar.

— Ele a enganou, está se passando pelo Benjamin. Lembra dele? Ela pensa que está casada com esse almofadinha aí — continuou Asmodeus.

O Caveira não estava entendendo nada, mas não interferiu. Atendeu ao gesto do Asmodeus para que aguardasse.

— Magrinho tá prendendo a minha Verônica, tá enganando ela! Golias mata magrinho.

— Não! Espera, não é nada disso!

— Tá dizendo que estou mentindo, Pedro? — Asmodeus colocava mais lenha na fogueira.

Pedro não teve tempo de responder, nem condições. A mão enorme do Golias já estava em volta do pescoço dele. Pedro esganiçava desculpas, mas não era possível entender nada. Golias, com a testa franzida de tanto ódio, aproximou o rosto de Pedro do dele. Olhou fundo em seus olhos e começou a desmanchar o semblante.

— Asmodeus, rei da mentira! Magrinho não tem maldade — ele cheirou Pedro. — Magrinho tem alma boa — Golias olhou para a mão de Pedro. — Magrinho tem anel de Salomão. Eu ajudo magrinho.

Só depois ele afrouxou o pescoço de Pedro, que, ao ser solto, foi tomado por uma tosse profunda.

— Mais um ponto para o fodão aqui! — Asmodeus riu com o charuto entre os dentes, apontando para si mesmo.

— Cadê Verônica? — Perguntou Golias.

— Está na minha casa, vamos até lá — disse Pedro, abrindo um sorriso amarelo.

Os quatro se dirigiram para a casa de Pedro. Golias ia na frente com Pedro.

— Como tu conheceste a Verônica? — Perguntou Pedro.

— Eu protegia ela. Asmodeus também tava lá.

Pedro olhou para trás, mirando Asmodeus.

— Por que tu precisavas protegê-la?

— Minha missão.

— Mas quem te deu essa missão?

— Meu chefe.

— Mas quem é o teu chefe?

— Magrinho chato. Pergunta demais.

— Eu conheci Aquinael.

— Aquinael morto.

— Ele conviveu comigo no meu corpo.

— Hum! Magrinho deixa outro entrar no seu corpo.

Asmodeus e o Caveira, na quinta série, não resistiram e deram uma bela gargalhada.

— Garoto, se você quer perguntar alguma coisa para ele, vá direto ao ponto. Não aguento mais essa conversa de louco — desabafou o Caveira.

— Golias, tu amaste a Verônica?

— Não!

— Ufa! — Pedro sentiu um alívio.

— Golias ainda ama Verônica!

— Pediu, levou — retrucou Asmodeus.

— E o Asmodeus também — dedurou o gigante.

— Quê? — Pedro ficou surpreendido. Agora tudo estava se encaixando quanto a Asmodeus e Verônica.

— Pedro, isso são coisas do passado. Golias ficou preso no Reino Inferior por muito tempo — desconversou Asmodeus.

— Asmodeus puxa-saco do Davi.

— Quem é Davi?

— Garoto, isso é outra história — Interrompeu o Caveira. — Depois vocês resolvem seu quinteto amoroso. Agora temos que vencer o Baal e, para isso, precisamos da ajuda do pai da Verônica, ou melhor, do anjo ou demônio que está preso no drama do General.

— Quinteto! Tão de sacanagem — Pedro ficou indignado.

— *Pedro, as coisas não foram bem assim. É uma longa história. Mas acredite, a Verônica que está na sua casa só amou o Benjamin. Nem Golias, nem Asmodeus e muito menos Davi (que ainda está bem vivo) tiveram qualquer chance de conquistar o coração de Verônica* — explicou o Caveira na cabeça de Pedro.

— Enfim, chegamos — desabafou Asmodeus.

Pedro notou que a porta estava aberta e correu para dentro da casa.

— Verônica! Verônica! Onde tu estás?

Golias e o Caveira entraram logo atrás de Pedro. Mas Asmodeus ficou na porta com uma cara inconformada. O feitiço do Caveira impedia que ele entrasse na casa.

— Caveira! Libera o Asmodeus.

— Não posso desfazer o feitiço. Além disso, por que ele não pode entrar?

— Golias quer ver Verônica!

Pedro percorreu a casa toda, mas não a encontrou.

— Ela não está aqui — constatou Pedro.

— Ela deve ter saído, garoto — disse o Caveira.

— Deve ter ido para a casa do pai — gritou Asmodeus pela janela.

— Golias quer ver Verônica!

Pedro chegou a se irritar um pouco com a birra do gigante, mas resolveu deixar de lado. Afinal, ia fazer o quê?

— Caveira, onde é a casa do General? — Perguntou Pedro.

— É a sede da fazenda grande. Fica na colina. Leva uma hora de caminhada. Mas é melhor nos prepararmos e sairmos logo, precisamos chegar lá antes do anoitecer.

O sol quente do verão revelava que ainda restavam, talvez, umas duas horas de luz quando eles avistaram uma grande casa em estilo colonial sobre a colina. As paredes eram caiadas de branco, com as aberturas em madeira rústica na cor azul. Havia algumas árvores ao redor da construção, mas uma, mais frondosa, chamava a atenção — ficava logo à frente do alpendre. Dali, tinha-se uma vista privilegiada da vila e do belo pôr do sol na lagoa. Ao longe, era possível ver os prédios da cidade de Rio Grande. No alpendre, um homem com a casaca azul do exército imperial os aguardava em pé.

— Golias, Benjamin e o coveiro — o General virou-se para alguém que, por um instante, pareceu não reconhecer. — Amadeu? É você? Está com uma aparência tão jovem. Nossa! Mas que ventos os trazem aqui à minha fazenda?

— Papai! O Ben voltou, como ele prometeu — revelou Verônica, saindo porta afora.

— É, mas não devia... Os mortos não deviam voltar jamais — balbuciou o general.

CAPÍTULO XV

Afinal, o que verdadeiramente existe entre o Céu e a Terra? Nem a ciência e nem a filosofia são capazes de explicar. O que dirá o pensamento de um sonhador frente a tantas questões?

Um momento de expectativa motivou o silêncio. Verônica, sabiamente, estava abraçada ao pai. Muitos homens começaram a surgir de trás das construções; eram os soldados do General e não os cadáveres sem vida de Baal. Um mais inocente, aparentemente o mais jovem deles, levantou a mão, cumprimentando Pedro, que não o reconheceu, mas preferiu devolver a gentileza. Um colega, com divisas no braço, resmungou algo inaudível, e o rapaz se encolheu, envergonhado.

— Mas, muito bem. Que espécie de anfitrião sou eu que não convido o noivo da minha filha para jantar? Por gentileza, Benjamin, vamos passar para dentro da casa grande. Devem estar com fome.

— Comida... Golias com fome. Faz tempo que não encho a barriga.

Golias bateu no próprio estômago. Ele nem esperou o convite e se dirigiu às escadas do alpendre, entrando casa adentro.

— Pois é... O convite é estendido também aos seus amigos — o General, resignado, apontou o caminho da porta.

Verônica se desvencilhou do pai e se abraçou a Pedro. O Caveira e o Asmodeus se entreolharam, desconfiados daquele convite. Mas a presença de Golias lhes trazia uma carga de segurança.

Ao entrarem, uma moça negra, vestida com roupas da época da escravidão, conduziu o grupo à sala de jantar. Pedro sentiu revolta com aquilo. O General trazia consigo o que de mais nojento existia na humanidade: Ele era um escravagista que acreditava ainda estar no tempo da escravidão. A vontade de Pedro era acabar com aquela fazenda.

— Caveira, tu permites isso aqui no teu território?

— Garoto, estamos fora do meu território. Aqui, manda o General. Nem ele sabe o porquê. Mas acredito que vamos dar um jeito nisso esta noite.

— Ele tem a essência de um dos seres mais poderosos dormindo dentro dele, só isso — explicou

Asmodeus. — Mas é do mal. Não se esqueça disso, Pedro. O sentimento de injustiça consumiu o que havia de grandioso dentro dele.

— Você também é do mal, Asmodeus! — Replicou o Caveira.

— Ah, mas eu sou um cara legalll! — Asmodeus espichou o "l" para enfatizar sua fala.

— Ai, ai... Nada é maior que o seu ego, seu come-restos — concluiu o Caveira.

O som de alguém comendo com voracidade chamou a atenção dos três.

— Ele está comendo mesmo! Tem comida de verdade aqui! — Pedro se espantou.

Ao entrarem na sala de jantar, depararam-se com uma mesa farta, repleta de frutas, saladas, arroz, feijão e um leitão assado. Pratos, talheres, guardanapos e garrafas de vinho estavam espalhados sobre a mesa. Golias estava atracado a um pedaço de carne. Pedro pensou que talvez não fosse o suficiente, frente à violência com que Golias atacava aquela pobre iguaria.

Todos se sentaram e aguardaram a entrada do anfitrião, que havia ficado para trás. Pedro notou que o sol já estava com metade de sua glória mergulhada no horizonte da lagoa. A moça que os havia conduzido começou a acender os candelabros para que não ficassem no escuro durante o jantar. Apesar de todo aquele aparente conforto, a casa não possuía energia elétrica, mantendo-se nas condições da época do avô do general, que lutara na Guerra dos Farrapos ao lado dos Imperiais.

— Caveira, nós podemos comer? — Perguntou Pedro.

— A princípio, não. Mas que feitiços mantêm essa casa nessas condições, eu não sei. Acho que devemos perguntar para o príncipe dos feitiços ali, do lado do Golias.

— Estamos em um ponto de desequilíbrio. Assim como Baal, a presença de Astaroth distorce as regras ao seu redor — explicou Asmodeus, levando a mão ao bolso do paletó, como se fosse pegar um charuto.

Golias estava concentrado na comida. Os outros não sentiam fome — a necessidade de se alimentar já não fazia mais parte de suas existências. Agora, restava apenas um sentimento de abstinência, um resquício do vício de comer, herdado do tempo em que ainda andavam entre os vivos.

O General entrou pela porta com um sorriso malicioso.

— Eu tenho mais um convidado para compartilhar conosco este jantar. Quero apresentar a vocês meu mais novo amigo.

Verônica ficou curiosa, já Pedro e os outros ficaram apreensivos. — Apresento a vocês o Senhor Baal.

Baal entrou vestido com um fraque cinza e camisa branca. Pedro tentou se levantar para protestar, mas não tinha controle dos próprios movimentos. Nem seus amigos. Apenas Golias continuava comendo distraidamente, sem perceber a entrada do inimigo.

— Perdoem-me pelo vestuário, achei que chegariam mais cedo. E, como gostei tanto deste traje, preferi não trocar por um noturno.

— Por gentileza, meu amigo, sente-se à cabeceira da mesa e coma à vontade.

— Obrigado, General! Muito gentil de sua parte aguardarem minha chegada para começarem o jantar. Imagino que seus outros convidados estejam com fome, é claro — disse Baal, sentando-se à mesa e colocando o guardanapo no colo. Ele fez um gesto com as mãos, e todos passaram a sentir fome.

— Podem comer! — Avisou o General, retirando sua casaca azul e sentando-se na outra cabeceira da mesa.

Todos começaram a se servir estranhamente de comida e vinho, conversando sobre assuntos sem sentido. Verônica e Golias pareciam não notar que tudo estava errado. Mas Pedro e o Caveira não conseguiam ignorar a fome nem deixar de interagir nas conversas sobre gado e escravos, puxadas pelo General. Asmodeus fez sinal para que Pedro colocasse o anel no dedo novamente, enquanto apoiava a mão no ombro de Golias num gesto fraternal.

— Tira a mão do Golias — protestou em voz baixa o gigante. Mas essa interrupção na refeição alertou Golias para a presença maligna do comandante das hordas infernais. — Baal! — Gritou ele.

Golias se levantou furiosamente, mas não conseguiu reagir. Em seu pescoço, Asmodeus já havia recolocado a mesma coleira enfeitiçada que o prendera no Reino Inferior. Uma paralisia tomou conta do Caveira e de Verônica. Pedro sentiu que podia se mexer, imaginando que era devido ao anel, mas preferiu acompanhar os outros. Golias, mesmo contrariado, sentou-se, o rosto retorcido de raiva. Suas veias estavam dilatadas no pescoço. A testa enrijecida demonstrava sua luta interna contra as ordens que recebia. Mas ele não tinha poder para se libertar sozinho. Pedro sentiu no peito a traição de Asmodeus.

— *Eu não tinha outra saída! Eu teria minha alma devorada pelo Baal* — Asmodeus se justificou na mente de Pedro.

— *Seu porco traidor! Nunca deveria ter confiado em você! — Respondeu Pedro, enfurecido.*

— *Essa aliança foi muito boa para mim. Veja como recuperei minha energia. Ele devolveu minha juventude e vigor novamente. Eu só tinha que trazê-los até aqui.*

— *Na hora em que eu me libertar, não vai sobrar nada de você!*

— *Você está ficando corajoso, não é, doutor Pedro? Você, sozinho, e esse saco de ossos não vão poder fazer nada para impedir o grande Baal de conquistar o Reino dos Humanos. E eu vou estar ao lado dele.*

— Sente-se, criatura — ordenou Baal a Golias. — Continue seu jantar. Aproveite o momento — disse, sorrindo enquanto cortava delicadamente um pedaço de carne. — Agora, todos vocês continuem comendo, nunca gostei de comer sozinho. E vocês dois parem de conversar telepaticamente, porque eu estou aqui e já posso ouvi-los — Disse Baal olhando para Asmodeus e para Pedro.

Todos então voltaram a comer. Pedro não conseguiu engolir o pedaço de carne que colocou na boca; disfarçou e cuspiu para o lado. Resolveu se servir de vinho, já que conseguia beber aqueles chás amargos do Caveira. Talvez pudesse disfarçar bebendo uma taça de vinho. O primeiro gole desceu tranquilo. Pedro ficou confiante na decisão.

— General, desculpe-me a intromissão, o senhor sabe como as pessoas falam, e os comentários estão reverberando... — Baal iniciou uma conversa um tanto quanto difícil e perigosa.

— Pois não, nobre amigo. O que as pessoas dessa vila estão dizendo?

— Longe de mim fazer qualquer tipo de comentário, mas dizem essas más línguas...

— Fale logo, homem! Está me deixando angustiado.

A conversa despertou a atenção de Verônica. Sem poder contrariar a sua ação de comer e beber, sua mente permanecia ativa e logo notou que o teor daquela conversa se assemelhava ao que foi o estopim de toda a sua desgraça. Um outro fazendeiro havia informado que circulavam comentários de que ela estava grávida de Benjamin. Seu pai sempre ignorou que, na verdade, eles haviam se casado às escondidas e não estavam cometendo nenhum pecado.

— Como eu estava dizendo, essas más línguas comentam sobre uma possível... Como direi?... Gravidez de sua filha!

— O quê? Minha filha é virgem. Esse noivo borra-botas dela não se atreveria a fazer isso! — o General se levantou da mesa, indignado, e jogou o guardanapo branco sobre a mesa.

Baal continuou jantando calmamente. Pedro, entretido com seu vinho, notou que o terceiro gole não caiu bem e logo decidiu interromper a ingestão da bebida. Isso chamou a atenção de Baal e do General. A rejeição da bebida pelo corpo de Pedro revelava que ele não estava sob o feitiço de Baal.

O General, que já estava furioso, avançou em direção a Pedro, que se levantou instintivamente. Todos apenas acompanhavam o desenrolar daquela desavença com os olhos, mas não conseguiam parar de comer e beber. Até Asmodeus estava preocupado com a possibilidade de engordar alguns quilos, logo agora que estava com o corpo esbelto e juvenil, mas não conseguia parar de levar comida à boca. Pedro titubeou, e o General desferiu um golpe com a palma da mão aberta no peito dele. Inconscientemente, o General usou os poderes de Astaroth. Pedro foi lançado através de um túnel de luz opaca que desembocou numa versão vazia do universo. Sua alma deslizava por entre as dimensões, e ao passar por cada uma delas, sentia como se fossem camadas com temperaturas e consistências diferentes. Mas, em todas elas, havia habitantes. Ele não tinha capacidade de vê-los; apenas percebia tons de cinza e branco. Pedro conseguia sentir todas as emoções dessas almas ao mesmo tempo. Eram muitas vozes, muitas dores, algumas alegrias. Pedro estava enlouquecendo. Não conseguia absorver tudo aquilo. Ele se encolheu sobre si mesmo e, como última súplica, clamou por Miguel. A dor que sentia naquele momento era maior que qualquer outra que já havia experimentado. Uma dor milhares de vezes pior que a de morrer no acidente. Agora ele lembrava: Sua morte foi dolorosa. Seu abdômen foi esmagado por um pedaço da ferragem do automóvel. Ele levou alguns minutos agonizando antes de falecer.

Pedro abriu os olhos em meio àquela distorção em que flutuava. Um rosto de proporções gigantescas, feito de mármore branco, estava olhando para ele. A distância entre Pedro e aquele ser deveria ser maior que trezentos metros para que ele conseguisse vislumbrar todo o tamanho daquele rosto.

Era Miguel. Ele lembrava.

— Por favor, me ajude. Não aguento mais essa dor. Por favor...

O rosto de Miguel estava impassível, sereno, poderoso. Pedro sentiu uma pancada forte em suas costas. Era o chão. Ele estava caído no calçamento de uma rua estreita. Seu corpo estava muito dolorido, mas pelo menos aquelas vozes e sentimentos em sua mente haviam desaparecido.

— Onde estou? — Pedro perguntou a si mesmo. Ele não via ninguém na rua naquele momento.

O doutor ergueu o corpo e alongou os braços. Sentia como se tivesse acabado de despertar de um longo sono. O clima estava muito quente. O sol já caminhava para o ocaso.

À sua frente, a rua subia uma ladeira íngreme. As casas eram construídas de pedra polida. O teto era de junco. Não possuíam portas nem janelas de madeira. Cortinas de couro bloqueavam as aberturas, impedindo a visão para o interior das residências. O calçamento era formado por pedras perfeitamente encaixadas. Uma umidade impregnava as construções. Um limo escuro se espalhava pelos cantos da calçada.

O ar estava carregado de um cheiro forte de peixe podre secando ao sol. Uma brisa leve balançava os galhos de algumas árvores que se encontravam mais acima na ladeira.

No final da rua, a mais de cinquenta metros de altura, erguia-se uma pedra colossal, um megálito que parecia marcar um limite territorial.

De uma casa à sua frente, Pedro viu o que lhe pareceu ser uma criança afastando a cortina de couro e saindo em sua direção. O sol estava em seus olhos, e ele só percebeu que não se tratava de uma criança quando a figura já estava muito próxima.

— Hum! Você aqui de novo, nanico!

— O quê? Nanico eu? Olha só quem fala.

— Nanico e feio!

Foi nesse momento que Pedro conseguiu ver o rosto do pequeno Ser que o recebia. Era um demônio, horrendo de tão feio. Tinha orelhas, olhos e nariz desproporcionais, muito grandes para o seu tamanho, que não ultrapassava um metro de altura.

— Tu não possuis espelho em casa, não? — Indagou Pedro.

— Você está vendo algum idiota aqui, ô cara peluda? — Desafiou o pequeno, já desferindo chutes nas canelas de Pedro.

— Ai, ai, ai... Para com isso, seu diabinho! — Pedro saltava de um lado para o outro, tentando evitar os chutes do pequeno.

— Tá pensando que vai voltar aqui e sair ileso? Vai me roubar novamente? Seu ladrão.

— Que ladrão? Tu nem me conheces!

— Claro que conheço! — Ele parou de chutar e encarou Pedro de baixo para cima. — Você é o protegido do Asmodeus. Reizinho de araque. Salomão, "o mais sábio dos homens". Besteira! — Disse com desdém a criatura estranha.

— Eu não sou Salomão! Meu nome é Pedro.

— O anel dele está no seu dedo! Pedro deve ser o nome da sua última existência no mundo dos humanos. Mas, depois que aquele renegado do Baal me prendeu aqui, tudo é possível.

— Qual o teu nome, amiguinho?

— "Amiguinho" é a senhora sua mãe! Não sou criança. Tenho a mesma idade dos anjos. Tá... É verdade que estou neste corpo pequeno, mas foi a maneira que encontrei para sobreviver aqui, depois do feitiço do Baal — O gnomo estranho começou a se acalmar.

— Por quê? O que torna necessário usar esse corpo? — perguntou Pedro, ainda tentando entender a situação.

— Cada dimensão tem suas regras de existência — respondeu o pequeno Ser. — Meu nome é Beleth.

Eu era um anjo. Fui enganado por Baal e me tornei um demônio. Como eu possuía tanto poder quanto ele, fui aprisionado aqui. Ele manda seus piores erros para este lugar.

Pedro olhava com espanto para o rosto do anão.

— Vou suavizar minhas expressões para você desmanchar essa careta — disse Beleth.

Ele passou a mão lentamente pelo rosto, que começou a se modificar. Suas feições agora estavam mais proporcionais. Uma cabeça calva separava duas cachoeiras de cabelos brancos. Pedro começou a rir. Beleth, antes um demônio horrendo, agora parecia um gnomo do bem.

— Certo, Mestre dos Magos! Por que nunca saiu daqui? — Questionou Pedro, cobrindo a boca com a mão para segurar a vontade de rir.

— Você é burro? Se eu conseguisse escapar sozinho, já teria fugido e dado uma surra naquele magrelo do Baal! Botaria o Asmodeus dentro do Vaso de Cobre e o Belial... Ah, esse eu pegaria no colo e bateria na bunda dele pela eternidade! — Beleth divagou, olhando para o céu e imaginando suas ações futuras.

Ele então lançou um olhar de canto para Pedro e completou:

— E quanto a Salomão... ainda vou decidir o que fazer.

Pedro revirou os olhos.

— Cadê as pessoas que moram aqui? — Perguntou ele, olhando em volta.

— Fugiram. Nesta hora, todo mundo precisa sair daqui.

— Fugir? Fugir por quê?

— Olha atrás de você...

Pedro se virou e notou que atrás dele havia um paredão de metal que não tinha percebido antes.

— O que é isto?

— Um navio, ora!

— Um navio no meio da cidade?

— Uma cidade à beira do mar, você quis dizer. Olha lá no horizonte! — Beleth apontou para o lado contrário ao sol.

Pedro arregalou os olhos.

— Uau! A Lua está com o dobro do tamanho!

— Sim, aqui ela está mais próxima da Terra. Não muito, mas o suficiente para causar alguns estragos. Acho que você já entendeu que precisamos sair daqui correndo.

Mal Beleth terminou de falar, a água começou a se espalhar calmamente pelo calçamento. Pedro se apavorou. Agora fazia sentido a existência do megálito no final da rua. A água cobriria tudo até aquele ponto.

— Vamos correr!

— Vai me abandonar aqui? Olha o tamanho dessas perninhas!

Pedro pegou o baixinho, colocou-o sobre os ombros e começou a correr.

— Tu pesas demais!

— Claro, tenho o peso de uma pessoa adulta. Agora anda logo. Vamos cavalinho!

— Seu filho da...

— Nã, nã! Aqui é proibido dizer palavrões! Vamos, porra! Ou vamos morrer afogados!

— Tu não disses que é proibido dizer palavrões? — Protestou Pedro, ofegante.

— Eu posso! Manda quem pode, obedece quem tem juízo — gargallhou o pequeno Beleth.

Pedro correu o máximo que pôde, carregando aquele peso "morto" nas costas. A ladeira íngreme dificultava ainda mais sua fuga. A cada segundo, a água subia mais.

O cansaço começou a fazer suas pernas fraquejarem, até que tropeçou e caiu na vala, encharcando-se por completo. Beleth, ágil, deu um salto longo e alto, caindo fora da área de alagamento.

Pedro olhou para ele, incrédulo.

— Essa agora... O aprendiz de feiticeiro podia fazer isso desde o início!

— Sim, mas nada poderia ser mais engraçado do que fazer o Rei Salomão carregar um demônio! — Beleth começou a dançar em círculos, zombando de Pedro.

A atitude do anão fez Pedro lembrar de sua amada filha. O pensamento o trouxe de volta à realidade. Precisava sair dali.

Com esforço, ele se levantou, agora sem o peso do gnomo, e conseguiu alcançar um ponto seguro. Parou e colocou as mãos nos joelhos, tentando puxar todo o ar que conseguia.

— Afinal, que lugar é este?

Pedro agora tinha uma vista panorâmica do mar, que se perdia no horizonte. O Navio fantasma se afastava lentamente, em direção ao nascente. A Lua estava esplendorosa. Na Terra, quando observada do solo, a Lua equivale ao tamanho da unha do polegar quando estendida em sua direção. Mas ali, passava tranquilamente do diâmetro de dois dedos.

— Aqui é a mesma Terra, mas em uma dimensão diferente, só isso — explicou Beleth. — As pessoas vivem sem saber da existência de outras realidades. Tudo é igual e tudo é diferente ao mesmo tempo. Mas eu me mantenho incógnito. Só apareci porque vi que você estava com o anel.

Pedro respirou fundo e respondeu, sem paciência:

— Eu não sou o Salomão!

— Tá, tá, tá... Você não é o Salomão, sei...

— Preciso voltar! Baal estava se preparando para invadir o mundo dos vivos!

— Agora que você está aqui, existe uma possibilidade... Podemos realizar o feitiço inverso e libertar a nós dois!

— O quê?

— Para isso, eu vou precisar do seu anel... Desculpe, do anel de Salomão, do Vaso de Cobre e do Grimório de Salomão. Eu tenho o Vaso de Cobre.

— Eu tenho o anel do SA-LO-MÃO, que, repito, não é meu! Mas agora... onde pode estar esse Grimório de Salomão?

— Beleth apontou para um homem que aparentava tamanho e força fora do normal. Ele estava sentado sobre uma grande pedra, apoiando o queixo na mão, absorto em pensamentos.

Pedro franziu o cenho.

— Mas quem é ele?

Beleth suspirou e respondeu, como se fosse óbvio:

— Sansão, o verdadeiro!

Pedro arregalou os olhos.

— Não... Não acredito... Mais um gigante... Que coisa chata!

CAPÍTULO XVI

Eu sou um anjo, o primeiro.
Eu fui a ferramenta de
Deus para criar o universo.
Os Hebreus escreveram
em sua cabala que eu sou o
mais poderoso dos anjos.

A visão da cidade impressionava. Naquele momento, devido à maré, apenas as casas mais acima da ladeira podiam ser vistas por completo. Era possível observar fileiras de telhados de junco mergulhando na água agora estável. O navio que havia se libertado rumava para o horizonte. Mas Pedro não conseguiu ver ninguém da tripulação. Aliás, até então, apenas Beleth e o tal Sansão indicavam a presença de pessoas naquele lugar. A sensação que aquela cidade causava em seu peito não o agradava nem um pouco.

— Beleth, como vamos conseguir que esse gigante nos entregue o Grimório?

Beleth, visivelmente apavorado, fez sinal de silêncio com o dedo à frente da boca, mas não adiantava mais nada. Pedro só sentiu a pancada firme no lado da orelha e caiu desmaiado.

— Acorda, Salomão! — Gritava o anão sentado em seu peito. Ele sacudia a cabeça de Pedro, agarrado em sua barba. — Acorda, seu nanico. Preciso de você para sair daqui.

— Hã! O que foi? O que aconteceu? Larga da minha barba e sai de cima de mim, seu adereço de jardim!

— Adereço do quê? Tá pensando o quê, seu reizinho de merda? Foi você que não se interessou em saber como se portar aqui — disse Beleth, saltando de cima de Pedro.

Beleth fez sinal para Pedro não falar mais nada, passando os dedos polegar e indicador unidos na frente dos lábios. Pedro, sem usar as palavras, fez sinal de que não estava entendendo. Beleth então indicou que Sansão era cego.

— Vocês podem não falar, mas percebo que estão se comunicando por sinais. Sei precisamente onde cada um está — disse o gigante, sentado novamente em sua pedra.

Sansão possuía cabelos compridos e corpo esguio, com músculos bem definidos. Sua altura deveria se aproximar de dois metros. Como vestimenta, usava apenas uma saia de couro cru.

— Bom dia, senhor! Meu nome é Pedro.

— Mentira! — Disse Beleth, interrompendo a tentativa de aproximação de Pedro. — Ele é o Salomão, está com o anel e tudo.

— Não sou o Salo... — Pedro foi interrompido por um sinal de Beleth, que indicava para ele não desmentir.

— Salomão, perdoe-me por tê-lo agredido. Confundi você com um mau espírito que tentava se aproximar. Seu cheiro me lembrou de Asmodeus, aquele traidor.

Pedro engoliu em seco, mas concordava que, diante dos últimos acontecimentos, Asmodeus era um traidor.

O gigante pediu que ele se aproximasse. Pedro, inseguro, olhou para o anão, que sinalizou para que ele fosse em frente. Agora não havia mais perigo.

— Sua língua não é a mesma de nosso último encontro, nem tampouco sua voz. Acredito que você está em mais uma experiência no ciclo de suas vidas.

— Como assim?

— Realmente, você não se lembra de nada — constatou o gigante.

Pedro pensou que era óbvio que não lembraria de nada da vida de Salomão, já que não era ele. Mas era necessário manter o teatro. Precisava de alguma forma obter o tal grimório. Beleth, com dificuldade, subiu na pedra e sentou-se ao lado de Sansão.

— Sansão, devo confessar que não lembro absolutamente de nada, apenas da minha vida como Pedro.

— O nosso amiguinho aqui disse para você que meu nome era Sansão? — Falou com a calma e a serenidade de quem tem muito poder e não teme nada.

— Sim, foi o que eu disse para ele — intrometeu-se Beleth.

— Na verdade, Sansão foi o nome que me deram na única vez em que convivi com os humanos, e posso dizer que não foi nada agradável.

— Então, quem tu és?

— Eu sou um anjo, o primeiro. Eu fui a ferramenta de Deus para criar o universo. Os Hebreus escreveram em sua cabala que sou o mais poderoso dos anjos — Pedro estava impressionado, pois o gigante à sua frente parecia estar dizendo a verdade. — Eu fui, eu sou e sempre serei o alfa e o ômega da criação.

— Eu fui um estudioso da cabala e dos mistérios e não me lembro de ter lido algo sobre ti.

— Leu sim... Só não está associando o nome à pessoa, no meu caso, ao anjo — Pedro deu de ombros como se concordasse. — Eu criei esta dimensão para mim. Fico admirando a minha obra, construo e destruo o que e quando quiser.

— E a população que mora aqui? Como encara essas mudanças?

— Eles? Eles não lembram como era antes. Quando acordam, o presente está sempre de acordo com suas memórias. Eu experimento suas emoções, seus medos, suas alegrias. Afinal, foi por isso que criamos a humanidade: Experiência e aprendizado.

— O que houve para ti ficar preso aqui?

— Eu não estou preso. Nunca estive. Nada pode me prender.

— E eu estou preso? Beleth disse que estava preso.

— Ele está realmente preso aqui há muitos anos. Mas mereceu ficar longe dos outros anjos. Já você veio aqui algumas vezes, e sempre o deixei voltar. Por que agora seria diferente?

Beleth começou a revirar os olhos de raiva. Estava perdendo sua oportunidade de voltar para o Reino Inferior. Ele tinha contas a acertar com Baal.

— Tu não poderias sair um pouco de teu esconderijo para me ajudar a impedir que Baal destrua o equilíbrio dos quatro reinos da criação?

— Aqui não é um esconderijo. No dia em que eu sair, será o fim de tudo o que você conhece. Estou aqui por um motivo.

— Qual?

— Eu sou a solução final. Posso destruir a vida, a morte, os anjos e os demônios. Quem ajudou a criar também tem o poder de destruir. Então prefiro experimentar as possibilidades aqui. Quando chegar o tempo da minha volta, construirei um mundo novo. Mas, sob o ponto de vista da humanidade, isso ainda vai demorar muito. Não tenho pressa. Deixo que sofram com suas guerras, suas tragédias e sua maldade. Tudo pelo que sofrem são as consequências de seu próprio livre-arbítrio.

— Tu guardas algum ressentimento da humanidade?

— Eu convivi com os humanos por uma curta existência. Eu experimentei o que vocês chamam de amor e o resultado foi uma vil traição. Enquanto eu estava me utilizando de um corpo de carne e osso eu podia sentir todas as emoções e todas as dores. Eu senti o que é morrer esmagado pelas pedras do templo onde estava preso.

— Então, tu amaste alguém?

— Sim, amei uma mulher. Lembro até hoje de seus cabelos negros encaracolados. Seus olhos grandes mirando os meus. Seus beijos... Eu descobri uma benção que Deus deu aos humanos. Mas o amor, o amor era somente da minha parte, pois, na realidade, era tudo uma traição por interesse. Ela queria apenas usar a minha força para esmagar os inimigos do seu rei infame.

— Entendo...

— E quando eu lutei contra o seu exército, ela me traiu, cortou a fonte de minha força. Fui torturado durante dias. Enfim me cegaram com ferro em brasa. Mantenho-me assim e nada vai mudar enquanto existir equilíbrio.

— Por favor, conte-me mais.

— Fui exposto na praça por dias e noites para que todos me humilhassem. Eles jogavam objetos e alimentos podres em mim. Foi aí que eu pude compreender a natureza má da humanidade. Eu estava completamente nu, preso sobre minhas próprias fezes, comendo a comida podre e bebendo a água lodosa que um ou outro cidadão, com coragem de se aproximar, colocava na minha boca. Durante o dia ficava exposto ao sol. Meu corpo ficava tomado de insetos se alimentando da podridão a minha volta e das feridas do meu corpo. Eu me encontrava na completa escuridão. A noite, alguns animais me mordiam as pernas tentando tirar um pedaço de carne. A cada dia a mais que sobrevivia, eu sentia uma esperança crescer dentro de mim. Minhas forças estavam voltando e logo conseguiria arrebentar as correntes. No meu último dia de vida terrena, ela, Dalila, veio me ver. Sua voz e uma tosse que a acompanhava revelava estar fraca e doente. Disse estar arrependida. Segundo ela, preferia morrer junto comigo. Ela disse não haver revelado ao rei a fonte da minha força. Ela trouxe água e juntamente com uma escrava me lavaram. Depois me deram o que comer e o que beber. Ela notou que meus cabelos já haviam crescido. Falou em meu ouvido: Mate a todos, ninguém merece clemência, nem eu.

— E tu mataste a mulher que amou? — Pedro não deveria, mas duvidou.

— Está vendo a Dalila por aqui? Quando eu mato, não sobram almas perdidas ou coisa parecida para ser comida pelos demônios parasitas. Eu criei e eu destruí. Será como se nunca tivesse existido.

— Tu entendes por que preciso voltar?

— Sim, você quer vencer Baal outra vez. E você... — Sansão se virou na direção de Beleth. — quer voltar para dar uma lição em seus antigos aliados.

— Sim! Sim! — Disse o Beleth saltando da pedra e caindo vergonhosamente de cara no chão.

— Não vou intervir. Mas, vou entregar algo que pertence a você e está comigo desde a última vez que veio aqui — falou dirigindo-se a Pedro.

— O Grimório? — Perguntou o impaciente Beleth.

Pedro, em pé à frente do anjo sentado, aguardava ansioso o desfecho daquele impasse. Sansão estendeu a mão e, sobre ela, apareceu, como se sempre estivesse ali, um livro com capa de couro de cabra, com resquícios do passar do tempo.

— Pegue, caso seja seu por direito. Com ele, você terá condições de derrotar Baal e seu exército. Mas, caso tenha dúvidas de quem você seja, não obterá o que deseja e, sim, atrairá todo tipo de demônio do mal. Agora vão! Se ainda estiverem aqui quando a maré baixar, ficarão presos para sempre e nunca mais me verão.

— Uma última pergunta...

— Pois não, pergunte, Salomão.

— Quando eu escorreguei pelas dimensões, vi o rosto do anjo Miguel. Era gigantesco. Por que me pareceu tão grande?

— Ora, como você estava fora de sua dimensão natural, viu o rosto de Miguel como ele realmente é no Reino dos Anjos.

— E tu? Como serias no Reino dos Anjos?

— Você não conseguiria ver meu rosto. Meu corpo angelical é muito maior do que o seu sistema solar.

— Então, já descobri quem tu és!

— Pois bem. Guarde a informação. Ninguém precisa saber.

Pedro pegou o Grimório em suas mãos. O anjo desapareceu, como se nunca o tivesse encontrado.

— Dá ele aqui! — Beleth pegou, faceiro, o livro em um pulo. Procurou pela tão desejada página que continha o feitiço que os libertaria daquela dimensão. — Onde está esta maldita página? Preciso achá-la logo!

— Beleth, a água está baixando, e rápido — o nervosismo começou a tomar conta também de Pedro. Escapar de uma eternidade preso naquela dimensão dependia da realização do feitiço por Beleth. — Dá para apurar aí, gnomo da sorte?

— Ah! Cala a boca, Salomão de araque. Se fosse fácil, eu já teria saído daqui há muito tempo. Achei! Coloque o anel dentro do Vaso de Cobre.

— Que vaso?

— Este aqui! — Beleth apontou para o chão, e o vaso apareceu.

Pedro notou que o vaso avermelhado brilhava, e muitos símbolos cabalísticos estavam gravados nele. Ele retirou o anel do dedo e o colocou dentro do vaso.

— Ok, e agora?

— Leia esse encanto — ordenou Beleth.

— Eu não sei ler essa língua.

— Então ficaremos presos para sempre. Vamos, pelo menos tente, seu nanico.

— Certo, vou tentar.

Pedro se concentrou e pensou. Tudo isso parecia uma loucura mesmo, não havia nada demais em ele conseguir ler aquelas gravuras. Ele resolveu pronunciar as primeiras palavras que viessem à sua mente.

— O nível da maré está quase voltando ao normal — constatou Beleth, colocando as pequenas mãos no rosto, já com pouca esperança.

As casas já estavam novamente visíveis, o maldito navio estava voltando para o mesmo lugar. Agora, Pedro avistou centenas de pessoas descendo em direção às suas casas.

Pedro terminou de pronunciar, e nada aconteceu.

— Acho que não conseguimos, Beleth. Beleth?

O anão havia desaparecido. Em seu lugar, encontrava-se uma moça de cabelos vermelhos, de altura mediana, vestindo roupas do período medieval.

— Eu sou a Beleth. Você conseguiu me libertar do feitiço de Baal. Agora, vou ajudar você a derrotar a todos eles.

CAPÍTULO XVII

Todas as ações motivadas para evitar a concretização de uma profecia, nada mais são de que passos largos para que ela se realize da maneira mais dolorosa. Seria o livre-arbítrio uma ilusão, ou o destino que seria o incerto?

Pedro levantou-se com a mão na cabeça. Um galo cantava em sua nuca. A batida na parede, aparentemente, tinha-o feito desmaiar por alguns segundos. O General já estava pronto para dar-lhe outro golpe quando, por instinto, Pedro estendeu a mão com o anel à frente e ordenou:

— Pare!

— Muito bem, nanico! — Disse uma moça negra, levando pratos na mão para a sala de jantar.

— Beleth?

— Sim, mas não espalhe.

O General estava imóvel, sem reações. Pedro pensou em como libertaria Astaroth daquele drama. Mas uma dúvida o atormentava: Baal sabia que era um inconsciente Astaroth que estava ali?

— Volte lá para dentro e aja como se estivéssemos resolvidos — disse Pedro ao ouvido do General.

Eles retornaram à sala de jantar. Baal ainda saboreava um pedaço de porco, enquanto os outros não paravam de comer. Pedro concentrou seu pensamento na comida, na raiva de Asmodeus e no que estava acontecendo, não deixando que Astaroth ou o que havia acontecido sequer passasse por sua mente. Beleth fingia servir a mesa enquanto observava a todos. Quando passou por Verônica, fez uma careta. Pedro não resistiu e riu.

— O que houve, Pedro? — Questionou Baal, interessado no sorriso de Pedro. — Eu sei que você está livre do meu feitiço.

— Tu que possui todo esse poder, precisa de um bando de rejeitados como nós?

— Vejo que você é muito perspicaz. Realmente é cansativo ter que conviver com tantas entidades limitadas — Baal ergueu o copo de vinho em direção a Pedro, bebeu e, em segundos, se engasgou. — O que é isso?

— Desculpe, sinhozinho. Não gostou do vinho que frei José abençoou? Achei essa garrafa na adega — disse Beleth, no corpo da moça cativa.

O vinho continha um feitiço para que Baal não pudesse ouvir os pensamentos de ninguém temporariamente. O tempo dependeria da quantidade que ele engolisse.

— General, devo me retirar. Tenho preparativos importantes a realizar — disse Baal, levantando-se rapidamente com o lenço branco à frente da boca.

O General apenas concordou com um gesto da mão, absorvido em sua refeição. Baal fez uma cara de desagrado, mas sentiu que algo estava acontecendo e seria perigoso continuar ali.

— Boa noite, Baal! — Desejou Pedro.

— Sim, Pedro! Será uma excelente noite, a "noite" que estou esperando há séculos. Hoje vou conquistar o Reino dos Humanos. Nem você nem seus aliados poderão fazer alguma coisa para me impedir.

Baal fez um gesto com a mão na direção da moça negra, que foi jogada contra a parede. — Você recrutou a Beleth. Achou que eu não perceberia a presença dela?

— Vamos ver! — Retrucou Pedro.

— Criatura — ordenou Baal ao Golias. — pegue sua namorada e vamos embora.

Pedro se levantou da cadeira, mas sentiu-se impossibilitado de caminhar. Baal saiu pela porta, seguido por Golias, que carregava Verônica nos braços. Asmodeus seguiu atrás e fez um movimento com as mãos, tal qual um feitiço sobre a cabeça de Verônica. O Caveira olhava nos olhos de Pedro, mas não conseguia falar nada, e Beleth estava desmaiada no canto da sala.

— Não! — Gritou Pedro ao conseguir se libertar. Logo em seguida, os outros também estavam livres do feitiço de Baal.

Pedro correu até o alpendre e descobriu que a escuridão que tomava conta da fazenda naquela hora era interrompida pelo surgimento de milhares de esferas de luz vermelha. Aos poucos, elas iam se transformando no exército de cadáveres de Baal.

— É, garoto, vamos ter um pouquinho de trabalho — disse o Caveira, colocando a mão no ombro de Pedro.

— O que faremos agora, Caveira? São milhares.

— Garoto, esses estão aqui para nos impedir. O grosso do exército de Baal deve estar pronto para invadir o Reino dos Humanos. Você está com o anel, use!

— Não vai adiantar com eles — alertou um vulto retornando pela estrada de chão batido.

— Seu suga-almas traidor, eu vou te transformar em isca de peixe! — gritou o Caveira, já partindo na direção de Asmodeus.

— Espere, Caveira! — Disse Pedro. — Precisamos saber o que ele está fazendo aqui.

— Pedro, você me chamou e eu devo cumprir o meu contrato. Infelizmente, Baal sabe do anel e enfeitiçou seu exército.

— Como ele ficou sabendo? — Perguntou o Caveira, já sabendo a resposta.

— Eu tive que contar. Era a única maneira de não ter minha alma comida por ele.

— Quem disse que você tem alma? — Perguntou Beleth, saindo à porta em seu verdadeiro corpo.

— Beleth, você aqui? Ainda bem! — Disse Asmodeus.

— Ainda bem para quem? Para você que não, isso eu garanto, seu parasita — retrucou Beleth.

— Esperem! — Ordenou Pedro. — Agora teremos que passar por cima de desavenças pessoais ou seremos todos destruídos por Baal — Pedro ergueu a mão com o anel. — Eu ordeno que me sigam.

Todos responderam "sim" simultaneamente, inclusive os soldados do General, que saíram de dentro do galpão usado como alojamento para eles.

— Pelo menos temos alguns homens, garoto — constatou o Caveira, com um sorriso que levantou seus bigodes amarelados do fumo.

Na estrada, a alguns metros do portão do cemitério, Baal parou por um instante.

— Não! Eu não acredito! Eles estão com Astaroth! Eu não percebi nada! Onde está aquele traidor do Asmodeus?

O efeito do feitiço de Beleth passou, e ele conseguiu se lembrar dos pensamentos de Pedro enquanto estavam à mesa.

— Soldados, destruam a todos!

Com a ordem, mesmo à distância, os soldados que cercavam a fazenda começaram seu avanço lentamente em direção à sede. A luta iria começar.

— Salomão! Pegue o Grimório e realize o feitiço da última página — ordenou Beleth.

— Eu não sou Salomão!

— Salomão? Que história é essa de Salomão? — Estranhou Asmodeus.

— Não é nada, seu verme! — Respondeu rapidamente o Caveira.

— Tá bom, tá bom, nanico! Pega logo esse livro e realize o feitiço! É a nossa única chance — replicou Beleth.

Os cadáveres de Baal se aproximaram tanto que não havia mais tempo para nada. Precisavam lutar. Eram milhares de amaldiçoados contra cinquenta soldados do General, que obedeciam a quem estivesse com o anel, além de Asmodeus, o Caveira, Beleth e Pedro.

— Garoto! Chegou a hora que eu mais gosto — disse o Caveira, batendo com sua pá no solo e transformando-se na sua versão não humana. — Tá na hora do pau!

Beleth saltou à frente da tropa do General e partiu para o combate corpo a corpo. Seus golpes eram fortes e derrubavam os cadáveres, mas eles se transformavam em esferas vermelhas e logo se reconstituíam. Os soldados do general usavam suas espadas com bravura. Beleth observou o espadim do exército de Baal e, em um instante, um surgiu em sua mão. Esse era um de seus poderes: Materializar objetos ou torná-los invisíveis. Com o espadim, a luta ficou mais fácil, mas ainda assim inútil. Toda vez que derrubava um cadáver, outros dois assumiam seu lugar, e o abatido ressurgia no meio da tropa.

Asmodeus tirou calmamente o paletó, colocou-o numa cadeira do alpendre e pôs seu chapéu Panamá sobre ele. Deu uma última tragada em seu charuto, jogou fora a bituca, colocou a espada de Saint Germain escorada no ombro e caminhou lentamente em direção aos cadáveres.

— Bom! Se for para encontrar o meu fim, que seja lutando. Pensando bem, eu preferia morrer exausto no meio de uma orgia, mas como não se pode ter tudo...

Asmodeus começou a lutar sem esperanças, mas não ia se entregar facilmente, não depois de sobreviver desde o início da criação.

O Caveira não estava preocupado com nada. Apenas ceifava os cadáveres que se atreviam a se aproximar dele com sua foice. Ele não perdia tempo: Cortava, mutilava e decepava. A cada um que derrubava, achava que a luta ficava mais divertida. Mas, na realidade, sem deixar os outros perceberem, ele já não tinha tanta certeza da vitória.

Pedro, admirado com a garra do Caveira, lutava com as mãos vazias, usando apenas sua força e velocidade. O anel não estava ajudando contra o exército de Baal. Ele precisava agir rápido, pois mais e mais cadáveres chegavam à sede. Infelizmente, os soldados do General estavam morrendo, e restava menos da metade.

Um som de passadas pesadas se aproximando fez o ritmo cardíaco de Pedro aumentar. Ele já havia ouvido esse som antes, mas agora não sabia se era para lutar ao seu lado ou contra ele.

— Até que enfim, bonitinho! A Verônica demorou a cortar a sua coleira — disse Asmodeus.

Golias trazia Verônica nos braços, atropelando todos que ficavam à sua frente. Pedro notou que aqueles atingidos por Golias não se transformavam em esferas vermelhas. Em vez disso, restavam apenas no temido pó azul.

— Golias quer brincar também!

Golias deixou Verônica no alpendre e partiu com os braços abertos sobre os cadáveres, que sucumbiam ao seu toque. Isso deu tempo a Pedro de pegar o Grimório e procurar o feitiço que aprisionava os demônios no Vaso de Cobre.

— Beleth, preciso do vaso! — Gritou Pedro na direção de Beleth.

— Está com você, Salomão! Sempre esteve!

— Que porra! Não sou Salomão! Mas onde está o maldito vaso? Ah! Aqui.

O vaso se materializou com sua alça presa ao cinto da calça de Pedro. Ele o colocou sobre o solo e conjurou, com fé, o encanto do livro. A partir desse momento, todos os cadáveres atingidos pelas armas de seus aliados, inclusive as dos soldados do general, ao se transformarem em esferas, eram sugados como uma corrente de rio para dentro do Vaso de Cobre e de lá não saíam mais. A sorte da batalha começou a virar, mas a quantidade de cadáveres ainda era muito superior. Pedro sabia que, naquele momento, Baal deveria estar abrindo os portais. Ele iria libertar do Reino Inferior seus demônios generais e o restante de seu imenso exército. Mas, para invadir o Reino dos Humanos, ele precisaria de muito tempo para escoar todos pelo portal.

Verônica buscou seu pai dentro da casa grande. Ele estava fraco. Com sua casaca azul, apoiava-se nela para caminhar até o guarda-corpo do alpendre.

— Ben! O que houve com meu pai? Ele está morrendo! — Gritou Verônica.

— Porra, nanico! Você precisa conjurar o feitiço da última página! — Gritou Beleth enquanto matava quem tentava se aproximar dele.

Pedro não via alternativa senão confiar em Beleth. Até agora, ela havia demonstrado saber mais que o Caveira e o Asmodeus.

— Ben, me ajude aqui! Meu pai está morrendo! — Suplicou Verônica, com o pai caído no chão.

O doutor correu até o alpendre. Ele sabia que quem estava ali dentro era Astaroth. Precisava descobrir como libertá-lo e, mais ainda, como controlá-lo para derrotar Baal.

— O que houve, Verônica? Ele estava saudável! — Pedro agachou-se e, nesse momento, lembrou-se do aviso da velha cigana: "*Cuidado com o homem do paletó azul.*"

— Eu nunca estive melhor! — A voz grave do General assustou Pedro.

Agora era tarde... Uma dor aguda nas costelas revelou que a lâmina do punhal havia o perfurado pelas costas, sendo interrompida apenas pelo cabo.

— Não! Papai, de novo não! — Gritou Verônica.

Pedro caiu de bruços, com o punhal preso às suas costelas. O sangue que escorria era vermelho.

CAPÍTULO XVIII

Eu sou o livro e o livro sou eu; sou todos os feitiços e todos os feiticeiros; sou o protetor de todas as almas, das puras e das iníquas; eu sou o dono da vida e dono da morte; eu sou o destino de todas profecias e protetor do livre-arbítrio. Eu sou O Senhor das Almas!

O General levantou-se vitorioso. Enfim, havia ferido de morte seu maior desafeto: Benjamin, o homem que desgraçou a honra de sua família. Como se algum dia ele possuísse algo parecido com honra. A sua era a honra dos hipócritas, para que a sociedade o admirasse — não pela retidão, mas pelo medo.

Com as mãos apoiadas no guarda-corpo, admirava a batalha que se desenrolava à sua frente. Estava se sentindo poderoso.

Verônica chorava, abraçada a Pedro, que respirava com dificuldade. Suas mãos tremiam. Não podia acreditar no que estava acontecendo.

— Verônica, arranque o punhal — clamou Pedro entre os dentes.

— Vai matar você... Pode piorar o ferimento, romper alguma veia...

— Verônica. Aqui, neste lugar, não vai fazer muita diferença. Apenas retire o punhal.

— Tá bom, tá bom...

Ela respirou fundo e segurou o cabo com as duas mãos.

— Vai, pode puxar!

— Um, dois... — Ela arrancou de uma vez só. Um jato de sangue atingiu seu rosto, cabelos e peito.

— Ahhh! — Pedro cuspiu sangue e, mesmo de bruços, abriu a última página do Grimório.

* * *

Beleth sentiu em seu peito a dor da perda do seu antigo e único amor. Mesmo lutando, sem deixar que nenhuma lâmina a tocasse, devaneou em suas lembranças no palácio de Salomão. Desceu à Terra. Desejou o mais sábio dos homens. Transformou-se em sua versão terrena: Uma mulher. Linda, mas não o bastante para ser sua rainha. Sulamita era sua preferida. Beleth foi sua concubina por toda a sua velhice. Protegeu e ensinou Salomão sobre como controlar os demônios. No dia de sua morte, Beleth quis voltar a ser anjo. Mas sua condenação já havia sido decretada por Astaroth: Vagar como uma mulher sem amores até o fim de seus dias terrenos. Um dia, os dois malditos a encontraram vagando no deserto. Baal e Asmodeus a fizeram assinar um contrato que a transformou em um demônio. A mais poderosa de todos os demônios femininos. Mas Baal desconhecia o poder do amor. E quando Beleth conheceu o conde de Saint Germain, nenhum poder podia contê-la. Ela forjou e deu-lhe a espada que poderia matar seus inimigos. Mas novamente a profecia se cumpriu: Saint Germain encontrou o seu amor, e não era Beleth. Belial a enganou e a fez cometer o maior dos crimes para um demônio servil: Matar seu amo com sua própria espada. Foi condenada a ser tragada pelo Vaso de Cobre para a dimensão perdida do anjo da vida e da morte.

Agora, Beleth estava assistindo novamente o seu amor morrer nos braços da mesma mulher que a atormentou em todas as vidas.

— Não, não pode acontecer novamente! — Gritou Beleth, soltando todo o seu poder em uma onda de energia azul, matando centenas de soldados de Baal.

Beleth saltou com seu espadim a muitos metros de altura, na direção do General.

* * *

Asmodeus foi enganado por Baal. Apesar da aparência jovem, sua energia vital estava sendo sugada e, a cada minuto, ficava mais fraca. Sua única defesa era a espada de Saint Germain, mas não conseguia mais segurá-la. As lâminas dos espadins dos cadáveres de Baal começaram a atingir seu objetivo: Perfurar o corpo de Asmodeus.

Milhares de anos de existência pareciam estar chegando ao fim. A lembrança da primeira vez que viu Lilith assaltou sua mente. A mais bela das mulheres saindo nua do rio Eufrates após se banhar. Asmodeus era apenas um *gin* e desejou ser um homem. Seu amor o motivou a construir cidades para a mais bela das mulheres. Mas Lilith não era feita de uma costela de Adão. Não se rebaixava a nenhum homem.

Antes do dilúvio, Asmodeus foi preso em sua prisão gelada nas montanhas, e Lilith vagou por séculos pelo deserto. Não tinha o direito de morrer. Um rei, considerado o mais sábio dos homens, a encontrou. Seu desejo de viver e morrer em paz foi atendido, e ela se denominou Sulamita. Contou ao rei todos os segredos das palavras esquecidas, e novamente Asmodeus, agora um demônio, aproximou-se de seu amor. Nunca mais ele a deixou. Em todas as vidas de Lilith, ele a encontrava e estava presente. Verônica era a sua versão mais semelhante, tanto fisicamente quanto na personalidade. Mas Pedro? Aquele doutor almofadinha ser o seu amo? Não... Isso não podia ser...

As dores das perfurações e dos cortes ficaram insuportáveis. Antes de seu corpo cair ao chão, ele trouxe a espada à boca e conjurou o que seria seu último feitiço.

— Encontre a mão de seu verdadeiro dono!

Jogou a espada ao céu e seu corpo tombou sem forças, juntamente com os cadáveres abatidos pela explosão de energia causada por Beleth.

* * *

O Caveira cobria um dos flancos da fazenda. Mesmo sem demonstrar, havia perdido a fé nesta batalha. Quanto mais cadáveres ele derrubava, mais se projetavam sobre ele. Era uma questão de minutos até sucumbir. Seu destino estava traçado. Caso fosse abatido naquela batalha, não iria renascer, como havia mentido a Pedro. Seu destino era o Reino Inferior. Ficaria preso a uma eternidade de tormentos. Seus pecados estavam ligados à traição de seus votos. Usou da confiança das mulheres que o procuravam para confessarem seus pecados. Acreditava que as amava, mas a cada nova mulher que surgia, uma nova paixão o acometia. Tudo apenas em seu coração. Nunca as tocou. Era doente. Apaixonava-se compulsivamente, até que conheceu alguém que lhe seria impossível. A vingança corroeu sua alma. Foi morto e vagou pela terra para se penitenciar. Recebeu o encargo de Miguel. Era o protetor das almas perdidas. Velava pelo desenvolvimento dos dramas pessoais de todos os que procuravam a luz. Agora, que se resignava ao ver sua sina chegar ao fim nessa batalha, uma explosão de energia derrubou todos os soldados que o atacavam.

Viu a bela Beleth suspensa no ar, com o espadim em punho, seguindo na direção do General, e mais: A espada de Saint Germain atingindo a madeira do soalho do alpendre, à frente do rosto de Pedro.

É claro que ele não poderia ficar fora dessa. Correu em direção ao General com sua foice flamejante.

Uma fagulha de esperança reacendeu seu fogo pela vitória.

* * *

Golias se divertia, mandando todos que o tocavam para outro plano, de onde não poderiam mais voltar. De repente, todos caíram ao chão e foram sugados pelo Vaso de Cobre.

— O que aconteceu? Golias tava brincando! — Golias colocou as mãos na cintura e olhava em volta, à procura de alguém para brigar. E, como todos, ele notou que o alvo agora era o General.

* * *

Pedro conjurava o feitiço da última página do livro, protegido pelo corpo de Verônica, que o abraçava aos soluços.

— Eu sou o livro, e o livro sou eu! Sou todos os feitiços e todos os feiticeiros, sou o protetor de todas as almas, das puras e das iníquas. Eu sou o Senhor das Almas!

O Grimório se iluminou como se pertencesse a outra dimensão e fundiu-se ao corpo de Pedro. Ele inspirou o ar para dentro de seus pulmões, suas feridas foram saradas e sua força vital retornou plena. Seu feitiço chamou a atenção do General, que foi em sua direção. Pedro arrancou a espada de Saint Germain da madeira do soalho e golpeou o General de cima para baixo. Ao mesmo instante, a lâmina do espadim de Beleth e a foice do Caveira cortaram o corpo do General em três pedaços. Um monte de carne sem vida caiu ao chão.

— Não! Papai, não! — Verônica desabou sobre o corpo do General.

— Moça! Ele não era o seu pai! — Explicou o Caveira. — Você sabe! É hora de lembrar.

— É verdade — respondeu Verônica, limpando as lágrimas.

Uma fumaça verde começou a subir do amontoado de carne caída. Um ser surgiu, crescendo sem parar. Golias o abraçou, impedindo que se transformasse em um gigante que, por seu tamanho, seria indomável.

— Eu sou o Senhor das Almas! Ordeno que mantenha o seu corpo no reino dos vivos! — Bradou Pedro.

— Salomão, ordene que ele impeça Baal. Ele não poderá desobedecê-lo. Eu vou atrás do maldito antes que ele adentre o reino dos humanos! — Disse Beleth, evadindo-se em grande velocidade.

— Astaroth! Impeça Baal!

— Garoto, cuidado! — Alertou o Caveira, desconfiado.

Golias soltou Astaroth, que agora possuía um corpo mediano e magro. Seu rosto apresentava traços femininos.

— O que leva um humano a achar que tem o poder de me dar ordens? — Questionou Astaroth, voltando seu olhar diretamente para Pedro.

Em um movimento leve com as mãos, Golias e o Caveira ficaram presos ao chão. O Caveira voltou à sua forma humana, e Golias relutava para se libertar. No local onde deveria estar o corpo morto de Asmodeus, restou apenas muito pó azul.

— Eu sou o Senhor das Almas! — Pedro mostrou o anel.

— Somente enquanto eu deixei ser. Enfim, todos estão reunidos onde eu sempre quis: Beleth, Baal, eu e Miguel. Um novo julgamento se fará necessário, e Miguel será o juiz — Astaroth estalou os dedos.

Todos foram projetados para o santuário dos quatro portais. Eles rapidamente perceberam que não possuíam mais nenhum poder.

Uma luta de espadas estava sendo travada. Beleth era excelente espadachim, enquanto Baal fazia o estilo esgrimista e ria a cada toque de sua espada no corpo formoso de Beleth, que já apresentava vários sangramentos. A vestimenta de Baal estava livre de qualquer mancha de sangue. Para todos que assistiam, em pouco tempo Beleth conheceria o seu destino.

— Basta! — Ordenou Astaroth.

Baal, pela primeira vez, revelou um rosto assustado. Sabia que de seu irmão poderia esperar medidas ardilosas. A interrupção de Astaroth chamou a atenção de Beleth, que se desconcentrou e foi atingida pela estocada da espada de Baal na periferia do coração.

— Não! — Gritou Pedro.

Baal esboçou um sorriso. Há muito tempo queria se livrar de Beleth, a quem desprezava sinceramente.

O pecado de Beleth foi ter desejado ser uma mulher para viver uma vida mundana. Isso era uma vergonha para os anjos caídos. Beleth despencou ao chão com a mão sobre o peito ferido. O sangue que jorrava não era nem azul nem verde; era vermelho, como o sangue humano.

— Miguel, apareça! Eu sei que está observando. Eu, Astaroth, exijo um novo julgamento.

— Sim, irmão, eu estou aqui — respondeu o anjo sobre o pedestal.

— Aqui todos têm seus pecados. Quero um julgamento imparcial, começando pelos humanos e encerrando nos celestiais, ou seja, eu, Beleth e Baal — disse Astaroth, enquanto olhava para Beleth, que, a princípio, não suportaria até o final do julgamento. — Peticiono para que recuperem seus corpos etéreos, para que assim todos possam suportar o peso de suas penas.

— Pois bem, irmão. Quem será o acusador e quem será o advogado de defesa? Sim, porque sem acusação e sem defesa não há de se falar em julgamento.

— Eu serei o acusador! — Gritou Baal.

— Não. Eu sou o pai da justiça! Eu devo ser o acusador — replicou Astaroth.

— Concedido, irmãos! Os dois rejeitam a humanidade, os espíritos e os elementais. Os dois se revezarão na acusação. E, ao final, disputarão na lâmina da espada quem dos dois será condenado ao banimento ou reinar no plano inferior.

— Mas... — Baal tentou argumentar, mas Miguel já estava decidido.

Baal desejava transformar o julgamento em um evento milenar, pois não queria se arriscar a enfrentar seu irmão, que estava com sede de vingança. Quanto mais tempo levasse, melhor.

— Não, Baal! Tudo será decidido esta noite — decretou Astaroth ao ouvir os pensamentos do irmão.

— Sim, o julgamento será esta noite. Como juiz, eu escolho o advogado de defesa — continuou Miguel.

— Quem poderia ser? — Foi a indagação dos dois acusadores.

— Eu escolho o mais sábio dos homens. Salomão será o advogado. Quem tanto julgou, por certo, terá o conhecimento para patrocinar a defesa.

Beleth olhou para Pedro, que não expressou nenhuma reação. Ele tinha absoluta certeza de que não era Salomão.

— Vamos, Pedro! Ele está falando com você, garoto — revelou o Caveira, colocando a mão no ombro de Pedro.

— Mas eu não sou o rei Salomão. Eu sou Pedro, somente Pedro.

— Garoto, você ainda não entendeu. A alma humana, ao contrário dos anjos, possui livre-arbítrio e experimenta inúmeras vidas no decorrer de seu desenvolvimento.

— Eu não tenho esse conhecimento todo para realizar uma defesa segura dos casos.

— Pedro... — disse Beleth, amparada pelos demais. — você é Salomão. Você é Saint Germain. Estão todos dentro de você. Acredite!

— Então, doutor Pedro? Aceita a minha incumbência? — Perguntou Miguel do alto de seu pedestal, entre os olhares de Baal e Astaroth.

CAPÍTULO IXX

O julgamento celestial se embasará sobre a relação de fatos e emoções. Podem emoções e desejos justificarem ações ou omissões? Podem fatos justificarem essas emoções? Nesse julgamento, diferente dos tribunais do Reino dos Humanos, emoções são o foco da disputa.

Pedro coçava a barba enquanto pensava. Notou que todos o miravam, inclusive seus rivais. Baal apenas esperava pela resposta, seu semblante estava, como sempre, seguro de si. Já Astaroth demonstrava certa impaciência em seus olhos. Há alguns milhares de anos ele esperava por esta oportunidade de ter um julgamento justo.

Os aliados de Pedro estavam apreensivos. Seus destinos dependiam da capacidade de Pedro demonstrar suas razões. Simples assim: Todos possuem seus motivos para ser ou não ser, fazer ou se omitir. A própria essência do existir pressupõe essas premissas.

Pedro analisou todas as situações que viveu até ali. Agiu como um peão no jogo de xadrez. Às vezes, era uma peça a serviço de Miguel, realizando todas as tarefas para conduzir Baal até aquele momento. Em outras, era uma peça adversária, realizando todas as tarefas para libertar Astaroth. Enfim, era um fantoche dos anjos, tanto os do céu quanto os caídos.

Miguel, naquele momento, era o único que podia ler os pensamentos de Pedro, mas decidiu não intervir. Devia a ele o livre-arbítrio. A decisão de como agir deveria ser exclusivamente de Pedro.

— Eu aceito a incumbência, mas tenho um requerimento.

— Pois não, doutor Pedro. Faça o seu requerimento — concedeu Miguel, estendendo a mão direita na direção de Pedro, de cima de seu pedestal.

— Espere, irmão! — Interrompeu Baal. — Cada requerimento deve ser contraposto pela acusação.

Astaroth olhou torto para Baal. Pensou que, de repente, Baal queria ser justo. Sabia que ele só se interessava por uma justiça benevolente a si mesmo.

— Eu sei, irmão! — Respondeu Miguel. — Você não confia na minha imparcialidade?

— Longe de mim, Miguel... — retrucou Baal. Aquele não era o momento de gerar qualquer animosidade. Astaroth riu da cara de seu irmão de pouca confiança.

— Prossiga, Pedro! — Determinou Miguel.

— Como eu não tenho conhecimento de como são os julgamentos celestiais, quero sugerir procedimentos que sejam justos tanto para humanos quanto para anjos, elementais ou demônios.

— Justo! — Concordou Astaroth.

Miguel sabia que Astaroth não deixaria passar a oportunidade de demonstrar que foi injustamente julgado quando de seu banimento do Reino dos Anjos e concordou com ele. Apenas Baal demonstrou leve contrariedade ao semicerrar os olhos.

— Pois bem — continuou Pedro —, é necessário estabelecer critérios de tempo, julgamento e decisão. Para isso, é imprescindível um aspecto de tribunal.

Pedro apontou para seus aliados, que estavam juntos, como se protegendo ao lado do pedestal.

— Que seja feito!

Miguel se sentou em seu pedestal antes de dar um pequeno salto para o piso ladrilhado. Vestia um par de tênis branco, assim como sua calça e camisa. Qualquer pessoa desavisada o confundiria com um enfermeiro em sua hora de folga. Pedro refletiu sobre isso. As vestimentas revelavam suas personalidades. Astaroth já vestia uma toga. Baal vestia um terno fino, como os grandes executivos. Beleth, mesmo amparada pelos outros, vestia calça, jaqueta e botas de couro marrons, um coldre preto preso à perna direita e, por baixo da jaqueta, uma blusa preta. O cabelo vermelho estava preso em um rabo de cavalo.

Os humanos continuavam com suas roupas normais. Pedro ainda usava seu terno escuro, camisa branca e gravata semiaberta. Verônica trajava um vestido branco tomara que caia, e o velho General, sua casaca azul coberta de falsas medalhas.

Miguel impôs as mãos na direção do pedestal e o movimentou para o lado direito, fazendo-o desaparecer. O piso abaixo deles transformou-se em uma única placa quadrada de mármore preto. Em cada um dos lados havia uma escada de três degraus que conduzia a um mausoléu.

Esses seriam os destinos dos julgados: Reino Humano, Reino dos Anjos, Reino dos Espíritos e Reino Inferior. O que seria absolvição ou condenação seria revelado no decorrer do julgamento.

Uma mesa mais elevada, onde já se encontrava Miguel confortavelmente sentado, foi montada com o Portal do Reino dos Humanos às suas costas. Ao seu lado direito, havia duas cadeiras: Uma para Astaroth e outra para Baal. À sua esquerda, uma cadeira com mesa, papel e pena de nanquim para Pedro. Ele pensou que já haviam inventado o computador... Um grande banco, como os de igreja, ficava de frente para a mesa do magistrado e de costas para o Reino Inferior. Ali já estavam sentados, recuperados de qualquer ferimento, Verônica, o Caveira, o General e Beleth. Sentado no chão, para não destruir o banco com seu peso, estava Golias, impaciente como uma criança antes do início da aula da primeira série. Uma grande poltrona estava posicionada bem ao centro. Algum desavisado poderia dizer que ela estava exatamente abaixo da lua cheia, que reinava sobre um céu de estrelas. O ambiente estava iluminado por dezenas de tochas.

Miguel colocou uma ampulheta sobre a mesa e determinou:

— O tempo em que a areia fluir será o tempo para cada parte. O acusado contará livremente a sua história na cadeira da verdade. Ele não poderá mentir ou omitir qualquer informação que sentir relevante transmitir. Depois, a acusação poderá usar o tempo para questionar algo que a deixou em dúvida ou apenas usá-lo para enaltecer os pecados cometidos pelo acusado. Então, a defesa utilizará o tempo que lhe é devido para defender o réu e clamar pelo seu destino.

— Anjo Miguel, não seria pedir pela absolvição? — Questionou Pedro.

— Doutor Pedro, aqui não existe condenação ou absolvição real. Apenas o destino de qual dos portais o réu irá cruzar.

Ele poderá ser enviado para o Reino dos Humanos como um novo recém-nascido ou virar um elemental; poderá adentrar o Reino dos Espíritos e evoluir sua mente ou novamente renascer em outra vida; poderá, no caso dos celestiais, voltar ao Reino dos Anjos ou ser encaminhado para o Reino Inferior.

Astaroth deixou escapar um sorriso de esperança no retorno ao Reino Celestial. Já Baal tinha o único desejo de ser enviado para o Reino dos Humanos e destruí-lo, custasse o que custasse.

— De agora em diante, nenhum pensamento poderá ser lido. Nenhuma mentira poderá ser falada — decretou Miguel.

— Apenas mais um detalhe — interrompeu Pedro.

— Queres mais o quê, doutor Pedro? — Questionou Baal, revirando os olhos, demonstrando sua insatisfação diante das concessões dadas por Miguel. Seu desejo era um julgamento como os do Reino Celestial, onde apenas as palavras dos anjos do conselho de sentença já bastavam.

— Quem serão os jurados? Eu sugiro que, para determinar a culpa ou inocência de um humano, um celestial seja escolhido, e para determinar a culpa ou inocência de um celestial, um humano seja escolhido.

— Nunca! — Baal se rebelou imediatamente.

Astaroth colocou a mão à frente do queixo liso enquanto tentava entender aonde o advogado de defesa queria chegar. Não à toa, seu irmão Miguel o escolheu para o cargo.

— Irmão, analisando o que pede a defesa e levando em consideração a imediata repulsa de Baal, meu colega neste julgamento — argumentou Astaroth —, sugiro que o conselho de sentença seja constituído por um celestial e um humano, com um voto de minerva, caso acabe empatado...

— Seja de um celestial! — Interrompeu Baal.

— Pois não! Assim o será! — Determinou Miguel. — Astaroth, escolha o humano e Pedro o Celestial.

Escrevam os nomes e os coloquem aqui, e, no momento da decisão, eu revelo quem foram os indicados.

— Com certeza, o doutorzinho escolherá a Beleth — murmurou Baal, alto o bastante para Miguel ouvir.

— Exijo, de agora em diante, respeito a este tribunal. Aqui não se repetirão os desrespeitos costumeiros dos tribunais terrenos. A punição, caso aconteça, será o imediato envio ao Reino Inferior em um abraço apertado do Golias.

Baal, pela primeira vez, engoliu em seco. Ele entendia o poder de Golias e sabia que ele havia recebido esse dom diretamente do primeiro anjo criado por Deus. Sabia como neutralizá-lo, mas não podia fazer nada na frente de Miguel.

— O julgamento — explicou Miguel — se embasará sobre a relação de fatos e emoções. Podem emoções justificar ações ou omissões? Podem fatos justificar emoções? Aqui, diferente do reino dos humanos, emoções e desejos serão o foco da nossa discussão.

Pedro ficou pensativo. Ele precisava entender como conduzir seu trabalho. Do jeito que estava configurada a ordem das inquirições, isso poderia prejudicar a estratégia que ele estava montando em sua mente.

— Senhor juiz! Por gentileza, para o melhor andamento dos trabalhos, eu solicito que a ordem dos julgamentos siga a interação dos acusados. Por exemplo: Quando o caso se referir a Verônica, que sejam julgados em conjunto ela, seu pai e Golias, pois estão vinculados por uma existência em comum. O Caveira, a Beleth e eu sejamos julgados em separado e, por fim, que sejam julgados os acusadores, Baal e Astaroth, pois estão envolvidos no teor de seus julgamentos.

— O que acham, irmãos? Argumentam algo que contraponha esse procedimento? — Perguntou Miguel.

Baal não conseguia entender o que Pedro pretendia com aquele pedido. Ele não encontrava um argumento válido para impedir que Miguel aceitasse, mas sabia que aquilo poderia prejudicar seu plano de invadir o Reino Humano. Astaroth, por outro lado, não estava interessado no destino dos outros. Seu único objetivo era demonstrar a Miguel que havia sido injustamente expulso do Reino Celestial, e o único culpado por isso era Baal. Astaroth fez um sinal com a mão, demonstrando que concordava com o pedido.

— Senhor juiz, já que a acusação concordou, podemos começar?

— Sim, doutor Pedro! — Concordou Miguel. — Usando o critério escolhido por este tribunal, eu chamo para o primeiro julgamento o senhor José Almeida de Algarve, o Caveira.

O Caveira se levantou, dirigiu-se a passos lentos com seu chapéu na mão, sentou-se na cadeira e olhou nos olhos de Pedro. Este correspondeu com confiança.

— Tudo bem. Vamos vencer mais esse desafio — cochichou Pedro, colocando a mão no ombro do Caveira.

— Tenho minhas dúvidas — respondeu o Caveira, assustando-se com sua língua destravada, enquanto Miguel esboçava um sorriso.

— A partir do momento em que eu virar este instrumento — Miguel ergueu a mão e mostrou a ampulheta a todos —, o réu poderá expor tudo que lhe pareça interessante ao seu julgamento. A areia é o tempo. A oportunidade é única. O tempo da vida escoa. Não a percam. Igualdade de oportunidade terão a acusação e a defesa, respectivamente.

No banco dos réus, todos se entreolharam. Afinal, ali estavam sendo julgados, inclusive os acusadores e o advogado de defesa.

— Esperem... — Uma voz rouca e grave se ouviu saindo de trás do mausoléu dos espíritos. — eu não posso faltar neste julgamento, sou testemunha de todos os fatos.

Pedro forçou o olhar para fora do tribunal criado por Miguel, na direção do portal do Reino dos Espíritos.

— Asmodeus?!

CAPÍTULO XX

O humano é um ser com limitações, não pode ver além do que se apresenta aos seus próprios olhos. Possui preconceitos e arrogâncias, a vilania os persegue. Poucos são os que deixam seu coração aberto à empatia, ao saber e ao celestial.

O tribunal estava estabelecido. Uma cadeira foi criada para a testemunha de todos os fatos, Asmodeus. Assim como as dos réus, ela não permitia o uso de mentiras ou distorções. Quem ali se sentasse só poderia falar a verdade — homem, anjo ou mesmo um demônio.

— Posso começar? — Perguntou o Caveira com sua voz rouca e profunda, sem esconder sua impaciência.

— Pois não! — Respondeu o juiz, virando a ampulheta. — A partir de agora, seu tempo está correndo.

— Bem... Eu sou o caçula de uma família de onze irmãos. Meu pai possuía uma bela estância para os lados de Santa Fé. A terra era trabalhada com mão de obra assalariada, ele era um abolicionista, não aceitava a escravidão. Era muito religioso; até uma capela ele construiu, para que todos nós, da família e os trabalhadores, pudéssemos rezar — o Caveira começou a rodar o chapéu em seus dedos pela aba, demonstrando uma emoção que não lembrava possuir. — Quando minha mãe estava em trabalho de parto, a parteira constatou que eu não estava na posição correta para nascer.

— Precisa ser tão do início? — Questionou Baal, em sua primeira interrupção.

— É óbvio, seu sanguessuga! — Respondeu o Caveira, sem paciência. — Eu tenho que explicar por que as coisas aconteceram do jeito que aconteceram.

— Prossiga, senhor José — determinou Miguel. — Baal, não interrompa sem uma razão plausível. Caso o réu se estenda demais, como na vida, é o tempo dele que está se escoando na areia da ampulheta.

— Como eu estava dizendo... A parteira acreditou que nem eu nem minha mãe nos salvaríamos daquele parto e chamou meu pai. Ele pediu a todos que rezassem na capela da fazenda. Em seu último fio de esperança, fez uma promessa: Caso um de nós sobrevivesse — minha mãe ou eu —, ele entregaria o filho mais novo ao sacerdócio. Eu sobrevivi, e minha mãe não — o velho coveiro assoprou para fora do peito a dor que estava contida havia dezenas de anos. — Tive uma infância muito boa. Meu pai me deu tudo o que pôde. Eu me sentia muito amado, todo dia era uma nova aventura. Eu era o protegido de meus irmãos e irmãs. Até que...

— Chegou a hora de cumprir a promessa — atravessou Pedro.

— Sim! — Continuou o Caveira. — Eu, sinceramente, não nasci para ser padre. Eu amava aproveitar a vida.

— É bom, né? — Interrompeu Asmodeus. — A vida é o maior presente que Ele nos deu — continuou, apontando o dedo indicador para cima.

— A testemunha não foi chamada a falar — protestou Astaroth.

— Asmodeus, evite fazer comentários, a não ser que sejam importantes para esclarecer o relato — informou Miguel com paciência celestial.

Asmodeus fez uma careta, assumindo o erro, e colocou o dedo na frente da boca, demonstrando que ficaria em silêncio. Mas, como uma criança, colocou a culpa na cadeira.

— É... — Continuou o Caveira. — Naquela época, não se namorava como hoje. No máximo, ficávamos olhando para as moças na entrada e saída da missa, na porta da igreja, e, se alguma correspondesse, sentíamos que havíamos ganhado o dia. Mas vamos ao que interessa. Fui enviado para o seminário e, tão logo terminei meus estudos, fui designado para uma paróquia próxima à minha cidade. Como eu era novinho, as moças preferiam confessar seus pecados comigo. Eram sempre coisas banais, que hoje em dia nem podem ser consideradas como tais. O pecado mais confessado era o da gula. Mas algumas confessavam seus sentimentos e curiosidades sexuais. Eu, mesmo sem experiência, agia com naturalidade e dificilmente passava penitências severas — um ou outro Pai-Nosso e uma ou outra Ave-Maria. Com o tempo, eu conhecia as moças como ninguém. Tanto as solteiras quanto as casadas. Essa intimidade me levou a me apaixonar por elas — às vezes, por uma mais do que por outra. Até que conheci Mariana. Marianinha, como era conhecida na vila. Era uma moça de pouco mais de vinte anos, de pouca altura, curvas marcantes e lindos cabelos negros encaracolados...

Baal bocejou de maneira ruidosa, o que lhe rendeu um olhar severo de repreensão por parte de Miguel. Ele suspirou e se ajeitou na cadeira.

— Mariana estava sendo pressionada por seus pais e pela sociedade da vila por não ter se casado ainda. Já era "velha" para constituir família, conforme os parâmetros da época. Eu me apaixonei por ela, não como das vezes anteriores, mas de uma maneira fatal. Algumas semanas antes de Marianinha completar seus vinte e um anos, seu pai conseguiu, enfim, contra a vontade dela, arranjar um casamento com o filho do proprietário da Estância Maria Imaculada. Era um homem mau. Possuía mais de duzentos escravos e era famoso por sua crueldade. Seu filho não negava a raça: Já havia matado dois homens em disputas no carteado. Era jogador e beberrão. Não havia conseguido nenhuma candidata à esposa, mesmo sendo um dos estancieiros mais ricos da região. Ele já estava beirando os quarenta anos.

— Afinal, vamos julgar um namorico de um padre? — Interrompeu Astaroth. — O julgamento deve se ater a emoções. Qual delas está sendo analisada aqui? Paixão adolescente entre um padre sem vocação e uma moça sonhadora? Ah, faça-me o favor, senhor José.

Astaroth se levantou da cadeira e caminhou ao redor do Caveira, esperando uma resposta.

— Senhor juiz, acredito que o senhor José aqui — argumentou Pedro — está elencando os motivos de sua justificação. Não estamos falando de mera paixonite adolescente. Algo me diz que uma grande tempestade está se formando nos destinos desses personagens.

— Astaroth, por gentileza, você terá seu tempo para inquirir o réu. Agora, deixe-o continuar o relato — decretou o juiz, já demonstrando impaciência com as constantes interrupções. — O tempo perdido será devolvido ao réu.

A areia da ampulheta começou a correr para cima, como se estivesse sendo aspirada, até parar no ponto onde Miguel considerava a soma de todas as interrupções até aquele momento.

— Posso continuar? — Perguntou novamente o impaciente Caveira. — Meu caso não é a paixonite, como disse o bom doutor, mas de amor e vingança.

— Continue, senhor José — determinou o juiz.

Astaroth retornou ao seu assento, contrariado. Para ele, estavam perdendo tempo julgando os humanos. Queria ver seu caso resolvido e voltar para o Reino Celestial. Ali não era seu lugar. Somente ao lado de seus irmãos anjos e vendo Baal preso no Reino Inferior se sentiria justiçado novamente.

— Quando Marianinha recebeu a notícia de que ia se casar com Gumercindo, filho do estancieiro famoso por castigar seus escravos até a morte, ela ficou desesperada e veio à igreja. Pensei que fosse para pedir conselhos e confessar, mas o que ela confessou acabou por me abalar profundamente.

Ela nunca aceitara nenhum pretendente porque era a mim que amava. Disse que assumiria qualquer punição de Deus, mas era comigo que queria viver. Implorou para que fugíssemos para o Uruguai, que era um país novo, onde poderíamos ter nossa própria estância. Ela sabia onde seu pai escondia o ouro e poderia roubar o que deveria ser seu no futuro.

Eu apenas chorei em silêncio no confessionário. Não tive coragem de me aventurar. Apesar do grande amor que sentia, tinha dúvidas sobre quebrar a promessa de meu pai. Tinha medo de ser castigado por Deus.

E o casamento de Marianinha com Gumercindo acabou sendo realizado por mim.

— Nossa! Que situação — disse Pedro baixinho.

Verônica ouvia, compadecida, a história do amor frustrado do Caveira.

— Ela chorava... — continuou o Caveira — enquanto dizia sim ao seu nubente. Sua última esperança se esvaiu num beijo melado. Naquele dia, Gumercindo estava bem-vestido, com a barba raspada e os cabelos aparados. Não podia envergonhar seu pai. Aquela noite foi uma das mais doloridas para mim. Fui covarde, não tomei a decisão que irradiava do meu coração. Eu deveria ter fugido com ela. Foda-se tudo. Mas a covardia se apoderou de minha alma. Durante as núpcias, a senhora Mariana, agora, não me procurou. Mas, devido ao falecimento do Padre Celestiano, fiquei encarregado temporariamente da paróquia, então passei a ouvir as confissões de todos. Agora eu ouvia coisas repugnantes. No confessionário não entravam apenas os jovens; também os mais velhos relatavam sua sordidez. Fui obrigado, pelo dever do ofício, a ouvir a confissão depravada da noite de núpcias do Gumercindo. Parecia que ele estava propositadamente relatando os detalhes para me agredir. Expliquei para ele que não precisava detalhar o ocorrido, ainda mais em uma situação que não passaria de obrigação nupcial, se não fosse a maneira como ele se comportou. Agiu como um animal com a pobre Mariana. Em menos de duas semanas, já havia batido em sua esposa por puro prazer. A senhora Mariana tornou-se mais uma das pessoas que ele escravizava. Gumercindo tratava pessoas como objetos. Nem pessoas, nem animais podem ser tratados com desrespeito à sua dignidade.

— Concordo! — Agora foi o próprio Miguel que deixou escapar o comentário, mas ninguém teve coragem de repreendê-lo. — Desculpem-me. Prossiga, senhor José.

— Em obediência a sua sogra, Mariana veio se confessar. O seu relato foi aterrorizador. Ela estava presa em sua própria casa. Devia servir a seu marido como ele desejasse. Comia o que lhe permitiam comer e fazia o que lhe mandavam fazer. Seus sogros eram tão depravados quanto seu marido. Ele era o resultado da educação de seus pais. Ela chorou, e eu também. Mas fiz um grande esforço para que ela não ouvisse. Então veio sua súplica: *"Por favor, me tire de lá, avise meu pai. Eu vou morrer."* Eu não aguentei ouvir isso, saí do confessionário e a abracei. A igreja estava vazia, mas, pela porta lateral, estava entrando uma senhora: A sogra de Mariana, dona Joaquina, mulher obesa, sempre vestida de preto. Em suas confissões, relatava que estava agradecida a Deus por não ser mais procurada por seu marido. Ela era má também, mas não o suportava. Mariana se soltou do meu abraço no susto e foi em direção a sua sogra. Dona Joaquina apenas me olhou, aparentemente, indecisa com o que viu. Ela veio da claridade da luz do dia; imaginei que não conseguiu ver nada no ambiente escuro do fundo da igreja. Eu a cumprimentei, e ela correspondeu com um sorriso desconfiado.

— Senhor José, precisa se apressar, o seu tempo está se esgotando — advertiu o juiz.

— Já vou terminar a minha história — replicou o Caveira. — Procurei os pais de Mariana, mas me disseram que não podiam fazer mais nada, pois ela estava casada. Eu deveria procurar seu marido para conversar sobre o que estava acontecendo com sua filha. Pedi para que guardassem sigilo, pois poderia piorar a situação de Mariana. Alguns dias depois, Mariana me procurou na igreja. Eu estava decidido. Foda-se o sacerdócio. Eu iria abandonar a igreja, roubar o ouro, resgatá-la e fugir para o Uruguai. Mariana estava com marcas de espancamento no rosto, escondidas pelo véu preto. Perguntei se foi ele. Ela respondeu que foi uma escrava, por ordem de sua sogra. Dona Joaquina sabia que ela me amava e só não revelou porque não queria que seu filho ficasse com o sangue de um padre em suas mãos, já tão sujas do sangue de outras pessoas.

Eu não tinha mais alternativa, teria que ser naquela noite. Era a tarde do sarau na intendência, e todos estariam lá. Ela me disse onde estava o ouro na fazenda e como chegar lá. Vesti roupas normais, peguei um cavalo e me dirigi para a fazenda. O ouro estava onde ela havia me contado. Era uma quantidade considerável. Peguei apenas o que achei que seria necessário para vivermos. Voltei para a igreja. Iria buscá-la à noite. Mas uma notícia chegou rapidamente a mim. Mariana estava morta, havia morrido em um acidente. Seu corpo estava cheio de marcas. O fiel que me contou foi embora quando viu que me ajoelhei, chorando em desespero. Em poucos minutos, batiam à porta da igreja aos murros. Eram os empregados do pai de Gumercindo. Ele estava procurando pelo amante da nora morta. Dona Joaquina deixou escapar, depois de alguns minutos de tortura, tudo o que sabia. O clima de mistério na casa do estancieiro levantou sua desconfiança, e ele sabia como extrair o que quisesse das pessoas. A porta da casa de Deus foi arrombada pelo grupo enfurecido. Fui agredido sem defesa. Eram muitos. Arrastaram o que sobrou de mim até um descampado onde havia muita lenha. Ergueram um tronco, me amarraram nele, colocaram a lenha aos meus pés e atearam fogo. Eu sabia que ia morrer. Não pedi por minha vida. Não dei esse gostinho a Gumercindo. Eu senti cada minuto em que meu corpo estava sendo consumido pelo fogo. Gritei, e o fogo entrou pela minha boca. Demorou... A agonia faz o tempo parar...

— Aí, eu apareci e o salvei, em troca de um contratinho. Era o meu trabalho — Asmodeus se levantou, acreditando ser sua hora de falar.

— Asmodeus, ainda não! Quando a acusação ou a defesa perguntar, você fala — repreendeu Miguel. — Senhor José, por favor, continue.

— É verdade. O come-almas ali apareceu, interrompeu a dor que eu estava sentindo. E eu posso garantir: Qualquer um, na minha situação, aceitaria qualquer coisa que afastasse a dor de sentir cada pedacinho de carne do seu corpo queimar. A oferta era um corpo que podia transitar entre o mundo dos vivos e o mundo dos mortos. Mas tinha que realizar umas tarefas para ele. Eu aceitei, desde que pudesse primeiro...

— Vingar-se de todos! — Levantou-se Baal. — O seu tempo acabou, Caveira. — Baal apontou para a ampulheta. A areia no instrumento é como a vida: Pode acabar antes de concluirmos nossos sonhos, nossas tarefas e até nossos relatos.

— O acusado está à disposição dos nobres promotores. As perguntas devem ser diretas. Não serão aceitas manipulações por parte da acusação nem da defesa — o juiz virou novamente a ampulheta.

— Muito obrigado, irmão — respondeu Astaroth. — Baal pode começar, depois eu termino.

— Combinado — respondeu Baal. — Senhor José, vulgo Caveira, representante das falanges do meu irmão Miguel. Aqui ele não poderá lhe proteger nem interferir de qualquer maneira que possa macular o seu juízo. Então, me conte como se vingou de cada uma de suas vítimas?

Pedro pensou em interromper, mas a norma do direito, que impede que o réu faça prova contra si mesmo, ali não tinha relevância. A própria cadeira já impelia a quem estivesse sentado nela a dizer a verdade.

— Do corpo que Asmodeus trouxe de volta à vida, sobrou apenas o esqueleto. Meus olhos revelam a minha presença a metros de distância. São semelhantes a luzes vermelhas. Ossos e luz vermelha, isso é o que sou! Que pouca imaginação tem esse aproveitador do Asmodeus. Mas, junto com essa forma pavorosa, eu recebi muita força e não sentia mais nenhuma dor. Ideal para o que eu queria fazer: Matar cada um dos responsáveis pela morte de Mariana — explicou o Caveira, com o olhar baixo.

— Deixe de lamúrias — interrompeu Astaroth. — A sua única motivação nunca foi justiça, e sim o mais vil dos sentimentos humanos: Vingança! O direito foi criado para evitar que os homens pegassem a justiça nas próprias mãos. O humano é um ser com limitações, não pode ver além dos seus próprios olhos, não consegue ver mais do que se apresenta. Tem preconceitos, tem arrogâncias... A vilania o persegue. Poucos são os que deixam seu coração aberto à empatia, ao saber, ao celestial...

Miguel olhou diretamente nos olhos de Astaroth, que, de repente, se identificou com suas próprias palavras. Ele ficou por muito tempo preso a um corpo humano. Um do qual nada podiam os celestiais se orgulhar. Estava adormecido, refém das emoções, do drama vivido pelo falacioso General. Mas o pouco de humanidade que havia nele infectou o anjo caído todo-poderoso Astaroth, e ele se calou. Baal, percebendo, pegou a palavra caída e apresentou seus argumentos pelo restante do tempo em que a areia escoava.

— Vingança, como meu irmão bem disse, é o mais vil dos sentimentos, verdadeiro causador de milhões de mortes. O que são as guerras senão motivadas pela ganância e pela vingança? Inicialmente, a ganância por poder impele ao primeiro movimento agressivo; depois, a retaliação motivada pela vingança produz, por sua vez, mais e mais agressões. É o sangue de inocentes que sempre será derramado. Mínimas foram as vezes na história humana em que os líderes responsáveis por toda essa mortandade foram condenados ainda em vida. Acabam por residir nas covas enlameadas do Reino Inferior, sofrendo a dor eterna de ter sua carne comida pelos vermes. O Caveira não está vivo, o Caveira não está morto, então, o que é o Caveira? Não, senhores, ele não tem o direito de renascer em um corpo cheio de esperanças. Não! Repito a todos: Esse direito ele não tem! Ele não pode ser enviado para o mundo dos espíritos. Lá, ele não cabe. Um lugar de aprimoramento e evolução das almas seria um prêmio. Anjo ele não é! Portanto, o Reino Celestial está fechado para ele. Resta apenas um local, onde ele será devidamente punido por seus atos em vida. E aqui não está se julgando o que ele fez nesta zona das almas perdidas. A ele deve ser declarada a culpa por sua vingança. O local para onde ele deve ser enviado é o Reino Inferior. E que lá ele seja atormentado pela eternidade. É isso que a acusação apresenta a este tribunal.

Baal terminou apontando para o portal do Reino Inferior. O portal, antes fechado, se abriu, revelando a luz avermelhada das chamas do inferno.

— Concorda, meu irmão? — Perguntou Baal a Astaroth.

— Espere, Astaroth. — Interveio Pedro. — Antes que tu respondas, solicito ao Arcanjo Miguel que verifique que o tempo acabou. Agora é a minha vez de realizar a minha defesa. Que fique registrado o pedido do Baal isoladamente.

Astaroth estranhou, mas realmente havia uma batalha acontecendo dentro dele, e responder neste momento o deixava desconfortável. Acenou com a mão a Miguel, concordando com Pedro. Baal, demonstrando irritação, jogou seu corpo como se quisesse agredir a poltrona.

— Pedro, prossiga com sua defesa — determinou o juiz.

— Muito obrigado, senhor juiz.

Pedro se levantou, saiu de trás da mesa e caminhou lentamente até o Caveira, visivelmente procurando as palavras certas para começar sua fala. Sabia que Baal tinha sido convincente. O julgamento era sobre as emoções envolvidas nos atos, e somente poderia argumentar dentro desse espectro.

— Senhor José coveiro, tu poderias nos dizer se teu pai ainda estava vivo na ocasião desses malfadados fatos?

— Protesto, Miguel! — Interrompeu Baal, agora de forma alterada. — O que interessa se o pai dele estava vivo ou morto? Foi o Caveira que matou aquelas pessoas por vingança, e não o seu pai.

— Pedro, você tem certeza de que isso é relevante ao caso? — Questionou Miguel.

— Sim, senhor juiz. É primordial ao raciocínio que quero levantar junto ao conselho de sentença.

— Prossiga, mas não fuja do escopo deste julgamento — explicou Miguel. — Pode responder, senhor José.

— Meu pai já havia morrido há alguns anos.

— Bem, a promessa era do seu pai, e mesmo depois de sua morte você se deixou ser ordenado padre?

— Não era tão fácil escapar das mãos da igreja naquela época. Mas o que me manteve fiel aos meus votos foi a culpa de não honrar a promessa do meu pai.

— Culpa? Culpa de quê? Poderia nos explicar?

— A promessa de meu pai por minha vida foi a Deus. Eu sobrevivi. Como eu poderia deixar de cumpri-la? — Respondeu o Caveira, deixando escorrer uma lágrima.

— Culpa e honra — salientou Pedro na direção de Miguel e dos acusadores.

Astaroth, com os cotovelos apoiados no braço da poltrona, colocou as duas mãos com os dedos entrelaçados à frente da boca. Estava começando a entender o que Pedro pretendia demonstrar.

— Quando contou sua história... — continuou Pedro — tu afirmaste não ter coragem de largar a batina, mesmo amando a doce Mariana. Qual foi o motivo?

— Apesar do amor que queimava em meu peito, a promessa do meu pai não podia ser quebrada. Eu me sacrifiquei. A dor de vê-la se casando com outro homem foi como uma punhalada no peito, e eu conheço a dor da lâmina dilacerando um coração. Eu não podia fugir das minhas obrigações. Mas, quando ela me pediu para ajudá-la a fugir dele porque temia por sua vida, comecei a me sentir culpado por minha covardia. O que me parecia honra e cumprimento do meu dever como filho passou a ser um ato de covardia. Um homem deve enfrentar o que se apresenta a ele. Quem segura as rédeas do seu destino não se arrepende jamais. Eu me arrependi com o resultado de minha fraqueza disfarçada de honra. A culpa da morte de Mariana atormenta a minha alma até hoje.

— Tu a amavas e se sentiu culpado pela sua morte?

— Sim. Eu me culpo por tê-la deixado ser entregue àquela família de assassinos.

— Protesto, Miguel! — Novamente interrompeu Baal. — O advogado de defesa está tentando tirar a culpa do réu e colocá-la sobre as vítimas. Não são elas que estão sendo julgadas aqui!

— Miguel, não estou recriminalizando um crime que já foi declarado. Foram eles que mataram uma menina inocente. Mas aqui estou tentando organizar os fatos de maneira que possamos entender essa tempestade de emoções que levou meu cliente a cometer seu ato criminoso.

— Prossiga, Pedro — determinou novamente o juiz. — Baal, por gentileza, só interrompa embasado em forte fundamentação. Senão serei obrigado a retornar o tempo gasto à defesa.

Baal se levantou com o rosto fechado e começou a caminhar pelo tribunal, olhando todos os réus que ali se encontravam. Parou à frente de Asmodeus, olhou-o diretamente nos olhos como se estivesse cobrando algo. Pedro notou e se posicionou entre os dois, como se protegesse Asmodeus, e começou a interpelar a testemunha.

— Asmodeus, tu foste testemunha de toda essa história?

— Sim, eu estava lá o tempo todo — respondeu Asmodeus, levantando-se da cadeira.

— Por quê?

— Eu estava lá para realizar um contrato com Gumercindo. Ele era promissor, sonhava com o poder. Eu daria o que ele queria, e ele me venderia a alma.

Mas o coveiro ali acabou com a raça dele antes da hora, e eu não pude cumprir toda a minha parte do acordo. Por isso, eu, por direito, reivindiquei sua alma. Antes que o Caveira morresse, eu o salvei, mas não pude aproveitar sua carne. Assim, ele se tornou o que é hoje.

— Tu criaste o Caveira?

— Na verdade, não. Eu apenas o salvei. Ele nunca assinou o contrato. E ele — apontou para o Arcanjo Miguel — o recrutou para sua falange. Eu nunca mais pude cobrar o meu contrato.

Astaroth coçou a cabeça. A cada grão de areia que escoava, sua mente se abria ao que estava em jogo ali. Bem, mal, vida, morte... tanto fazia. As razões, os motivos e as decisões: Isso sim fazia a diferença. Pensou: Os homens possuem o livre-arbítrio, os anjos não. Ele ousou acreditar em Baal e dominar suas próprias razões.

— Qual a natureza dessa criatura em que transformaste o senhor José, Asmodeus? — Perguntou Pedro.

— A natureza é de uma entidade vingadora.

— Ele teria que lutar muito contra sua nova natureza para conseguir evitar o que fez?

— Sim! E ele conseguiu!

— Como assim? — Pedro se surpreendeu com a resposta de Asmodeus.

— Não foi ele quem matou a mãe e o pai de Gumercindo. Apenas o assassino de Mariana foi morto pelo Caveira — prosseguiu Asmodeus. — O encontro de Gumercindo com o Caveira aconteceu no galpão da estância. Gumercindo estava com a força adquirida no contrato e estava vencendo a luta. O Caveira estava ficando fraco e logo teria que fugir da peleia. Ele foi derrubado por Gumercindo e, quando estava caído no chão, pegou uma foice que estava jogada nas palhas, essa mesma foice que está sempre junto dele. Assim, ceifou a vida de Gumercindo, decepando sua cabeça desproporcional. Mas foi legítima defesa. Eu posso garantir.

— Mas eu me lembro de matá-los! A velha e o velho! — bradou o Caveira.

— Fui eu, seu saco-de-ossos. Não tive alternativa a não ser comer as suas almas. Não foi um lanchinho prazeroso. Mas eu estava com fome, e não posso ser julgado por isso. É a minha natureza. Uma questão de equilíbrio. Eu como as almas iníquas, e essas eram bem perversas. Ah, se eram... — Asmodeus passou a língua nos lábios. — Eu criei essa ilusão na mente dele.

— Miguel, você não vai acreditar no rei das mentiras? Ele é um ser desprezível, que já deveria ter sido condenado ao banimento no Reino Inferior! — Baal foi até a frente de Miguel e se apoiou na mesa do magistrado.

— Baal, ele já foi banido dezenas de vezes, e sempre escapa, cada vez mais rápido que a vez anterior. O trabalho dele é esse mesmo. Livrar o mundo das almas que não têm mais salvação. É a lei do equilíbrio — justificou Miguel. — Ele não está em julgamento aqui e, como única testemunha, é imune aos efeitos deste tribunal.

Pedro olhou para Asmodeus, que ainda estava em pé. Ele piscou um olho para Pedro e depois se sentou novamente. Pedro riu e pensou: *Asmodeus, sendo Asmodeus. Inacreditável...*

— Senhor juiz — Pedro aproximou-se da mesa — Diante desta revelação, eu, embasado na tese de que as emoções do senhor José foram manipuladas, defendo que o sentimento de vingança estava sobreposto à sua vontade. Ele foi transformado em um ente vingativo e, diante do que foi demonstrado de suas qualidades anteriores aos fatos, quais sejam: Honra, respeito aos seus pais, a Deus, às suas promessas e obrigações; manteve seu caráter até o último momento de sua vida. O amor, por maior que fosse dentro de seu peito, não o impeliu a deixar de respeitar os seus votos e seus compromissos...

Neste momento, o banco de espera dos réus ficou marcado pelos sorrisos. Apenas o General parecia estar em transe, fora do ar. O Golias bateu palmas.

— O magrinho salvou o puro-osso... — Disse o Golias para seus colegas sentados no banco.

— Eu, como advogado do senhor José, peço ao conselho de sentença que indique os portais do Reino dos Humanos para que ele renasça como criança ou o portal do Reino dos Espíritos para que evolua pelas várias graduações da consciência.

No momento em que Pedro se referiu aos portais, estes se abriram, e uma luz celestial escapou do Reino Espiritual. Do portal do Reino dos Humanos, escaparam os raios do sol de um amanhecer.

— Miguel, meu irmão, revele logo quem compõe o conselho de sentença! — reivindicou Baal, há muito já desprovido da tão famosa paciência.

Todos ficaram apreensivos. Apesar das poucas opções, uma combinação perversa poderia se formar, e todos estariam condenados, escapando apenas Baal e Astaroth... talvez.

— Pois que assim seja! Tragam a urna! — Ordenou Miguel.

Neste momento, todos se levantaram. Golias reclamou baixinho:

— Senta, Golias. Levanta, Golias. Senta, Golias. Levanta, Golias... Mas não saio do lugar...

Miguel pegou a urna e retirou a primeira ficha, que parecia ser feita de madeira. Era branca, então representava que era um humano.

— O representante humano no conselho de sentença é...

CAPÍTULO XXI

A esperança é uma das
qualidades humanas
mais impressionantes.
Ela surge, às vezes,
nos momentos mais
improváveis, quando as
possibilidades de êxito
já não existem mais. Ela
inflama o coração humano
como o calor da fogueira
no inverno.

O julgamento chegou a um ponto crítico. Os votos do representante humano e do representante celestial seriam apurados. Miguel chamou os dois para se aproximarem. Primeiro foi o General, que seguiu até a mesa do magistrado. Depois, Beleth se levantou e caminhou lentamente em direção a Pedro. Ele pôde admirar o caminhar firme e envolvente de Beleth. Sim, ela era linda, e aquele olhar fixo em seus olhos fazia Pedro pensar em como era sortudo. Ela o desejava, e ele não podia negar o quanto ela era atraente. No momento, um contraste entre ela e Verônica se fazia presente. Beleth era uma mulher guerreira, o que lhe fazia lembrar os traços de personalidade de Martha, enquanto Verônica era o traço da meiguice. Pedro notou que, na mesma linha de visão de Beleth, estava Verônica, observando suas feições enquanto ele admirava o belo corpo de Beleth. Uma sobrancelha dela estava erguida, demonstrando desconfiança. Ele disfarçou com uma tosse e se virou na direção da mesa, onde já estavam prontos para orientação o General, Beleth e os dois acusadores.

— Digníssimos membros do conselho de sentença, estas são as arcas do destino. Cada uma possui espaço para três votos. O lacre de cada uma delas é a foto do réu, semelhante à de seus túmulos.

— Mas eu não sou humano, não tenho túmulo — interveio Baal.

— Por enquanto! — Respondeu Miguel. — Dependendo do veredito, Ele — Miguel apontou para cima — me deu o poder de, sim, condená-lo à morte humana.

Astaroth e Baal ficaram apreensivos com essa revelação de Miguel. Seu irmão não tinha permissão para mentir. Ele era um anjo e não possuía livre-arbítrio.

Pedro ficou admirando as fotos nas tampas das arcas. Pareciam presilhas ovais. A arca do Caveira possuía a foto de um rapaz de pouco mais de vinte anos, um jovem com cabelos encaracolados e uma gola de padre no pescoço. As outras também lhe chamaram a atenção. A foto do General era de um garoto com cabelos raspados em toda a volta da cabeça, resguardando apenas a parte superior. Parecia um menino com medo. Golias era um homem adulto, rosto firme, mas nada parecido com a imagem atual.

Sua curiosidade o impeliu a ignorar a dos celestiais. A sua era o seu objetivo, mas estava em branco. Não havia foto alguma na arca que guardava o seu destino. Uma fagulha de dúvida, misturada com esperança, acendeu dentro dele.

Miguel continuou sua explicação:

— Os votos serão coletados à moda ateniense. Neste saco de veludo preto, existem várias esferas brancas que correspondem à absolvição e vários cubos vermelhos que simbolizam a condenação. Cada um de vocês, Beleth e o General, colocará a mão dentro e escolherá uma opção. Retirará a mão sem mostrar para ninguém e a colocará na arca. O resultado do julgamento de cada réu será revelado ao raiar do sol.

O Caveira se levantou da cadeira e se dirigiu ao banco dos réus. Ao passar por Baal, disse-lhe um palavrão em voz baixa.

— Senhor José, o senhor não está mais forçado pela cadeira a dizer o que pensa — repreendeu Miguel.

O Caveira apenas sorriu. Agora já tinha dito.

— Posso ser eu agora? — Voluntariou-se Golias. — Quero xingar a mãe do Baal! Deixa, deixa...

— Eu não tenho mãe, criatura! — Respondeu Baal calmamente.

— Só uma chocadeira para gerar um demônio como este! — Acrescentou o Caveira.

— Agora basta! Vocês dois estarão em silêncio até que eu permita que falem — decretou o juiz. — Agora, Beleth, por gentileza, dirija-se à cadeira de depoimento.

A linda Beleth sentou-se na cadeira e recebeu as mesmas orientações que o Caveira quando iniciou seu depoimento. Miguel elevou a ampulheta para que todos vissem e a virou, para que começasse a contar o tempo.

Beleth começou a contar como, semelhante aos seus irmãos, que se atraíram pelas mulheres, ela se atraiu por homens, mais precisamente por um homem. Ela o acompanhou em todas as suas existências. Beleth confessou que não era amor; era mais uma atração física que ela não entendia. Por ele, fez coisas abomináveis, e matar seria apenas uma delas. Ela sabia as consequências de seus atos. Mas toda vez que sua paixão renascia em algum lugar do mundo, ela se dirigia até ele e aguardava sua hora de tê-lo novamente.

Enquanto Beleth contava sua história, Pedro não parava de pensar na ideia que surgiu em sua mente. A esperança é uma das qualidades humanas mais impressionantes. Ela surge, às vezes, nos momentos mais improváveis, quando as possibilidades de êxito já não existem mais. Ela inflama o coração humano como o calor da fogueira no inverno, e Pedro não conseguiu resistir. Sua sanidade, diante de tudo que havia presenciado desde que chegou àquela vila, estava sendo testada. Em sua mente, ele refez todos os passos que deu desde o acidente. Com um sorriso nos lábios, foi até a cadeira onde Asmodeus estava sentado.

— Asmodeus, tu produziste uma ilusão na mente do Caveira para que ele achasse que havia matado os pais do Gumercindo? — Pedro perguntou baixinho, para que ninguém o escutasse. Mas antes que Asmodeus respondesse, segurou seu ombro, impedindo que ele se levantasse como havia feito nas respostas anteriores ao juiz. Agora ele apenas poderia falar a verdade.

— Sim, fiz isso.

— Você alguma vez agiu da mesma forma comigo?

— Sim.

— Tu terias poder de criar uma ilusão igual a este julgamento na minha mente?

— Sim, mas...

— Doutor Pedro, por gentileza, acompanhe o depoimento da ré — repreendeu Miguel.

— Pois não, senhor juiz — respondeu ele.

Pedro começou a conjecturar em sua mente que tudo não passava de uma ilusão. Por quantas fantasias passou desde que conheceu sua esposa, Martha? O que era verdade ou mentira era muito difícil de definir. A mente cria armadilhas que muitas vezes não podem ser sobrepujadas. *Ora bolas*, pensou ele, como ele poderia ser Salomão ou qualquer outro personagem histórico? Tudo parecia apenas transtornos dementes. *Eu sou Pedro, e se estou aqui participando dessa aventura estranha, é porque estou vivo. VI-VO em algum lugar, talvez em coma na UTI de um hospital.* Ele se agarrou a essa ideia, essa esperança. Um final feliz. Um dia acordar daquele pesadelo e ver novamente o rosto de Martha e dos filhos. *Podia ser agora, por favor, meu Deus!*

Enquanto isso, Beleth estava sendo inquirida por Baal. Ela notou que Pedro não se interessou por sua história, e isso lhe doeu profundamente. Ela justificou seus atos por suas tentativas de proteger e desfrutar da presença do homem que desejava.

— *Pedro, preste atenção ao julgamento!* — Ordenou Miguel em pensamento. — *Deixe de viajar por um caminho sem volta. Você está enganado!*

O doce gosto da esperança já havia invadido a alma de Pedro. Agora ele acreditava que logo tudo isso acabaria, e talvez o julgamento fosse a porta de saída daquela ilusão. Então resolveu prestar atenção ao final da explanação de Baal.

— Essa irmã profanou o santo mandamento dos anjos. Ela não se perdeu por um sentimento, mas sim pelo clamor da carne. Queria deitar-se com um homem como os animais fazem nas pradarias. Desejava sentir o prazer físico, nada vinculado ao amor romântico do Caveira, por exemplo. Ela desejava apenas sexo. Confessou isso. Desejo, devassidão, orgias, trapaças, mortes... Tudo em nome da paixão por um homem. Não, senhores, isso não é atitude de um anjo. Ao reino celestial, ela não pode mais voltar. Sua mistura com a espécie humana está totalmente concluída. Já que ela gosta dos prazeres de ser uma mulher, que sua condenação seja renascer na terra como uma mulher igual a todas, sem poderes, sem lembranças, uma vida comum, aos sabores da sorte e dependente de sua própria luta. Nada de regalias. Apenas uma nova criança pobre que terá que lutar pelo seu sustento por toda a vida, como são as vidas de tantas mulheres. É esse o meu pedido a este conselho de sentença. Concorda, irmão?

Astaroth vislumbrou o sorriso no rosto de Beleth e concordou com Baal. Pedro inflou o pulmão de ar para começar a falar, mas foi interrompido pelo chamado de Beleth.

— Nanico, eu desejo isso. Eu quero ser humana, quero ter a oportunidade de viver, sofrer, amar, sentir prazer, nascer e morrer, e tudo novamente. Por favor, peça o mesmo que a acusação. Devido ao desprezo de Baal pela vida humana, ele não notou que pediu a Miguel que concedesse o meu maior desejo: Ser uma mulher.

— Que assim seja — Pedro não resistiu a sorrir de maneira fraterna.

Pedro caminhou pelo ambiente, olhou todos, imaginando quanta besteira era aquela ilusão. Tudo uma fantasia da sua cabeça, ou no mínimo provocada por seu gênio pessoal, Asmodeus. Chegou à frente de Baal, olhou-o com desprezo. Não tinha mais medo algum dele. Baal representava o que lhe causava repulsa em algumas pessoas: Egoísmo, ganância, soberba e maldade. Astaroth lhe trazia a dúvida, não conseguia entendê-lo. O que representava o Senhor das Almas? Nada até agora. Tanta expectativa e nada de feitos grandiosos. Beleth, sim. Ela era uma expressão do feminino, tinha a força das mulheres que lutam pelos seus direitos, que fazem a terra girar, que, como a mãe natureza, germinam e multiplicam a vida. Buscam e dão prazer. Olhou diretamente nos olhos de Miguel e pensou: *esse sim é um almofadinha filhinho de papai...*

— Doutor Pedro, eu estou lendo o seu pensamento, viu? — Disse Miguel, sorrindo das besteiras que leu na mente de Pedro. — Por gentileza, agora é a sua vez de defender sua cliente. O tempo está se esvaindo.

Pedro tossiu, tentando disfarçar sua vergonha, e começou seu trabalho.

— Senhores, agora devo apenas concordar com os meus colegas da acusação. Mas, antes, devo dizer que nenhuma das absurdas alegações de Baal deve ser levada pela ideia de pejorativas. Desejar ser feliz não é pecado. Desejar ser uma mulher não é pecado. Desejar usufruir dos prazeres da carne não é pecado. Tudo isso foi uma sórdida história inventada para sobrepor o desejo feminino. Explique-me: Por que Ele — Pedro apontou o dedo para cima — criou tantas sensações de prazer, se não eram para serem usufruídas pelos seres humanos?

Pedro fez uma pausa e continuou:

— Medos e culpas foram a causa de muitas vidas infelizes. A proibição do prazer feminino foi a salvaguarda de uma ditadura dos homens de pouca capacidade... dos homens que possuem medo das mulheres, ou de que eles não possam satisfazer suas parceiras. Não, senhores... Amor, sexo, tolerância e respeito são paradigmas a serem seguidos. Amem e deixem amar. Vivam e deixem viver.

Pedro aguardou um momento enquanto observava os olhares, tanto de Beleth quanto de Verônica: Eram de aprovação.

— Eu, como advogado de defesa, peço a absolvição da ré, sendo-lhe concedido o envio para o Reino dos Humanos, pois isso, ao contrário do que Baal expressou em sua acusação, não é uma condenação. Ser mulher é uma bênção. Não pelas dificuldades e lutas que elas travam todos os dias, mas pela essência do que representa ser mulher: Humanas, criadoras e criaturas, líderes, esposas, filhas, amigas, amantes, professoras, alunas, batalhadoras...

— Muito bem... — Disse o juiz. — Por gentileza, o General e Baal, venham votar, já que Beleth não pode votar em sua própria sentença.

Beleth se levantou da cadeira, passou por Pedro e lhe agradeceu pelas palavras.

— Muito obrigada, Nanico. Você ainda traz dentro de você os traços da sabedoria de Salomão.

— Tudo bem, tudo isso é uma ilusão. Nada é de verdade.

Beleth se sentou satisfeita, um sorriso irradiava a luz do seu rosto. Verônica a abraçou. Ela ficou feliz por Beleth. Pelo que tudo indicava, ela havia conquistado seu maior desejo.

— Agora sou eu! Agora sou eu! — Gritou Golias, já correndo até a cadeira e se sentando.

— Baal bundão! Baal bundão! Baal bundão! — Golias não parava de repetir.

— Baal, o que você fez com o Golias? Como vamos ouvi-lo desse jeito? Ele era um guardião da minha prisão e não era assim — perguntou Miguel.

— Baal bundão! Baal bundão! Baal bundão! — Golias parecia uma criança provocando Baal.

— Não tenho nada a ver com isso! Pergunte ao gênio ali. Asmodeus é que sabe o que aconteceu — respondeu Baal.

Pedro achou tudo muito hilário. Agora sim podia ter certeza: Estava em algum tipo de sonho induzido por remédios.

— Não sei de nada. Ele estava com seu mau humor habitual da última vez que o vi com vida — disse Asmodeus.

— Pois é, eu também — acrescentou Miguel.

Pedro se aproximou de Golias e notou uma cicatriz que ele possuía na testa. Era profunda e estava esbranquiçada.

— Magrinho legal, salvou o puro-osso e a Beleth. Ela é minha amiga. Mas o Baal é um bundão! Deixa eu ir lá dar um abraço nele. Ele nem vai sentir... Vai virar purpurina azul... Bundão! Bundão! Bundão! — Golias terminou sua confissão a Pedro, jogando a língua para Baal.

Miguel saiu de trás de sua mesa e se dirigiu até Golias.

— O que houve com você, meu amigo?

Ele acariciou seu rosto e passou os dedos sobre a cicatriz de tiro na testa. Ela se dissipou numa fumaça branca. O rosto alegre de Golias se retesou. Não havia mais infantilidade naquele olhar, apenas o olhar de um predador. Golias voltou ao seu estado de natureza. Golias caça, mata e come.

— Golias não está em julgamento aqui. Ele não estava no controle de suas faculdades mentais. Até porque, se estivesse, não sobraria nada do meu irmãozinho revoltado ali — decretou Miguel. — E quanto a isso, não aceito recursos.

Golias se levantou lentamente. A passos firmes, dirigiu-se até Baal. Ele, mesmo sendo tão poderoso, descobriu o que era sentir medo. Golias apenas o olhava fixamente. Era o mau e velho Golias.

— Golias, você está livre! Escolha o portal que deseja e siga em paz — decretou Miguel.

— Aquele! — Apontou Golias para o portal do Reino dos Humanos.

O portal se abriu, revelando um dia lindo de sol. Ele se dirigiu lentamente ao mausoléu, e Pedro o seguiu tranquilamente. Era uma oportunidade de acordar no hospital, pensou ele.

— Doutor Pedro! Onde o senhor pensa que vai? — Questionou Miguel, sob o olhar de estranhamento de todos os presentes.

— Ué, vou embora dessa loucura toda. Vou voltar para minha vida, vou voltar para minha família. Isso tudo é uma ilusão mesmo. Já descobri tudo. Vocês não me enganam mais.

Miguel descansou o queixo na mão. Sacudiu um pouco a cabeça negativamente, respirou fundo e apenas observou. Pedro viu Golias atravessar naturalmente o portal, mas, quando chegou sua vez, não conseguiu. Uma energia, como uma força magnética, o repelia, impedindo-o de ultrapassar a linha da porta do mausoléu.

— Não, não pode ser! Eu preciso voltar. Eu quero a minha vida de volta. Eu estou vivo! Vivo! Vivo!

Miguel se entristeceu. Lamentava o que deveria fazer, mas as regras não podiam ser quebradas. Beleth deixou escapar uma lágrima. Somente os celestiais sabiam o que ia acontecer.

— Doutor Pedro! — Chamou rispidamente Miguel. — Venha aqui agora!

Pedro retornou chorando, como em transe. A esperança desprovida da razão pode levar a conclusões distorcidas da verdade. Ele se lamentava, questionando o porquê de não ter conseguido voltar à consciência. Pedro se postou à frente de Miguel.

— Doutor Pedro, o que o senhor deseja?

— Não peça isso, Nanico! — Avisou Beleth, aos prantos, abraçando Verônica, que não sabia o que poderia acontecer.

— Eu quero acordar no meu corpo no hospital. Eu quero sentir a vida no meu corpo novamente. Eu quero sair dessa ilusão.

— Que assim seja! — Decretou Miguel, com o rosto entristecido. — Você não estava pronto. O julgamento entrará em recesso.

Miguel bateu o martelo.

Pedro sentou-se na cadeira da verdade. Uma súbita tontura tomou conta de seu corpo. Sentiu-se como se estivesse bêbado, e sua mente começou a girar, girar, girar, até que foi tomado pela escuridão.

Seu corpo saltou ao acordar. Ele estava preso em um local escuro. Seus olhos não podiam ver nada. Um formigamento no corpo foi ficando cada vez mais intenso. Em pouco tempo, esse formigamento virou dor. Dor em todo o corpo, inclusive internamente. Não havia parte do seu corpo que não doesse. Não conseguia se mover nem para os lados, nem para cima. Tentou empurrar, mas nada se movia. A dor ficou insuportável. Ele pensou: *Estou acordando do coma, é isso. Graças a Deus!* Ele sentiu uma mão sobre a outra, sobre seu corpo. *Não! Meu Deus, não!* Suas mãos eram constituídas apenas de ossos. A dor era sua carne sendo comida pelos vermes. Seus olhos já haviam sido digeridos, assim como seus lábios e sua língua.

Ele estava de volta ao seu caixão. Vivo. Em um corpo morto.

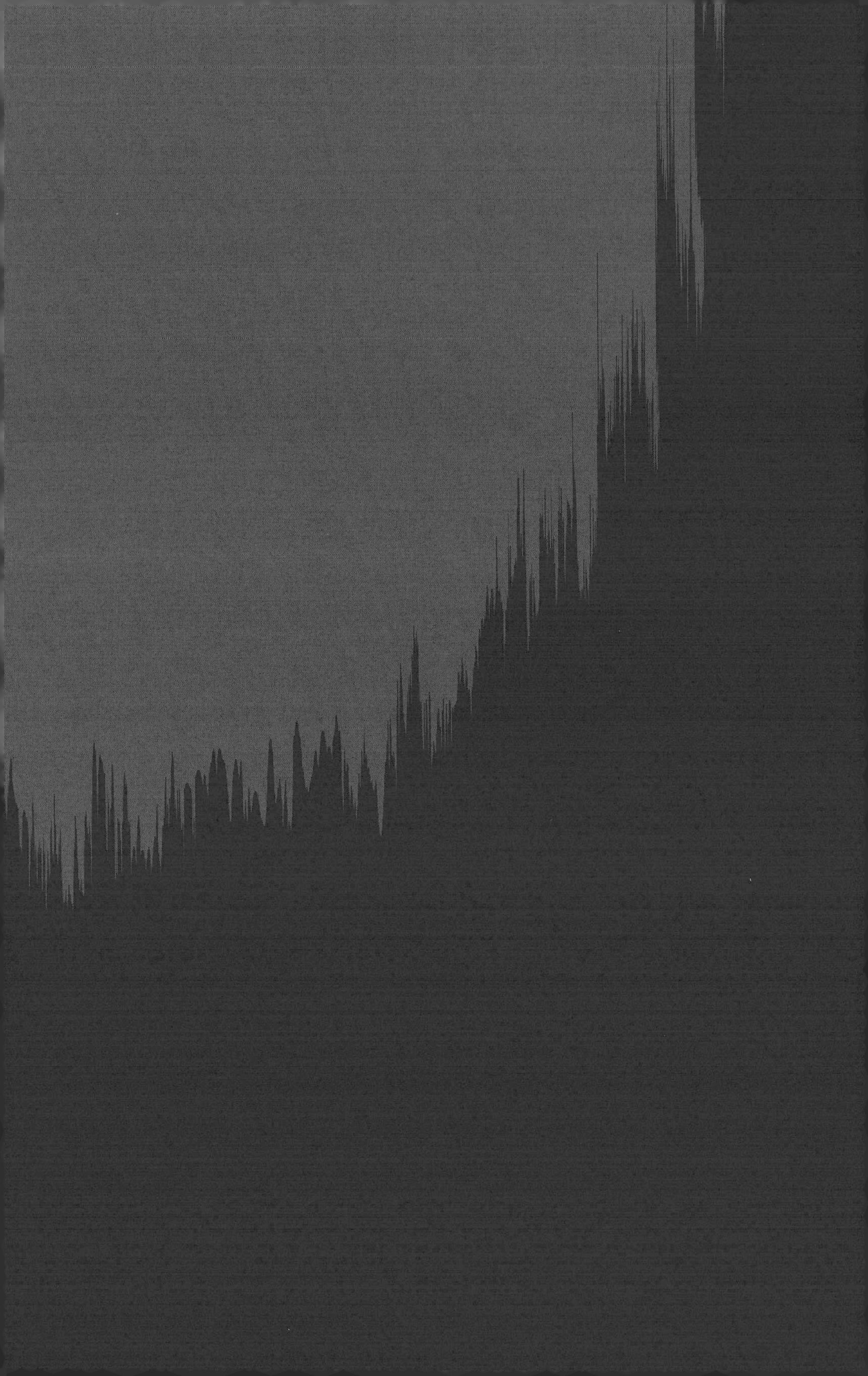

CAPÍTULO XXII

Apenas o silencio da sua alma perdura. Preso pela eternidade sobre os ossos de seu corpo. Não sente mais nada. O que será do ser humano livre de qualquer sensibilidade ou qualquer resquício de movimento? Nem ao menos o tempo pode ser sentido. Sem mudanças o tempo desaparece. A mudança marca o tempo. Resta ao homem apenas o frio do sepulcro.

Não havia sono. Pedro permaneceu acordado por horas, dias, meses, e até alguns anos acabaram se passando. Enfim, a dor, que foi diminuindo gradativamente, revelava a ele que pouca ou quase nenhuma carne restava em seu corpo para alimentar os vermes. Seu desejo era respirar, engolir, mexer-se... Nada disso conseguia mais. Sentia o frio da prisão de seu peso no plano terreno. Não sabia que era tão difícil ficar sem engolir a saliva, sem piscar os olhos, sem sentir o ar encher e esvaziar seus pulmões. Repassou sua vida milhares de vezes. A dor virou sua parceira e, quando ela estava se encaminhando para a total falta de sensibilidade, chorou. Chorou uma tristeza sem lágrimas, sem suspiros, sem soluços... Apenas o silêncio de sua alma perdurava. Preso pela eternidade sobre os ossos de seu corpo, não sentiria mais nada. O que seria o ser humano livre de qualquer sensibilidade ou qualquer resquício de movimento? Nem ao menos o tempo poderia ser sentido. Sem mudanças, o tempo desaparecia. A mudança marcava o tempo. Pedro não dormia, apenas pensava, enquanto perdia lentamente a sensibilidade em seu corpo. Até que, em um momento, a menor das dores desapareceu. Sim, ele fora totalmente devorado pelos vermes do seu próprio corpo, e sua mente foi consumida pela verdade de sua existência. Ele era Pedro. Tanto importava se achassem que era Benjamin, Salomão, Saint Germain ou tantos outros.

— Pedro! Você está bem? — Perguntou Miguel.

— Sim, estou bem! — Pedro abriu os olhos diante de todos no julgamento.

— O julgamento está reiniciado! — decretou o juiz.

Tudo estava do mesmo jeito de que ele se lembrava. Quanto tempo realmente passou? Era a pergunta que martelava em sua mente. Verônica estava abraçada a Beleth. O portal do Reino dos Humanos estava se fechando.

— *Foram alguns anos para você, Pedro*; *para nós aqui, passaram-se apenas um ou dois minutos* — respondeu Miguel na mente de Pedro. — *Podemos recomeçar?*

Uma coisa era certa: Pedro não era mais o mesmo. Sua mente estava pacificada. Tinha a impressão de que "o saber" era algo físico, uma bruma iluminada que podia ser sentida na pele. Não tinha mais medo de Baal. O Medo não fazia mais sentido.

O General sentou-se na cadeira e, logo em seu depoimento, contou como se sentia injustiçado por seu pai. O pai do General era um coronel que lutava pelos Chimangos na Revolução Federalista de 1893. Dono de vastas terras, muitas delas conquistadas assassinando seus legítimos donos, lutou com fúria e maldade contra os Maragatos. Era implacável, não deixava sobreviventes. Ficou famoso por ter degolado mais de cinquenta prisioneiros Maragatos no mesmo dia.

Quando retornou para casa, foi assolado pelas lembranças da guerra. Era mau com seu filho.

O General confessou seu maior pecado: Orgulho e preconceito. Não podia admitir que o nome de sua família ficasse enlameado nas rodas de conversa. Sua filha, herdeira de toda a sua fortuna, não podia se casar com um colono. Ele amava muito sua esposa, que, infelizmente, o deixou cedo. Dedicou todo o seu amor à sua filha, Verônica. Apesar da criação que teve, não era um mau patrão; pelo contrário, guardou a lealdade de seus homens, inclusive na morte. Esse era o General, um misto de bem e mal. Como são todas as pessoas.

Verônica chorou ao ouvir as palavras do pai sendo pronunciadas na cadeira da verdade. Enfim, ela não o amou em vão.

— General, por gentileza, conte a história da morte do filho de Verônica e Benjamin — interrompeu Astaroth.

— Eu me deixei levar pela fúria, pelo ódio mundano, pela necessidade de ser obedecido. Não pude admitir que minha filha seria uma mãe solteira.

— Mas eu estava casada com Benjamin! — Protestou Verônica.

— O quê? Não pode ser! — A surpresa da revelação fez o General colocar a mão na boca, mas foram seus olhos que jorraram lágrimas.

— Infelizmente, General, o tempo esgotou-se. Com a palavra, a acusação — determinou Miguel.

Baal já estava se levantando, quando foi empurrado de volta à cadeira por Astaroth. Mesmo surpreso, Baal preferiu não se contrapor a Astaroth nesse momento, pois sentia sua estratégia ficando cada vez mais fragilizada.

— General, o senhor ama sua filha, eu sei, eu senti! Então explique: Por que cometeu essas atrocidades? — Perguntou um Astaroth compadecido.

— Eu notei o namorico entre eles. Eram jovens. Eu era contra. Então, antes que se transformasse no que acabou se transformando de qualquer jeito, conversei com o coronel Franco, um amigo do Exército. Pedi a ele que convocassem Benjamin para a guerra, para uma função que não lhe causasse perigo. Não queria mal ao rapaz, só queria separá-lo de minha filha.

— Mas, após algum tempo da partida do rapaz, Verônica confessou estar grávida. Isso me assustou, e nada dele retornar da guerra. Mandei cartas ao meu amigo para saber do paradeiro de Benjamin. Ele precisava voltar com vida. Esse era o meu desejo. Havia de consentir no casamento.

— Quando o menino nasceu, recebi uma carta de Franco me informando da morte do rapaz. Ao contrário do que planejei, ele estava numa guarnição na retaguarda que foi bombardeada por aviões alemães. Infelizmente, ele morreu.

O General fez uma pausa, respirou fundo e continuou:

— Entrei em desespero. Minha filha ia ser uma mãe solteira. Não tinha conhecimento de que haviam se casado às escondidas. Isso, na época, era uma vergonha. Se eu não fosse viúvo, assumiria o filho.

— O parto foi muito difícil. Então, disse a Verônica que o bebê havia morrido no parto. Ela teria a chance de um novo casamento, pelo menos era o que eu achava naquele momento. Esse foi meu maior erro — por causa dele, lamentei cada dia de minha vida. Verônica entristeceu tanto que desistiu da própria vida. Era como se ela soubesse da morte de Benjamin. Foi muito para ela.

— Agora eu sei. Ela sofreu pelas duas perdas. Era tão jovem...

O General abaixou os olhos.

— Vendo toda aquela dor, fui ao encontro do menino, mas não houve tempo de trazê-lo de volta. Quando cheguei em casa com ele nos braços, tudo já estava perdido.

— Papai, então meu filho nasceu com vida?

— Sim, minha filha. Um caixeiro-viajante o adotou. Eu não tinha mais como encará-lo sem lembrar do meu pecado, então o devolvi ao casal que o havia adotado. Perdão, minha filha. Sei que não mereço, mas, mesmo assim, peço seu perdão e o de Benjamin por tudo o que causei.

Verônica soluçou, mergulhando seu olhar no mármore negro.

— Miguel, por favor, devolva meus poderes por alguns minutos. Preciso interceder. Pode confiar em mim — pediu Astaroth, olhando nos olhos de Miguel.

— Nunca retirei seus poderes, Astaroth. Apenas os suprimi enquanto durasse o julgamento. Eles estão plenos a partir de agora.

Miguel fez um movimento com as mãos que fez Pedro lembrar de seu não tão amigo Asmodeus, que, nesse momento, apenas assistia apreensivo.

Astaroth inflou os pulmões e seu corpo físico começou a crescer. Quanto maior ficava, mais translucidez surgia em seu corpo. Quando atingiu o tamanho de um prédio, fechou os olhos e sentiu o ar ao seu redor.

— Eu sou o Senhor das Almas.

Astaroth ergueu os braços e suas mãos atraíram os raios da tempestade que se aproximava. Seus olhos emitiam a luz do dia e o som de sua voz era o trovão da morte.

Miguel assistia pacientemente, enquanto Baal se ajeitava na cadeira. Seu irmão era muito poderoso, ele sabia. Algo o avisava de que Astaroth ter estado atrelado a um corpo humano com tantas dores, culpas e emoções afetara sua consciência celestial.

Astaroth fez um gesto com a mão e, no céu, surgiu uma imagem vívida de um senhor sentado em uma poltrona confortável. Usava chinelos acolchoados, e uma caneca de café fumegava sobre a mesa ao seu lado. Uma televisão estava ligada sobre uma estante à sua frente. Seus olhos fechados não demonstravam, mas seu coração cansado estava diminuindo o ritmo, a caminho da última batida.

— Esse é Samuel. Está vivo, tem setenta e três anos, mora a alguns quilômetros daqui. Foi criado por um casal de comerciantes judeus como se fosse seu filho natural. Nunca soube de nada sobre seu passado. Teve um único filho, Davi — revelou Astaroth.

Pedro sentiu um calafrio percorrer seu corpo ao ouvir aquele nome.

— Doutor Pedro, sua vinda anterior ao Reino dos Humanos foi como Benjamin. Samuel foi impedido de cumprir a missão de ser seu filho e de Verônica.

A imagem no céu passou a mostrar o velhinho liberando seu último suspiro. Uma boa morte. Sem dor, sem traumas. Uma passagem tranquila.

O portão do Reino dos Humanos se abriu e um menino que aparentava ter pouco mais de dois anos atravessou curioso.

— Mulher! Esse é o seu filho! — Declarou Astaroth.

— Meu filho! — Verônica chorou e correu para abraçar o menino.

Pedro teve acesso às lembranças de Benjamin e conseguiu entender tudo o que havia acontecido com ele. As peças começaram a se encaixar, e o peso de um destino que transcendeu vidas caiu sobre sua mente.

Baal começou a bater palmas, chamando a atenção de todos.

— Muito bonito... Vejam só, que cena emocionante. Nada disso terá algum valor se não for determinada a sentença no julgamento — levantou-se Baal, indignado com os feitos de seu irmão. — O General está sendo julgado. Como ainda restam alguns segundos, peço sua condenação por causar a morte, mesmo que indiretamente, de Benjamin e de sua filha Verônica.

Baal respirou fundo, encarando os presentes.

— Todos hão de convir que suas emoções foram do mais baixo nível: Orgulho, arrogância, prepotência, covardia... E mesmo depois de perder a filha, não criou seu neto. Não, não... Isso foi imperdoável. Tanta fartura disponível para criar uma criança, e ele legou ao menino um destino de dificuldades. O pequeno nunca atingiu o potencial de riqueza do avô, que morreu só, com a mandíbula travada no caixão de tanto orgulho nefasto.

— Acabou o tempo, Baal! — Decretou Miguel.

— Muito obrigado, Miguel. Sei que a justiça será cumprida — finalizou Baal.

Astaroth retornou à sua forma no julgamento. Sentou-se pensativo em sua cadeira.

— Pedro, agora é a sua vez — informou o juiz.

Ele pensou em tudo que ouvira até ali. As lembranças de sua vida anterior como Benjamin fervilhavam em sua mente. Era algo de difícil digestão. Como mesclar seus pensamentos como Pedro e as cenas avulsas em sua mente? Até a maneira de pensar era diferente da que possuía. Pedro pensava em espanhol. As cenas de sua vida anterior eram em um português típico da região do Pampa gaúcho na época.

— Ouvimos o que o General explanou sobre sua vida, ouvimos como ele se arrepende de tudo o que provocou com suas ações. Agora, ainda tenho uma dúvida que considero importante: Qual a relevância do demônio Asmodeus no desfecho dos acontecimentos?

— Asmodeus não é um demônio! — Retrucou Baal. — No máximo, poderia ser classificado como um *gin*. Tão vulgar, ou mais, do que um humano.

— Baal, sua hora de falar já passou, e todos ficaram atentos às suas argumentações — interveio Miguel. — Pedro, pode realizar as suas perguntas ao Asmodeus, mas lembre-se de que o tempo está correndo.

— Asmodeus, parece que, em todos os momentos trágicos, você está de alguma maneira envolvido. Por favor, relate, em breves palavras, qual foi a sua importância no desenrolar dos acontecimentos?

— Não tive nada a ver com esse trágico episódio — disse Asmodeus, levantando-se da cadeira.

— Por favor, Miguel, peça para que Asmodeus responda às perguntas sentado — protestou Pedro.

— Filho da puta! — Murmurou Baal, batendo a mão na testa. — Como não percebi uma artimanha simples dessa?

Miguel pigarreou, chamando a atenção de Baal. O tempo do protesto já havia passado. Os depoimentos não seriam mais alterados. O que passou, passou.

— Asmodeus, responda às perguntas do advogado mantendo-se sentado na cadeira da verdade — ordenou o juiz.

Verônica estava com o menino Samuel sentado em seu colo. Mesmo irradiando felicidade, não podia deixar de prestar atenção no que estava sendo discutido. Era a sua vida que estava sendo repassada ali. Enfim, os mistérios da sua morte seriam revelados. Asmodeus foi muito presente no período que antecedeu a sua passagem. Beleth estava apreensiva. A testemunha, agora sentada, começou a dar o seu depoimento.

— Eu cheguei à cidade algum tempo antes da fatídica ideia do General de enviar Benjamin para a guerra. Na realidade, eu não sabia da presença dele naquela existência. Muitas vezes encontrei Verônica com outros nomes, mas seu corpo sempre se desenvolvia para possuir a mesma aparência de quando eu a conheci no início dos tempos. Sim, e em algumas vidas houve um desencontro de almas. Você vivia uma vida mundana — Asmodeus se dirigiu a Pedro. — Quando isso acontecia, eu conseguia me casar com ela e desfrutava da sua companhia até que sua energia vital se esgotasse. Eu envelhecia junto com ela.

— Não invente histórias, Asmodeus. Conte o que precisamos saber — retrucou Pedro.

Eu não posso mentir, doutor Pedro. É a verdade. Eu queria ficar com ela por mais uma vida. Na sua última existência, você compartilhou sua vida com Martha, e Verônica estava comigo, presa por força de um contrato. Por mais que qualquer um aqui — humano, anjo ou demônio — possa duvidar, contra tudo e contra todos eu cumpri a minha parte no contrato. Você está aqui com ela, ela está aqui com seu filho, e isso basta para quitar o contrato.

Asmodeus retirou um pequeno pergaminho de papiro e entregou a Pedro.

— O que é isso? — Estranhou Pedro.

— O contrato que Verônica assinou antes de morrer. Minha culpa é que as regras são claras, e eu não podia ter assinado o contrato em seu leito de morte. Mas, diante do seu sofrimento, como eu poderia não aceitar? Ela não tinha qualquer lembrança de todas as vidas que passei junto a ela. Eu sou culpado. Eu descumpri as regras. Mas o contrato é sagrado. Eu cumpri. Leia!

Pedro olhou para Miguel, como se pedindo sua anuência, o que foi correspondido com um sinal positivo com a cabeça.

— Eu, Verônica, moça de Bagé, entrego a minha próxima vida para ser companheira de Asmodeus, o enviado de Miguel no combate a todo mal que queira se apossar do Reino dos Humanos... — Neste momento, Baal olhou revoltado para Miguel. O ódio lhe crescia. — em troca, eu, Asmodeus, enviado de Miguel, trarei seu marido e seu filho ao julgamento celestial, onde todas as perguntas serão respondidas.

Pedro se descontrolou emocionalmente e chorou, com a mão no rosto.

— Eu me apresentei como um rico pretendente. Encontrei Golias, achei que teria que disputá-la com ele, como já havia ocorrido em outra oportunidade. Mas ela me confessou estar casada com você. Eu não tive influência nenhuma nas decisões do General. Mas devo, por obrigação de dizer a verdade, que todos nós estávamos mais uma vez reunidos nesta existência.

— Todos quem? — Questionou Pedro, refazendo-se e olhando na direção de Beleth.

— Sim, estamos ligados desde o início dos tempos. Eu, você, Verônica, Golias, Aquinael, Beleth, Martha, Davi... E, de certa forma, também Miguel, Astaroth, Baal e seus demônios.

— Eu não estou entendendo! O que você quer dizer com essa verborragia toda? Acha que somos comparáveis a essa praga que infesta o planeta? — Retrucou Baal.

— Não meu irmão, ele está falando o que sabe. Asmodeus transitou entre os reinos, foi meu fiel escudeiro. Sua total falta de escrúpulos foi-me muito útil. Desde que abandonei o Reino Celestial, vivo com os humanos, alimento-me de suas bondades. Toda vez que algum humano ajuda outro; toda vez que um humano se compadece com o sofrimento do próximo e decide tomar uma atitude que diminua esse sofrimento, eu estou ali. Sim, eu abandonei a casa do nosso pai. Eu estou aqui, presente — explicou Miguel, levantando-se da sua cadeira.

— Isso tudo é uma farsa! — Protestou Baal.

— É e não é. O julgamento terá seus efeitos, você concordando ou não. Esse poder eu tenho — replicou Miguel. — Pedro, você tem mais alguma pergunta para a testemunha?

— Sim, Miguel.

— Então prossiga. O tempo está se esgotando.

— Asmodeus, se você não influenciou as decisões do General, alguém teve responsabilidade no desenrolar dos fatos além do General? Sem se levantar da cadeira! — Advertiu Pedro.

— Sim. Beleth estava na cidade. Eu a reconheci no parto, mas fingi não notar seu disfarce.

Beleth levantou-se e dirigiu-se até a mesa do juiz sob o olhar de todos. Um sorriso malicioso escapou dos lábios de Baal. Astaroth, com as mãos de dedos cruzados à frente do rosto, apenas demonstrava tristeza no olhar. Ela abriu sua jaqueta de couro marrom e retirou o Grimório. Com um gesto da mão, fez surgir a espada de Saint Germain, retirou do dedo o anel de Salomão — que Pedro achava, até aquele momento, estar em seu próprio dedo — e, por fim, o Vaso de Cobre. Depositou tudo sobre a mesa e se ajoelhou.

— É verdade. Fui eu que me disfarcei e me envolvi com o General. Sugeri, em sua mente, que ele enviasse Benjamin para a guerra, afastando-o de Verônica. Fiz o parto de Samuel e encontraria Benjamin na guerra para resgatá-lo. Mas, no velho mundo, muitos demônios estavam à solta naquela época — Beleth olhou diretamente para Baal. — Fui enganada por eles e acabei aprisionada no Vaso de Cobre. Benjamin não sobreviveu, e eu fiquei presa por décadas no mundo do grande anjo, escondendo-me dele sob a forma de um anão.

— Então... Parabéns! Todos aqui são mentirosos. Todos aqui traíram a vontade Dele — Baal apontou o dedo para cima. — Nem meu mais virtuoso irmão, General de todos os exércitos angelicais, conseguiu manter-se afastado do livre-arbítrio. Então, quem é você para julgar as atitudes dos seus irmãos celestiais?

— Senhor Juiz — interrompeu Pedro, aproveitando-se do tempo que lhe restava na ampulheta —, diante de todas essas revelações, peço ao conselho de sentença que o General seja absolvido. Ficou claro que sua vontade foi subjugada pela influência de um demônio em forma de mulher — Pedro dirigiu seu olhar decepcionado para Beleth.

— O tempo do julgamento do General se encerrou. Por gentileza, vamos voltar à mesa para votação — declarou Miguel.

O juiz sentou-se novamente, arredou os artefatos e colocou no centro da mesa a pequena arca com o selo do rosto do General ainda menino.

— Além de Beleth, peço que o Caveira substitua o General na votação, pois é claro que ele não poderá votar em si mesmo — decretou o juiz.

Eles se aproximaram da mesa. Cada um, em sua vez, colocou a mão dentro do saco de veludo preto, retirou a figura que representava o seu voto e a colocou na arca. Apenas Miguel conseguiu ver o voto.

O clima ficou pesado com a revelação de Beleth. A tempestade, antes vista no horizonte, agora estava quase sobre o salão do júri, que não possuía cobertura. As estrelas estavam sendo varridas do céu por nuvens escuras. O vento apagou as tochas. Os clarões dos relâmpagos intercalavam-se com momentos de escuridão. Miguel ficou apreciando a natureza se fazendo presente. Mas, para a continuidade produtiva do julgamento, forjou, com um movimento das mãos, uma cobertura de junco. Os homens do General, que estavam na parte de fora da estrutura, adentraram e se sentaram em fileiras de bancos que surgiram ao desejo do Arcanjo.

Pedro estava cabisbaixo, sentado em sua cadeira. Tudo estava ainda mais confuso. Quanto mais descobria, mais perdido ficava. Ele era Pedro e foi Benjamin. Verônica era sua prometida e viveram diversos dramas em diversas existências. Beleth sempre o perseguia, assim como Asmodeus perseguia Verônica. Golias era o parceiro de Aquinael, com quem ele dividira seu corpo. Martha foi sua esposa. Será que apenas uma vez? E Davi? Seria um neto de Benjamin? E Astaroth e Baal? O que esses seres celestiais tinham em comum com ele?

Verônica, apesar da decepção com Beleth, estava mais interessada em brincar com sua criança. A felicidade cobriu literalmente sua alma. Ela olhava para Pedro e sentia-se completa.

O Caveira aproveitou e dirigiu-se até Asmodeus. Com o mesmo estratagema de Pedro, segurou Asmodeus pelo ombro para que ele não se levantasse da cadeira. Asmodeus apenas riu e sacudiu a cabeça negativamente.

— O que você deseja, Saco-de-ossos?

— Filho da puta! — Falou o Caveira, expressando um sorriso de admiração. — Você cumpriu a sua promessa e respeitou o contrato.

— Eu sempre cumpro o contrato, mas você nunca assinou o seu.

Asmodeus retirou um pergaminho de papiro amarelado pelo tempo de dentro do paletó branco. Entregou-o ao Caveira e colocou o dedo indicador na frente da boca, indicando silêncio. O Caveira, de costas para a mesa do juiz, leu e arregalou os olhos. Asmodeus retirou um alfinete de dentro do bolso e o ergueu discretamente, disfarçando ao olhar para o lado. O Caveira furou o dedo indicador e assinou seu nome com o próprio sangue.

— *Pacta sunt servanda* — decretou Asmodeus.

O Caveira voltou para seu lugar sem conseguir conter a felicidade dentro do peito. Tudo passou a fazer sentido para ele. Sim, aquele era o seu maior desejo!

O General, sentado um pouco afastado, admirava a beleza de sua filha brincando com seu neto, o neto que ele rejeitara. Sua condenação foi viver até o final de sua vida terrena sem sua filha e arrependido de tudo o que havia feito. Toda a sua riqueza foi deixada para seus empregados. Eles formaram uma cooperativa que, anos mais tarde, transformou-se em uma vinícola que produz vinhos para exportação.

Todos aguardavam as orientações de Miguel. Ele pensou por alguns segundos, respirou como se tivesse recebido uma mensagem e declarou uma sentença parcial.

— Pedro e Verônica não podem ser julgados por crime algum — decretou o juiz. — Foram as vítimas dos acontecimentos. Portanto, encerram-se os depoimentos. Passa-se agora ao julgamento dos celestiais: Astaroth e Baal.

CAPÍTULO XXIII – FINAL

Bem e mal são invenções humanas, o mal se alimenta do ódio, da intolerância e da infelicidade causada às almas dessas pobres criaturas. Sim, são criaturas Dele, nenhum anjo ou demônio pode destruí-los, apenas eles próprios podem fazer isso. Eles receberam o livre-arbítrio, os anjos não.

O julgamento se encaminhava para sua derradeira decisão. Logo, todas as sentenças seriam declaradas, e a cada réu seu destino seria decretado. Pedro, apesar de estar surpreso com tantas revelações, sabia que agora o julgamento entrava em um patamar um pouco mais elevado. Ele não podia cometer erros; estava lidando com seres celestiais, cujos poderes iam além de sua compreensão. Baal esperava por uma oportunidade para obter o direito de adentrar o Reino dos Humanos. Caso conseguisse por meio do julgamento, ninguém poderia contestar seu domínio sobre a vida das pessoas. Guerras eclodiriam em todas as partes do mundo. Muitas doenças assolariam a humanidade. A verdade seria assassinada; sobreviveriam apenas as narrativas. A mentira mataria mais inocentes do que as próprias batalhas. A era de Baal seria assim: Guerras, mentiras e genocídios.

— Por gentileza, irmãos. Qual dos dois será o primeiro? — Perguntou Miguel.

Antes que Astaroth alcançasse a cadeira, Baal notou que, entre os soldados do General, encontrava-se seu fiel aliado. Belial havia conseguido evadir-se do Reino Inferior e se escondia entre os assistentes. Então, Baal encorajou-se a interromper o julgamento.

— Esperem! Quais crimes eu e Astaroth cometemos? — Questionou Baal. — Este julgamento versa sobre os acontecimentos na vida destes mortais e, até agora, em nenhum momento nossos nomes foram sequer citados.

— Sim, é verdade! — Respondeu Miguel, um pouco perdido. Uma bruma se apossou por um instante de seus pensamentos.

— Protesto! — Interrompeu Astaroth. — Eu desejo ser julgado. Vou provar que o julgamento que me trancafiou no Reino Inferior foi uma injustiça. Você não vai usar suas artimanhas novamente, Baal.

Astaroth sentou-se na cadeira e aguardou Miguel abrir a contagem do seu tempo. Os assistentes ficaram perplexos com a discussão que estava baixando o nível do julgamento. Já Pedro começou a desconfiar de que algo estivesse errado.

Enquanto todos estavam atentos ao desenrolar daquela discussão, Belial, sorrateiro, alcançou as costas da cadeira de Asmodeus, agarrou violentamente seu pescoço e, de uma só vez, enterrou o punhal em seu coração. O grito alto demonstrava que a vida de Asmodeus se esvaía daquele corpo milenar. Miguel imediatamente abriu o portal do Reino dos Humanos e conduziu a essência de Asmodeus até ele; era a única salvação para seu aliado.

Baal enfim conseguiu a oportunidade que tanto desejava: O portal estava aberto. A espada de Saint Germain, única arma capaz de matar um ser celestial, estava sobre a mesa do juiz. O tempo foi suficiente para Baal concluir seu golpe. A espada, empunhada por Baal, atingiu o peito de Miguel. Não foi o suficiente para matá-lo, mas o deixou desacordado. Baal e Belial aproveitaram para correr em direção ao portal antes que ele se fechasse. Asmodeus já estava livre na Terra, à procura de um novo corpo.

O que Baal não esperava era que Astaroth ainda estivesse com seus poderes. Miguel, após tê-los liberado, não voltou a limitá-los.

— Baal! Você não vai a lugar nenhum! — Decretou Astaroth, paralisando Baal.

Beleth arrancou a espada do peito de Miguel e golpeou Baal na perna antes que ele conseguisse se libertar para fugir do salão do júri.

Pedro e o Caveira iniciaram uma luta corporal com Belial, enquanto Astaroth pegou o corpo desacordado de Miguel nos braços e o levou até o Portal Celestial, que se abriu diante da presença do arcanjo. Astaroth poderia ter passado também, mas apenas seu irmão retornou ao Reino dos Anjos.

Baal, paralisado, não conseguia reagir. Beleth pegou o Grimório e o Vaso de Cobre e começou a conjurar o feitiço da última página. No interior do vaso de cobre, surgiu uma luz esverdeada que começou a sugar todo o ar ao seu redor.

— Não! — Gritou Baal.

Beleth não perdia a concentração com o que acontecia ao seu redor. O corpo de Baal começou a ser arrastado para próximo do vaso.

Belial, que havia derrubado Pedro e o Caveira — os quais não possuíam poderes devido às limitações do tribunal —, segurou Baal pelos braços para impedir que fosse sugado. Mas ele não tinha força suficiente e, então, tomou uma decisão improvável: Lançou-se no vaso no lugar de seu mestre. Ele já havia escapado dali uma vez e saberia retornar novamente.

— Chega! — Ordenou Astaroth, e o vaso voltou a ser apenas um objeto.

Verônica e o General estavam preocupados em proteger o menino. Ela não podia, em hipótese alguma, perdê-lo novamente.

Pedro e o Caveira se levantaram do chão. Pedro massageou o rosto, atingido por Belial, e o Caveira bateu o chapéu na perna para tirar o pó.

— E agora, irmão? — Baal levantou-se com dificuldade. — Conseguimos tudo o que queríamos. Você retorna ao Reino Celestial, e eu adentro o Reino dos Humanos para, enfim, tomar o que é meu por direito.

— Eu sou o Senhor das Almas e, como tal, tenho poder sobre tudo aquilo que morreu. Isso não é um castigo; é uma escolha de confiança. Eu não sou o mal, mas você, meu irmão, reuniu toda a essência da maldade — disse Astaroth, fazendo um gesto com a mão.

Todos os soldados do General se levantaram ao comando de Astaroth, e cercaram Baal.

— Bem e mal são invenções humanas — continuou ele —; por isso você é tão ligado à vida deles. Você se alimenta do ódio, da intolerância e da infelicidade causada às almas dessas pobres criaturas. Sim, são criaturas

Dele, e nem você, nem nenhum outro anjo ou demônio pode destruí-las. Apenas elas próprias podem fazer isso. Elas receberam o livre-arbítrio. Nós, não.

— Astaroth, como fica o julgamento sem Miguel? — Perguntou Pedro, sob o olhar apreensivo de todos.

— Vou dar por encerrada a fase de depoimentos e inquirições. Vou pegar as arcas e proceder às sentenças. Sentem-se todos — Informou Astaroth. — Baal, você se senta na cadeira da verdade. Qualquer pensamento seu eu vou ler. Então, não faça nada que prejudique ainda mais o seu julgamento.

Astaroth sentou-se na cadeira do juiz e pegou a primeira arca.

— Senhor José, venha até a frente da mesa — Ordenou o atual juiz.

O Caveira dirigiu-se lentamente até a mesa, retirou o chapéu e o segurou à frente do corpo com as duas mãos. Astaroth abriu a arca e mostrou o conteúdo a todos os presentes. Nela, encontravam-se duas esferas brancas. O Caveira estava absolvido.

— Você tem o direito de escolher qual portal deseja transpor — orientou Astaroth.

— Senhor juiz, tenho algo comigo e gostaria de fazer uma reivindicação.

— Pois não. Vamos ver se sua pretensão é justa — respondeu Astaroth.

O Caveira retirou um pergaminho de dentro do bolso de sua capa preta e entregou ao juiz. Ele leu com atenção, coçou o rosto, jogou o longo cabelo negro para trás e fez um gesto afirmativo com a cabeça.

— Está certo. Contratos são sagrados.

Astaroth apontou para o portal do Reino dos Espíritos. Uma luz surgiu por trás da porta de vidro. Ela se abriu, e uma mulher de pouca estatura, usando um longo vestido branco, surgiu. Era Mariana. O contrato com Asmodeus seria cumprido.

— Pois bem. Vocês dois terão uma nova chance, renascerão como qualquer outra pessoa. O destino os colocará frente-a-frente, mas o desenrolar da história de vocês será decidido pelo livre-arbítrio. Assim está decidido, e assim seja!

O portal do Reino dos Humanos abriu-se, e a luz do sol da tarde adentrou aquela zona intermediária. O senhor José deu o braço à sua amada Mariana, e então seguiram para o portal. Ambos passariam juntos agora por uma experiência traumatizante: Nascer.

O portal fechou-se novamente, e Astaroth chamou Beleth. Ela se dirigiu apreensiva. Sabia que, apesar da bela defesa de Pedro, havia cometido vários delitos celestiais e, muito provavelmente, poderia ser condenada a retornar ao Reino Inferior ou, pior ainda, à dimensão do anjo proibido.

O juiz abriu a caixa e mostrou o conteúdo a todos. Na arca, foram depositadas uma esfera branca e um cubo vermelho. Havia um empate.

— Mas e agora? — Perguntou Beleth.

— O voto de minerva me foi concedido — explicou Astaroth. — Então eu decido, e assim será cumprido.

Beleth baixou o rosto, desesperançosa. Havia sido aliada de Baal contra Astaroth no passado. Agora, ele poderia exercer sua vingança.

— Por favor, Astaroth, decida então o que será de mim no mundo da criação — suplicou Beleth, deixando-se cair de joelhos ao chão.

— Você esteve presente em diversas situações. Em algumas, agiu com lealdade; em outras, traiu. Mas sei que seu maior desejo é ser uma mulher, ter uma vida como humana. Esse desejo, no entanto, eu não vou lhe conceder.

Pedro sacudiu a cabeça negativamente, enquanto todos se entreolharam. Apenas Baal esboçou um sorriso. Para ele, Beleth merecia ter sua alma devorada por seus soldados.

— Então estou condenada?

— Sua sentença é continuar como uma entidade poderosa no Reino dos Humanos. Você terá a missão de ajudar os guardiões a evitarem que as forças do mal alcancem seu intento de se apoderarem da Terra. E vou lhe dar uma missão específica.

— Qual? — Perguntou Beleth, exibindo um sorriso. Ela teria mais uma chance de fazer a coisa certa.

Astaroth pediu que ela se aproximasse. Apenas ela ouviu qual seria sua missão. Baal tentou a todo custo escutar, mas foi em vão.

— Muito obrigada. Vou cumprir minha missão, mesmo que ao custo de minha existência.

— Assim está decidido, e assim seja!

O juiz apontou novamente para o portal do Reino dos Humanos, para que Beleth passasse. Ela não nasceria; levaria consigo seu belo corpo com todos os seus poderes regenerados.

— General, é a sua vez — chamou o Juiz.

O velho general passou o neto, que estava em seu colo, para sua filha Verônica. Levantou-se e caminhou cabisbaixo em direção à mesa do juiz. Astaroth pegou sua arca e mostrou o conteúdo a todos, como fizera nas vezes anteriores. Havia dois cubos vermelhos. O General estava condenado. Mas condenado a quê? Era o que todos se perguntavam.

— General, apesar da eloquente defesa de seu advogado, o senhor foi condenado. E, junto consigo, levará todos os seus seguidores. Sua sentença seria ser conduzido ao Reino Inferior e lá ter sua alma consumida dia após dia. Uma dor eterna. À noite, serviria de comida para os vermes, e, durante o dia, se regeneraria para, à noite, sofrer novamente todas as dores de ser devorado.

O General olhou para seus homens, esfregou a aba do chapéu e resolveu reivindicar.

— Tenho plena consciência de minha culpa. Cometi vários erros. Mas o que fizeram esses homens, além de serem leais? Agiram com bravura, honestidade e caráter durante suas vidas. Na morte, me seguiram sem hesitação. Portanto, somente eu sou o culpado aqui. Deixe que eles tenham outra oportunidade. Todos possuem suas histórias. Não podem ser condenados por minha causa. O senhor é muito justo e sabe o peso de uma condenação injusta.

Astaroth pensou por um instante e olhou para os soldados que aguardavam de pé em seus lugares.

— O que vocês, soldados, acham do que seu comandante está dizendo? Ele merece ser atendido em seu pleito?

A resposta foi um uníssono "não". Afirmaram que iriam aonde seu comandante fosse e que aguentariam qualquer pena ao lado dele. Astaroth não quis demonstrar, mas ficou impressionado com a lealdade que o General inspirava.

— General, como o senhor sabe, o responsável por manter a ordem no purgatório recebeu uma nova chance no Reino dos Humanos. Essa não é uma decisão minha; não tenho esse poder. Mas acredito que meu irmão precise de um substituto. Portanto, enquanto Miguel não se recupera e retorna para tomar conta de suas falanges, eu, Astaroth, o Senhor das Almas, o condeno a ocupar as obrigações e possuir todos os poderes do Caveira. Seus soldados o acompanharão enquanto executa sua pena.

Ao ouvir sua condenação, o corpo do General começou a se transformar em um esqueleto sob suas roupas. Seus olhos agora eram esferas de luz vermelha. Mas, em vez da foice, ele empunhava uma espada e contava com uma tropa para auxiliá-lo.

— Assim foi decidido, e assim seja!

O General sentou-se agora em meio aos seus homens, pois conduziriam Baal à sua prisão.

— Bem, agora, meu irmão, é a sua vez — decretou Astaroth. — Você será aprisionado no Reino Inferior. Sua condenação é a mesma que mencionei ao

General. Sua alma será digerida pelos vermes à noite e se regenerará durante o dia, por toda a eternidade.

— Você sabe que não será bem assim. Mas, como no momento não tenho como impedir que isso aconteça, retorno então para minha casa. Agora, quem terá poder suficiente para me manter preso lá? No Reino Inferior, eu sou o rei e tenho o poder de decisão.

— Não mais, meu irmão. Eu não vou retornar ao Reino Celestial, pois entendo agora que a decisão sobre o destino das almas perdidas é minha responsabilidade. Você será apenas um prisioneiro. Eu sou o único com poder sobre as almas. Você agora terá apenas o poder de um espírito iníquo. Está sentindo algum poder em seu corpo agora?

Baal notou que, além da dor no corte que não parava de sangrar, realmente Miguel havia reprimido seus poderes e, como não os restabeleceu, ele estava tão fraco quanto a alma de um simples mortal.

— Não! Não, não... Eu não acredito!

— General... Desculpe-me, erro meu. Caveira, conduza o condenado ao portal do Reino Inferior.

O portal estava lacrado pela parede de tijolos construída por Golias. Astaroth fez um gesto com a mão, e a parede desapareceu. O novo Caveira jogou o cambaleante Baal para dentro do túnel de escuridão. A parede de tijolos reapareceu novamente. O Caveira então conduziu seus homens de volta até o portão do cemitério. Ali era seu lugar. Seus homens ficariam na sede da fazenda, como deveria ser.

— Agora restamos apenas nós. Antes que eu retorne ao meu lugar de direito, devo encaminhá-los aos seus destinos — informou o verdadeiro Senhor das Almas.

— Ficaremos juntos, é claro! — Interrompeu Pedro.

— Sim, é óbvio! — Acrescentou Verônica. — Eu fiz um contrato com Asmodeus e cumpri minha parte. Agora, quero usufruir da companhia de Benjamin e meu filho.

— Pois bem — interrompeu Astaroth. — Preciso conversar com vocês, um de cada vez. É imprescindível que seja desta maneira. Verônica, sente-se, por favor.

Ela sentou-se com o menino no colo, enquanto Pedro se postou de pé à frente da mesa.

— O que o senhor deseja falar comigo?

— Eu preciso que você use sua sabedoria e me diga: Quem você pensa que é?

— Sou Pedro e descobri que, na vida anterior, fui Benjamin.

— Só isso?

— Já entendi que fui, sim, Salomão, Saint Germain e muitas outras pessoas ao longo da história. Vivi inúmeras experiências, mas a verdade é que não lembro de nada além dessas duas.

— Você não terá mais retornos ao Reino dos Vivos. Sua experiência como Pedro foi a última. Agora, você irá para o Reino dos Espíritos e lá evoluirá para um plano mais elevado.

— Mas estarei com Verônica, não estarei?

— Não, por enquanto. Ela tem mais uma missão na terra, e você aguardará por ela junto com seu filho, Samuel.

— Mas ela não vai aceitar! Esperou por tanto tempo, viveu seu drama no purgatório por décadas. Onde está o livre-arbítrio? — Pedro colocou as mãos sobre a mesa.

— É necessário. Acredite, ela aceitará. Aguarde enquanto converso com ela.

Pedro retornou até Verônica, pegou o garoto no colo para que ela pudesse falar com Astaroth. A conversa transcorreu de forma abrupta. Pedro notava que Verônica gesticulava e parecia berrar, mas não conseguia ouvir nenhum som. Astaroth mostrou um pergaminho para Verônica, que o leu com a mão sobre a boca. Seu choro silencioso despertou a atenção do menino, que começou a chorar também. Enfim, Verônica concordou com um gesto afirmativo de cabeça. Astaroth entregou um objeto a ela, mas Pedro não conseguiu identificar o que era. Ela inspirou profundamente, e sua cor ficou mais destacada. Esfregou os braços, sentindo frio. Agora, comandava um corpo vivo e não mais apenas uma alma. Ela falou algo para Astaroth, que concordou. Verônica caminhou na direção de Pedro, pegou o menino no colo, abraçou-o e o beijou. O pequeno Samuel parou de chorar e abraçou seu pescoço, deitando a cabeça em seu ombro.

— O que houve, Verônica? Do que conversaram? Eu não consegui ouvir nada.

— Você precisa cuidar de Samuel. Tenho uma tarefa muito importante a cumprir.

— Mas por quê? O que pode ser mais importante do que ficarmos finalmente juntos?

— Não posso revelar nada, apenas peço que me espere. Vou voltar. Ficaremos juntos pela eternidade.

Pedro a abraçou e sentiu o calor de seu corpo. Ela estava viva. Não era mais uma alma perdida no purgatório.

— Esperarei por você. Aliás, tenho a eternidade para esperar.

Verônica sorriu. Abraçou o pequeno mais uma vez, beijou-o com lágrimas nos olhos e o entregou a Pedro.

— Está na hora. Devo partir.

Astaroth apontou para o portal do Reino dos humanos, e ele se abriu. A escuridão de uma noite chuvosa podia ser vista do outro lado. Um relâmpago clareou os dois reinos. Ela seria enviada para um local muito próximo. Porto Alegre seria seu destino. Ela dirigiu-se lentamente ao portal, como se estivesse fazendo algo contra sua vontade. Antes de entrar, olhou para trás, apertou os lábios e disse "até logo". Atravessou para sua nova vida.

Pedro, abraçado ao menino, não conseguia conter as lágrimas. Agora que entendia sua história de amor com Verônica, tão cedo não poderia usufruir de sua companhia.

— Pedro, agora é a sua vez. Você e o menino ficarão bem amparados no Reino dos Espíritos. Ele continuará assim como um menino até que ela retorne, e você estará muito mais evoluído.

— Mas por que ela teve que voltar?

— Você sabe quem é. Ela, não. Verônica terá que percorrer esse caminho de descoberta sozinha. Ela acreditará que estará ajudando os outros, mas, na realidade, serão os outros que a ajudarão a encontrar o caminho até si mesma. Não deveria ser assim em tudo?

— Mas, com Baal preso, o mundo ficará em paz? — Perguntou Pedro.

— Agora estou consciente de que o mundo, sem Miguel, está mais em perigo do que nunca. Eu estava perdido, queria apenas retornar ao Reino Celestial. Agora, sei da minha importância aqui. As almas perdidas precisam de um guia. Não podem ser arrebanhadas pelo exército do mal. Baal não é o único que pode causar o fim da vida na Terra. Outros como ele estão soltos, escondidos, trabalhando nas sombras, rondando os escritórios, soprando nos ouvidos dos comunicadores, espalhando a mentira, contabilizando a riqueza e desprezando a natureza.

Pedro ficou pensativo ao ouvir as palavras do anjo caído. O menino havia dormido em seu colo.

— Então vamos ao encontro de um reino de luz — resignou-se Pedro, dando um beijo na testa do pequeno Samuel.

— Após sua partida, vou lacrar temporariamente todos os portais. Sei que isso não conterá o que está vindo, mas é minha obrigação fazer o que for possível para impedir. Siga o caminho da luz e logo encontrará as almas acolhedoras da Cidade Iluminada. Elas os encaminharão aos seus destinos.

O portal se abriu, e uma luz celestial iluminou o salão do júri. Pedro caminhou lentamente para seu destino na eternidade.

Astaroth olhou para toda aquela parafernália. Pensou por um momento e fez um gesto com a mão. Tudo voltou a ser como era.

A espada sagrada voltou para seu esconderijo na Terra. O Grimório foi sugado pelo Vaso de Cobre e esse retornou para dimensão do anjo proibido. Nada mais de salão do júri. A estátua de seu irmão voltou a reinar no centro da rótula. Ele, satisfeito, dirigiu-se ao portal do Reino Inferior, atravessou-o, e todos os portais ficaram selados com os tijolos de Golias. Mas não seria assim para sempre...

FIM DO LIVRO 2

LIV

DAVI E GOLIAS NO PORTAL DO INFERNO

A maré estava baixando, como acontecia todos os dias. As pessoas retornavam para suas casas, banhadas pelas águas. Para elas, tudo parecia normal, mas havia algo errado. Apesar de não terem permissão para distinguir qualquer mudança em suas vidas antes da maré cheia, Sanção lembrava. O mais poderoso dos anjos guardava toda a história da criação em sua mente. Um dia, resolveu se exilar. O sofrimento de uma pessoa não se comparava à dor de um ser do tamanho de Sanção; nele cabia toda a dor do mundo. Há milênios, ele exercia seu poder de criar e destruir, em uma incansável ciranda de tentativas e erros. Assim era Sanção: Um criador de possibilidades. Mas ele não sentia remorso algum ao destruir tudo novamente para testar mais uma possibilidade.

Do alto de sua montanha, Sanção não sentiu a presença de sua barca. Ela não retornou ao seu lugar de encalhe. Nessa embarcação estavam armazenadas todas as pestes — as que ele experimentou na Terra e as que testou em sua própria dimensão.

— Onde está a minha barca? Quem teve a coragem de roubar a minha barca da peste? — Indignou-se Sanção.

Porto de Xangai - China
Outubro de 2019.

Um rebocador da guarda costeira realizava a praticagem de um navio encontrado à deriva, a poucas milhas da costa chinesa. Depois de vários procedimentos de segurança, foi constatado que a embarcação estava vazia. Não havia qualquer vestígio da presença de uma tripulação, como se nunca tivesse navegado pelo mar da china.

Algumas horas se passaram até que o navio aportasse, com a ajuda conjunta dos funcionários da guarda costeira e dos portuários.

A tarde estava fria e chuvosa. Um homem de porte atlético, vestindo um sobretudo preto e óculos escuros — mesmo sem sol —, observava a operação de longe. Assim que o navio atracou, vários morcegos que se encontravam nos compartimentos da embarcação começaram a fugir em voos desatinados, sem qualquer rumo definido. O homem retirou os óculos e deixou escapar um sorriso malicioso. Seu intento estava prestes a se concretizar.

Mercado de Wuhan - China
Alguns dias depois.

O homem de sobretudo e luvas pretas, escondido atrás de seus óculos escuros, saboreava algumas iguarias encontradas apenas nos mercados públicos chineses. Em sua mente, imaginava o que seria daquelas pessoas em tão poucos dias. Tudo se transformaria muito rapidamente.

A moça que atendia os fregueses se aproximou e perguntou seu nome.

— Meu nome? Há muito tempo me chamam de Belial.

pólen bold 90 gr/m2
tipologia calisto mt
impresso no outono de 2025